HEATHER GRAHAM

La noche del mirlo

Editado por Harlequin Ibérica.
Una división de HarperCollins Ibérica, S.A.
Núñez de Balboa, 56
28001 Madrid

© 2001 Heather Graham Pozzessere. Todos los derechos reservados. LA NOCHE DEL MIRLO, Nº 11
Título original: Night of the Blackbird
Publicada originalmente por Mira Books, Ontario, Canadá.
Traducido por Rocio Salamanca Garay

Este título fue publicado originalmente en español en 2003

Todos los derechos están reservados incluidos los de reproducción, total o parcial. Esta edición ha sido publicada con permiso de Harlequin Enterprises II BV.
Todos los personajes de este libro son ficticios. Cualquier parecido con alguna persona, viva o muerta, es pura coincidencia.
™ TOP NOVEL es marca registrada por Harlequin Enterprises Ltd.
®™ son marcas registradas por Harlequin Enterprises Limited y sus filiales, utilizadas con licencia. Las marcas que lleven ™ están registradas en la Oficina Española de Patentes y Marcas y en otros países.

I.S.B.N.: 84-671-3280-9

Primero y, sobre todo, con mucho cariño para Violet J. Graham Sherman, por ser irlandesa y ser una gran madre.

A la memoria de la abuela Browne y la tía Amy, que me lo enseñaron todo sobre las branshees, los leprechauns... O al menos, sus versiones de aquellas leyendas. Para mi prima, Katie Browne DeVuono, por ser todo lo bueno que dicen de los irlandeses.

Para Victoria Graham Davant, mi hermana y mejor amiga, por todo lo que hemos compartido en el pasado y compartimos en el presente.

Prólogo

Belfast, Irlanda del Norte
Verano de 1977

—¡Hijo mío, mi buen muchacho! —exclamó su madre al irrumpir en su estrecho cuarto sin llamar a la puerta—. ¡Tu padre acaba de llegar y vamos a ir al cine!

La madre estaba sonrojada y entusiasmada. Su rostro gastado por el trabajo se transformó en un rostro hermoso, porque tenía la sonrisa de una chiquilla y le brillaban los ojos. El hijo contuvo el aliento, incrédulo. Ansiaba ir al cine. Era una nueva película norteamericana que se estrenaba en el centro de la ciudad. A sus nueve años, pasaba gran parte del tiempo en la calle, y pocas eran las promesas que sus padres terminaban cumpliendo. No era culpa de ellos, sino las cosas de la vida, como tantas otras en su corta vida que, sencillamente, eran así, y el chico lo comprendía. Su padre trabajaba, su madre también, y los dos pasaban ratos en la taberna, en las reuniones y demás. Era un muchacho duro de pelar, fuerte para sus nueve años, conocedor de las calles y, tristemente, como él mismo sabía, receloso y desengañado. Pero aquello...

Era una película de ciencia ficción, llena de héroes futuristas, naves espaciales y batallas. La lucha por el bien y, al final, o al menos eso imaginaba, la victoria del bien sobre el mal.

Soltó el tebeo que estaba leyendo y se quedó mirando a su madre con incredulidad; después, se abalanzó hacia ella y la rodeó con los brazos.

—¿Al cine? ¿De verdad? ¡Qué bien!

—Péinate, hijo. Prepárate. Iré a ayudar a tu hermana.

Y a los pocos minutos, estaban caminando por la calle.

Vivían en los barrios bajos. Las paredes de viejos ladrillos estaban llenas de pintadas. Las casas también eran viejas, pequeñas, frías, y seguían necesitando estufas de turba en invierno. Pero era un buen barrio. Había muchos rincones oscuros y secretos en las paredes, verjas que saltar y escondrijos.

De vez en cuando, se cruzaban con un vecino. Los hombres inclinaban el ala del sombrero; las mujeres los saludaban con voces cordiales. El chico estaba encantado de pasear con sus padres, y llevaba a su hermana pequeña de la mano. Ella sólo tenía cinco años, y la mirada luminosa y llena de vida. Aún no había descubierto que las sonrisas con que los saludaban eran, por lo general, sombrías, que las personas eran tan grises y lúgubres como el cielo perpetuamente oscuro, como los viejos edificios en sombras. La niña lo miró, y su sonrisa era auténtica, hermosa; aunque peleaban algunas veces y él ya tenía nueve años mientras que ella no era más que una cría, la quería con locura. El placer y el embelesamiento por aquella salida lo conmovían profundamente.

—¿De verdad vamos al cine?

—¡De verdad! —le aseguró el chico. Su padre se dio la vuelta y sonrió.

—Sí, pequeña. Y además, ¡compraremos palomitas!

La niña rió, y el sonido de su risa los hizo sonreír a todos, hasta pareció conmover las mugrientas paredes y hacerlas más alegres.

Llegaron al cine. Algunos eran amigos; otros, enemigos. Todos querían ver la película, así que algunas de las sonrisas eran un poco más lúgubres, y los saludos de sus padres, rígidos. Como habían prometido, compraron palomitas de maíz, y refrescos. Incluso golosinas.

Raras veces se había sentido unido a sus padres. Durante unas pocas horas, olvidó su propia realidad sombría y se perdió en un lugar y tiempo lejanos. Rió, aplaudió, le dio a su hermana el último cucurucho de palomitas. Le explicó lo que ella no entendía, la sentó en su regazo. Vio a su madre vacilar y, después, apoyar la cabeza en el hombro de su padre. Éste descansó la mano sobre la rodilla de ella.

Estaban regresando a casa cuando aparecieron los pistoleros.

Emergieron de uno de esos lugares oscuros y secretos de las paredes que el chico conocía tan bien. El enmascarado que estaba delante llamó a su padre por su nombre.

—¡El mismo, y orgulloso de serlo! —respondió su padre con firmeza y desafío, y protegió a su mujer con su cuerpo—. Pero estoy con mi familia y...

—Sí, ¡escóndete entre sus faldas! —dijo el segundo hombre con desdén.

Los disparos, tan repentinos y próximos, fueron ensordecedores.

El muchacho alargó el brazo hacia su hermana mientras veía a su padre caer desplomado. Todo ocurrió muy deprisa y, sin embargo, pareció desarrollarse a cámara lenta, como en las películas. Podía ver el terrible final; era inevitable.

Los pistoleros buscaban a su padre, pero una bala perdida hirió a su hermana. En el fondo, el chico sabía que no lo habían hecho a propósito, pero que tampoco podían permitirse el lujo de lamentarlo. La niña no era más que una víctima más de aquella extraña guerra.

El chico oyó a su madre gritar el nombre de su padre. Ella aún no sabía que su pequeña también había muerto.

El muchacho sostuvo en brazos a su hermana mientras contemplaba cómo la sangre le manchaba el vestido. Tenía los ojos abiertos; ni siquiera sintió dolor, no entendía lo que pasaba. Sonrió, y lo miró con su semblante luminoso mientras susurraba su nombre.

—Quiero irme a casa —dijo. Después, cerró los ojos, y el chico supo que había muerto.

Siguió sosteniéndola en la oscuridad de la noche y de su vida, mientras escuchaba los chillidos de su madre y, al poco, las sirenas de los coches de policía y de las ambulancias.

Celebraron el funeral de su padre y de su hermana un sábado por la tarde. El velatorio había tenido lugar en su casa, a la antigua usanza, entre amigos y familiares. Habían bebido whisky y cerveza, habían aclamado e idealizado a su padre y habían convertido en una causa la pérdida de su hermana. Había un sinfín de periodistas de todo el mundo, y muchos susurraron que el sacrificio de la chiquilla bien podía haber sido un designio de Dios para la causa.

Por fin, llegó la hora del entierro aunque allí, como bien sabía el chico, nada quedaba del todo enterrado.

El padre Gillian leyó las oraciones y varios hombres pronunciaron discursos apasionados. Su madre gimió, se tiró del pelo, se golpeó el pecho. Las mujeres la ayudaban, la abrazaban, compartían su dolor. Gemían y lloraban como Magdalenas.

El chico estaba solo. Ya había derramado sus lágrimas.

Terminado el funeral, los músicos avanzaron y las viejas gaitas irlandesas gimieron y silbaron. Tocaron *Danny Boy*.

Poco después, el chico avanzó con varios de los hombres para levantar los féretros. Afortunadamente, era alto, y acarreó el féretro de su hermana junto a primos mucho mayores que él. Con lo pequeña que era, parecía increíble que el ataúd pesara tanto. Como si llevaran a una niña que hubiera vivido una vida entera.

Los depositaron en la fosa. Los cubrieron de tierra y flores. Todo había terminado.

Los presentes empezaron a alejarse; el padre Gillian rodeaba a su madre con el brazo. Una tía abuela se acercó a él.

—Vamos, chico, tu madre te necesita.

Alzó la mirada un momento, con los ojos llenos de lágrimas.

–Ahora no me necesita –dijo, y era cierto. Había intentado consolarla, pero ella tenía su odio y su pasión, y una nueva causa por la que luchar. Pero el muchacho no quería herir los sentimientos de nadie–. Necesito quedarme aquí un momento, por favor. Ahora mismo, mi madre tiene ayuda. Después, cuando esté sola, será cuando me necesite.

–Eres un buen muchacho, despierto y sagaz –le dijo su tía, y se marchó.

Una vez solo, se quedó mirando las sepulturas. Lágrimas silenciosas resbalaban por sus mejillas.

E hizo un juramento. Un juramento apasionado a su padre muerto, a su pobre hermana pequeña, a su Dios... y a sí mismo. Moriría, juró, antes que faltar a aquel juramento.

La noche cayó sobre la ciudad... y sobre su corazón.

Ciudad de Nueva York
Época actual

−¿Cómo que no vas a venir a casa a celebrar San Patricio?

Moira Kelly se estremeció. La voz de su madre, normalmente suave, agradable y modulada, chirrió de tal forma que, sin ninguna duda, su ayudante la oyó desde el despacho contiguo... a pesar de que hablaban por teléfono y de que su madre estaba en Boston, a varios cientos de kilómetros de distancia.

−Mamá, no es como si me estuviera perdiendo la Navidad...

−No, es peor.

−Mamá, soy una mujer trabajadora, no una niña.

−Cierto. Eres norteamericana de nacimiento y olvidas las tradiciones.

Moira inspiró hondo.

−Madre, de eso se trata. Vivimos en Norteamérica. Sí, he nacido aquí. Por muy horrible que te pueda parecer, el día de San Patricio no es una fiesta nacional.

−Ya estás otra vez riéndote de mí.

Moira volvió a inspirar hondo, contó hasta tres y suspiró.

−No me estoy riendo de ti.

−Eres tu propia jefa, puedes tomarte vacaciones cuando quieras.

—No soy la única jefa, tengo un socio. Dirigimos una productora. Tengo un plan de trabajo que cumplir, unos plazos. Y mi socio tiene mujer y...
—Esa chica judía con la que se casó.
Moira volvió a vacilar.
—No, mamá. Andy Garson, el periodista neoyorquino, el que a veces colabora en la presentación de ese programa matutino que tanto te gusta, es el que se ha casado con una chica judía. La mujer de Josh es italiana —sonrió levemente—. Y católica de pura cepa. Te caería bien, y sus gemelos de nueve meses son encantadores. ¡Ellos son una de las razones por las que queremos sacar a flote esta empresa!
Su madre sólo oyó lo que le convenía.
—Si su mujer es católica, lo comprenderá.
—Dudo que los italianos consideren el día de San Patricio una fiesta nacional —dijo Moira.
—¡Es un santo católico!
—Madre...
—Moira, por favor, no te lo pido por mí —en aquella ocasión su madre vaciló—. Acaban de hacerle otra prueba a tu padre...
El corazón le dio un pequeño vuelco.
—¿Cómo que otra prueba? —preguntó con aspereza.
—Puede que tengan que operarlo otra vez.
—¡No me lo habías dicho!
—Te lo estoy diciendo ahora.
—¡Pero no lo de papá!
—Tu padre no quería que te llamara... No se encuentra muy bien últimamente y no quería preocuparte antes de la fiesta. Siempre has venido a casa; pensábamos decírtelo en persona. Tienen que someterlo a otra prueba el lunes, nada del otro mundo, y después... en fin, decidirán lo que hay que hacer. Pero, cariño, ya sabes... le gustaría mucho tenerte en casa, aunque no quiera reconocerlo. Y la abuela Jon está... bueno, está de capa caída.
La abuela Jon tenía noventa y tantos años y, a lo sumo,

cuarenta kilos de peso. Seguía siendo la criatura más enérgica que Moira había conocido. Estaba convencida de que viviría eternamente.

Pero la preocupaba su padre. Lo habían sometido a una intervención a corazón abierto hacía varios años para sustituirle una válvula y, desde entonces, la inquietaba su salud. Eamon Kelly nunca se quejaba, y en eso radicaba el peligro, porque preferiría caer medio muerto antes que llamar al médico. Moira sabía que su madre se esforzaba por ceñirlo a una dieta sana, pero eso no resolvía el problema.

Y en cuanto al día de San Patricio...

—Patrick ha dicho que vendrá —le informó su madre.

«Cómo no», pensó Moira. Su hermano, que tenía propiedades al oeste de Massachussets, no se atrevería a perderse su santo. Pocos hombres tendrían semejante coraje.

Aun así, para Patrick era fácil; viajaba a Boston con frecuencia.

A decir verdad, comprendió con leve remordimiento, había confiado en que su hermano Patrick y su hermana Colleen asistieran a la celebración familiar para compensar su ausencia. Casi todo el país consideraba aquella fiesta como una excusa para beber cerveza y enviar bonitas tarjetas de duendes, aunque, para los Kelly, significaba mucho más.

—Querrás ver a Patrick, ¿no?

—Por supuesto, pero es papá quien más me preocupa.

—Si tu padre y yo muriéramos mañana mismo...

—Mis hermanos y yo seguiríamos viéndonos, mamá. Sinceramente, no vas a morirte mañana, pero no te preocupes, nos queremos y seguiríamos en contacto.

Era una vieja discusión y los argumentos se repetían. Pero Moira quería a su familia.

—Está bien, iré —no estaba tan lejos, y no era como si no visitara a la familia con frecuencia. Precisamente por eso no la había preocupado mucho el día de San Patricio. Acababa de estar en casa por Navidad, y no le había parecido crucial volver tan pronto, en parte, por los planes de rodaje.

Pero, de pronto, sí era crucial.

—¿Me has oído, mamá? He dicho que iré.

—Que Dios te bendiga, pequeña. Te necesito.

—Te llamaré en cuanto reorganice mi agenda. Cuida de papá, ¿vale?

—Lo haré.

Ya estaba bajando el auricular cuando oyó la voz de su madre.

—Ah, cielo, se me olvidaba...

—¿Sí? —volvió a acercarse el auricular al oído.

—¿A que no sabes quién va a venir?

—¿El duende del tesoro? —no pudo evitar decir.

—¡No!

—¿La tía Lizbeth? —en realidad, no era tía suya, sólo una antigua vecina de su Irlanda natal. Viajaba a los Estados Unidos cada equis años. A Moira le resultaba simpática, aunque con el acento tan cerrado que tenía, raras veces la entendía... se limitaba a sonreírle.

—No, tonta. La tía Lizbeth no.

—Desisto, mamá. ¿Quién?

—Dan. Daniel O'Hara. ¿No es maravilloso? Siempre habéis sido tan buenos amigos... Habría sido una pena que no os vierais.

—Eh... claro —dijo con un leve temblor de voz.

—Adiós, cariño.

—Adiós, mamá.

Danny estaría en casa.

No se percató de que seguía aferrándose al auricular hasta que no oyó el suave zumbido del teléfono y la voz grabada de la operadora.

—Si desea hacer una llamada...

Colgó, clavó la mirada en el teléfono y movió la cabeza con desagrado. ¿Desde cuándo no veía a Danny? ¿Dos años, tres? Había sido el amor de su vida... de su juventud, se corrigió. Pero iba y venía a su antojo. La última vez que la llamó para decirle que estaba en los Estados Unidos, Moira se negó a verlo. Era tan fiable como un cielo despejado en Boston en invierno. Y, sin embargo...

Se le encogió el corazón. Se alegraría de ver a Danny.

Puesto que ya se había olvidado de él.

Y estaba saliendo con otro hombre, así que debía ser inmune a sus: «Ah, Moira, sólo una cerveza»; o: «Moira Kelly, ¿no vas a dar un paseo conmigo?»; o incluso: «¿No querrías detener el tiempo y meterte en la cama conmigo porque, como tú bien sabes, somos pura magia?»

«Ya no más, Daniel».

Llevaba una vida ajetreada, y estaría ocupada, sobre todo porque estaba a punto de pedirle a todo el mundo que modificaran los planes por ella.

Le encantaba su trabajo. Todavía se maravillaba de que Josh y ella hubieran creado la productora y de que su programa tuviera un éxito moderado. Irlanda, la madre patria, seguía siendo la pasión de sus padres. Norteamérica era la suya. Se había criado allí y la diversidad de su país natal era lo que más amaba. Desde que había terminado sus estudios universitarios se había mantenido ocupada para olvidar lo que no podía ser. O, al menos, para intentarlo.

Pero quizá, en un rincón de su corazón, siempre había soñado que Danny volvería. Para siempre.

Con irritación, advirtió que la sola idea la ponía melancólica.

De acuerdo, sentía cariño por Danny, siempre lo sentiría. ¡Pero en un rincón muy lejano de su corazón! Tan lejano como una galaxia. Era realista. Había salido con hombres en el transcurso de los años... Nada serio, por culpa de su trabajo. Y estaba saliendo con uno magnífico e irresistible que compartía sus aficiones, un hombre que había entrado en su vida en el momento justo, de la manera justa...

De modo que Danny iba a estar en Boston. Se alegraba por él. Se lo presentaría a...

La mente se le quedó en blanco.

¡Michael! Estaba saliendo con un hombre llamado Michael McLean. Hijo de irlandeses, pero de irlandeses normales. Tenían una relación maravillosa. A Michael le encantaba ir al cine y no se quejaba si la película era mala. Era un forofo de los deportes, pero disfrutaba lo mismo de una visita al museo, y siempre estaba dispuesto a ir al teatro.

Era casi perfecto. Trabajaba con ahínco para la productora. Siempre estaba viajando, viendo a gente; se ocupaba de la logística y de los permisos de rodaje. De hecho, se encontraba fuera de Nueva York en aquellos momentos. Moira ni siquiera sabía muy bien dónde. Bueno, claro que lo sabía... pero no lograba acordarse. La conversación con su madre la había dejado aturdida.

Daba igual dónde estuviera; Michael siempre llevaba encima el móvil, siempre le devolvía los mensajes, tanto personales como profesionales. Era parte de su maravillosa personalidad.

Y, aun así, sólo de pensar en Danny...

Tomó un lápiz y tamborileó con él sobre la mesa con impaciencia. Tenía otras cosas en que pensar. Como el trabajo. Descolgó el teléfono y marcó la extensión de su socio, Josh.

Sería agradable volver a ver a Danny.

La sobresaltó la oleada de calor que la recorrió al pensarlo. Como un intenso anhelo de meterse en la cama al instante. Podía cerrar los ojos y verlo... desnudo.

«¡Ya basta!», se regañó.

—¿Qué hay?

—¿Cómo?

—Me has llamado —dijo Josh—. ¿Qué pasa?

—¿Podemos salir a almorzar?

Notó que Josh vacilaba y, como si lo tuviera delante, imaginó su ceño fruncido. Danny desapareció en el olvido. Su socio era real, una parte estable de su vida, un tipo honrado y trabajador. Josh Whalen era alto y delgado, casi flaco. Apuesto. Se habían conocido en la facultad de estudios cinematográficos, en la Universidad de Nueva York; estuvieron a punto de hacerse amantes, comprendieron a tiempo que podían ser amigos durante toda la vida y se hicieron socios. Por aquella época, Danny aparecía y desaparecía en su vida de forma intermitente; Josh no habría sido más que un intento de convencerse de que no tendría que pasarse la vida esperando a un hombre en concreto para poder amar.

Una vez más, retiró a Danny a un tercer plano.

Josh era mejor que cualquiera de los tipos con los que había salido. Compartían una visión... y la misma ética de trabajo. Los dos se habían dejado la piel en numerosos restaurantes para reunir el capital necesario para fundar su pequeña productora; él también había trabajado en la construcción y cavado zanjas. Ambos habían estado dispuestos a darlo todo.

–¿No prefieres que me pase directamente por tu despacho? –preguntó Josh.

–No. Quiero llevarte a un buen restaurante, invitarte a unas copas de buen vino... –el gemido de Josh la interrumpió.

–Quieres alterar el programa.

–Verás...

–Mejor que sea un bar, e invítame a una cerveza.

–¿Dónde?

Le dijo el nombre de su tugurio favorito, situado a pocas manzanas de la oficina. Josh tenía una entrevista con un nuevo cámara, y ella había quedado para tomar café con una posible invitada del programa, pero decidieron verse después de sus compromisos respectivos.

Al final resultó que su posible invitada había sufrido un retraso, y llamó a Moira para averiguar si podría hablar con ella por la tarde. Aliviada, Moira accedió de buena gana.

Salió a dar un paseo, y estuvo caminando hasta que fue la hora de reunirse con Josh. Llegó a El Bar de Sam, un auténtico tugurio pero un espléndido local de barrio, antes que su socio. Raras veces tomaba alcohol durante el día, y bebía con precaución incluso de noche, pero aquella tarde, pidió una cerveza. La estaba acariciando en la mesa más alejada de la barra cuando Josh apareció por la puerta. Era un hombre atractivo, alto y desgarbado, con aire de artista. Parecía un director de cine... O, pensó con un destello de humor, un componente de una banda de grunch, como Nirvana. Tenía los ojos oscuros y hermosos, el pelo castaño rojizo y muy rizado y, pese a las protestas de su mujer, llevaba barba y bigote.

—¿Y mi cerveza? —preguntó mientras tomaba asiento.
—No sabía si te apetecería.
Josh se la quedó mirando como si hubiera perdido el juicio.
—¿Cuántos años hace que me conoces?
—Casi diez, desde que teníamos dieciocho, pero...
—¿Qué es lo que bebo siempre?
—Miller Light, pero...
—Eso es.
—Es que hoy estoy un poco ausente.
—¡Y tanto que estás ausente! —hizo una seña al camarero y pidió su cerveza—. ¿Qué te pasa? —le preguntó a continuación, y se inclinó hacia delante sobre la mesa.
—Ha llamado mi madre.
Josh hizo una mueca.
—La mía me llama casi todos los días. No es excusa suficiente.
—No conoces a mi madre.
—Claro que sí —sonrió e imitó un leve acento irlandés—. Es una mujer encantadora.
—Es que... Mi padre está enfermo.
—Vaya —Josh se puso serio al instante—. Lo siento.
—Bueno... —vaciló; no se trataba sólo de eso—. Creo que no es nada grave, aunque puede que tengan que intervenirle otra vez.
—Así que quieres pasar el día de San Patricio con tu familia.
—Sé que estaba todo listo para rodar en Disneylandia, y sé que te ha costado Dios y ayuda organizar el papeleo pero...

—No es la primera vez que se pospone un rodaje.

—No sabes cuánto te agradezco tu actitud —le dijo con suavidad, y tomó un sorbo de cerveza con la mirada baja.

—De todas formas, no me veía rodando en Florida en el mes de marzo.

Moira lo miró y se sonrojó.

—¿Crees que no sé ponerme firme?

—Creo que ni Terminator podría con tu madre.

Moira desplegó una sonrisa de gratitud.

—Se me ha ocurrido otra idea. Podemos hacer un programa sobre la etnia irlandesa y negociar con Canal Ocio para retransmitir la comida de San Patricio en vivo. Creo que a los espectadores les encantaría.

Josh se quedó pensativo. Por fin, elevó las manos.

—Puede que tengas razón. Diversión, comida y fantasía... en vivo desde el hogar de la propia presentadora.

—¿Qué te parece ir a Boston en marzo?

—Horrible, pero dudo que haga peor tiempo que en Nueva York —le sonrió de improviso—. En realidad, imaginé que esto podría ocurrir. Le pedí a Michael que solicitara permisos de rodaje en Boston además de en Orlando.

—¿En serio? No me ha dicho una palabra.

—Sabe guardar un secreto. No quería que sospecharas que me estaba anticipando a ti.

—Genial.

—Oye, ya deberíamos haber hecho un programa así.

Moira sonrió; de repente, sentía un inmenso alivio.

—Pero a Gina y a ti os hacía ilusión llevar a los niños a Disneylandia.

—Y lo haremos, pero más adelante. A los gemelos no les importará. De todas formas, no se darían mucha cuenta de lo que pasara.

Moira sonrió; Josh tenía parte de razón. A sus nueve meses, a los gemelos les daba lo mismo ver a Mickey Mouse o no.

—¿Quieres comer algo? —le preguntó Josh—. ¿O piensas

almorzar cerveza? –le señaló el vaso. Estaba vacío, y Moira ni siquiera recordaba haberlo apurado.

–Soy irlandesa –masculló. Josh rió y volvió a inclinarse hacia delante.

–Eh, no me estaba metiendo contigo. Sólo quería saber si te apetecía comer algo.

–Sí, debería.

–La ensalada está buena.

–Estupendo. Pediré una hamburguesa.

–Conque tienes el día rebelde, ¿eh? –bromeó Josh, e hizo una seña al camarero.

–¿Qué pasa? ¿Intentas ser un pelín condescendiente para que no tenga que estarte eternamente agradecida por alterar todo el programa?

–Tal vez –rió Josh–. O puede que sea divertido ver el miedo que te da volver a casa.

–¡Yo no tengo miedo! Voy a Boston muchas veces. Aquí viene el camarero; pídeme una hamburguesa... y otra cerveza.

Josh lo hizo con diligencia, pero sin perder el destello en su mirada.

–Bueno, dime, ¿qué es lo que te asusta? –preguntó cuando el camarero se fue.

–Nada. Es una visita como las demás.

–Pues esta vez te noto nerviosa. ¿Es porque vamos a grabar en tu casa para que puedas ir? No es mala idea. Hay muchos irlandeses en los Estados Unidos y, en el día de San Patricio...

–Todo el mundo es irlandés. Sí, lo sé –murmuró. Llegó la segunda cerveza y Moira sonrió al camarero. Tomó un rápido sorbo y se reclinó en el asiento para deslizar distraídamente el dedo por el borde del vaso.

–¿Y bien? Es perfecto –dijo Josh.

–Perfecto... Con el reparto que tenemos.

–Tu madre es encantadora, igual que tu padre.

–Cierto. Sólo que...

–¿Qué?

—Bueno, son... excéntricos.
—¿Tus padres? No.
—Deja de mortificarme. Ya conoces a la abuela Jon. Me hizo creer durante años que tenía que portarme bien o que la *banshee*, el hada mensajera de la muerte, vendría a llevarme consigo de camino al excusado. Creo que Colleen, Patrick y yo ya estábamos en el instituto cuando, de pronto, reparamos en el tremendo error de su táctica persuasiva: no teníamos excusado, sino un cuarto de baño interior.
—Tu abuela es adorable.
—Como un koala —corroboró Moira—. Mamá se pondrá a predicar que el plato tradicional irlandés es calabaza con tocino y no la carne en conserva y, en algún momento, si no te andas con ojo, papá se pondrá hablar sobre el imperialismo inglés, que discrimina a los hablantes gaélicos del mundo. Después, se explayará contándonos las maravillas de Norteamérica. Olvidará que, como país, masacramos a cientos de miles de indígenas y se pondrá a enumerar a los norteamericanos más famosos de ascendencia irlandesa, desde los Padres Fundadores hasta la Guerra de Secesión.
—Puede que eluda hablar de los irlandeses que cabalgaron con Custer.
—Josh, en serio, ya conoces a mi padre. Por favor, asegúrate de que nadie menciona el nacionalismo irlandés ni el IRA.
—Está bien, lo mantendremos apartado de la política.
Moira apenas lo oyó. Hincó un codo en la mesa y se inclinó hacia delante, absorta en sus pensamientos.
—Patrick traerá a mis sobrinitos, así que mamá, papá y la abuela andarán por ahí haciendo como que hay duendes extraviados en la casa. Habrá barriles de cerveza por todas partes y todo será de color verde.
—Suena de maravilla.
—Habrá invitados de toda índole...
—Cuantos más, mejor.
Moira se enderezó y lo miró a los ojos.

—Va a venir Danny.
—Ah, entiendo —repuso Josh con suavidad.

Se despertó muy tarde y muy despacio, y rodeado de lujo y confort. El colchón sobre el que descansaba era blando, las sábanas limpias y frescas. La mujer que yacía a su lado seguía oliendo a perfume, y a la fragancia del sexo. Era joven, pero no demasiado. Tenía la piel bronceada y lustrosa, y su pelo negro y abundante adornaba la almohada de hotel. Ella había conseguido lo que quería pero, qué diablos, él también. Se habían divertido juntos.

La cafetera que había programado la noche anterior ya había filtrado el café. Debía de haberse quemado; no podía creer que se le hubieran pegado las sábanas.

Se recostó en la almohada, contra el cabecero. Norteamérica era estupenda; siempre le había gustado.

Allí había tanta abundancia... y gente tan tonta que ni siquiera valoraba lo que tenía. Sí, no les faltaban problemas; no estaba ciego a los conflictos del mundo, y tampoco carecía de compasión. Pero en aquella tierra eran problemas distintos: niños ricos malcriados, tensiones raciales, demócratas contra republicanos... Y no podía dejar de señalar, aunque con compasión, que si no tenían suficientes problemas se inventaban otros. Aun así, allí la vida era bella.

Sonó el teléfono. Alargó el brazo hacia la mesilla y descolgó.

—¿Sí?
—¿Tiene listo el pedido, señor?
—Sí. ¿Quiere que se lo envíe o prefiere pasarse a recogerlo?
—Seguramente sea mejor que venga aquí. Puede que tengamos otros asuntos que tratar.
—De acuerdo. ¿Cuándo?

Le dijeron la hora; después, su interlocutor cortó la comunicación. Él colgó.

La mujer que descansaba a su lado se movió y gimió. Se volvió hacia él y parpadeó. Sonrió.

−Buenos días.

−Buenos días −él se inclinó sobre ella y la besó. Era una preciosidad. Morena, de ojos negros, bronceada...

Ella lo buscó bajo las sábanas y cerró la mano en torno a su sexo. Él enarcó una ceja.

−Invita la casa −rió−. No suelo quedarme hasta la mañana siguiente.

−Ni yo suelo dormir con una fur... una mujer hasta la mañana siguiente −se corrigió con amabilidad.

La joven tenía talento, y se sorprendió excitándose deprisa. Pero advirtió que empezaba a filtrarse la luz por el contorno de las cortinas.

−¿Qué pasa? −preguntó ella. Él sonrió y apagó el cigarrillo.

−Nada −le dijo, y la atrajo hacia él para besarla en los labios; después, le bajó la cabeza para que prosiguiera su asalto sensual con caricias más líquidas. Consultó su reloj. Tenía tiempo de sobra.

Era muy diestra, y hacía tiempo que no había podido disfrutar de un momento de ocio. La dejó hacer, le devolvió el favor y cuando le hizo el amor, si uno podía, incluso con educación, «hacer el amor» a una desconocida que, además, era prostituta, obró con energía y placer, siempre una pareja cortés a pesar de que alcanzaba el clímax con celeridad. Mientras se apartaba de ella, volvió a consultar su reloj.

−Llego tarde −murmuró; la besó en los labios y se dirigió a la ducha−. Hay café hecho; el tabaco está en la mesilla.

Se duchó deprisa, con una economía de movimientos aprendida en el transcurso de los años. Salió con el pelo lavado y la piel limpia, descolgó una toalla del toallero y empezó a secarse el pelo mientras salía del cuarto de baño con la cabeza cubierta y el cuerpo desnudo.

−¿Te has tomado el ca...? −empezó a decir con educación, pero se interrumpió y se puso rígido−. ¿Qué haces? −preguntó con aspereza.

Ella estaba de rodillas, registrándole los pantalones.

—Yo... —empezó a decir, y los soltó mientras lo miraba. Se puso en pie tambaleándose. ¿Habría estado intentando robarle?

Se preguntó qué habría visto. Enseguida advirtió que había registrado mucho más que los pantalones: los cajones no estaban completamente cerrados, y había una nube de motas de polvo al pie de la cama. ¿Qué habría descubierto para que lo estuviera mirando con tanto terror?

¿O sería lo que ella estaba viendo en sus ojos?

Se puso en pie, vestida como estaba en ropa interior. Casi podía leerle el pensamiento: estaba deseando haberse vestido y haber salido pitando de allí mientras él se duchaba. Pero no lo había hecho.

Recorrió el resto de la habitación con su visión periférica. Había hecho un buen trabajo en el poco tiempo de que había dispuesto. Exhaustivo. Era una ramera y, además, una ladrona.

¿O tendría otras aficiones?

—Sólo estaba echando un vistazo, por curiosidad —dijo, y se humedeció los labios.

Fuera lo que fuera, la mujerzuela mentía de pena.

—Ah, cariño —dijo con suavidad—. ¿Es que no lo sabes? La curiosidad mató al gato.

—Ah, tu buen amigo Daniel O'Hara —bromeó Josh—. Piénsalo. De no ser por el bueno de Danny, tú y yo podríamos estar casados.

—Y divorciados... Habríamos acabado el uno con el otro en menos de una semana —le recordó Moira.

—Puede que sí, puede que no. Veamos, estabas enamorada de mí pero deseabas a tu viejo amor. Yo era el hombre bueno y honrado; él, el joven amante inalcanzable, intrigante y apuesto y, aunque nunca estaba presente, se llevó tu corazón además de tu... bueno, ya sabes.

—Josh, no nos habríamos casado.

—Seguramente, no —corroboró con demasiada alegría.
—Pues no me hace gracia tu teatro. Es un viejo amigo de la familia...
—¿Y que sea fuerte como un toro y hermoso como un Adonis no influye para nada?
—No seas frívolo. Como si sólo juzgara a los hombres por eso. Además, tú también eres muy atractivo.
—Gracias. Pero dudo que pueda compararme con tu exótico amante extranjero. Y no, no es sólo su presencia lo que te afecta. Es el acento, la voz, la tradición, el que sea un viejo amigo de la familia —imitó el acento irlandés de las películas de Hollywood—. Sí, Moira, tu amante impone mucho.
—¡No es mi amante!
—Protestas demasiado deprisa.
—Hace años que no lo veo.
—Te diré cuándo lo viste por última vez. Hace casi tres años, en verano. Y acabaste mintiéndole a tu familia, diciendo que ibas a regresar a Nueva York, pero te alojaste en el Copley con él, en Boston. Pensaste que se quedaría en el país, porque tú se lo pediste. Él no quiso y te pusiste furiosa. Y cuando volvió a llamarte por Navidad, te negaste a verlo.
—¡Yo no te he contado nada de eso!
—Aunque no haya sido tu marido, soy tu mejor amigo. Y ese chico tiene algo que no consigues olvidar.
—Te equivocas.
—Lo dudo.
—Créeme, lo he olvidado —Moira consultó su reloj—. Hay que ver cómo vuela el tiempo cuando quien afirma ser tu mejor amigo te está torturando. Tengo que ver a la señora Grisholm; perdió el tren esta mañana. Es la actriz de ese pequeño grupo de teatro de misterio de Maine con el que el público participa en la representación. Hasta cocinan y cenan juntos. Ya sabes, te he hablado de ella y parece...
—¿Qué dirá Michael sobre el regreso de tu viejo amor? ¿Has llegado a hablarle de Daniel O'Hara? —la interrumpió Josh, regocijado.

—Dan es agua pasada, Michael no es asunto tuyo.

Josh se echó a reír; Moira se ruborizó.

—El día de San Patricio promete ser muy divertido. Puede que no sea asunto mío con quién te acuestes, pero contratamos a Michael como gestor de rodaje antes de que empezarais a salir, así que se reunirá con nosotros en Boston.

—Por supuesto que se reunirá con nosotros en Boston —le espetó Moira, pero Josh seguía sonriendo—. ¿Quieres borrar esa estúpida sonrisa de tu cara?

—Lo siento. En mi condición de cuasi amante tuyo, me hace gracia que hayas pasado media vida célibe y que ahora coincidas con los dos grandes amores de tu vida en la casa de tus padres con motivo de una fiesta familiar.

—Josh... —le dijo en tono de advertencia.

—Puede que no sea tan terrible. Mamá y papá te protegerán.

Moira se puso en pie.

—Te daría las gracias por ser un socio tan maravilloso...

—Si no fuera un auténtico cretino —Josh seguía riéndose.

—Podría decirle a tu mujer lo insufrible que estás.

—Ya sabe que estuve enamorado de ti. Creo que la situación le parecerá tan divertida como a mí.

—Estás imposible. Me largo.

—Te vas porque llegas tarde a tu cita, y me quieres de todas formas —le dijo elevando la voz, puesto que ella ya se alejaba hacia la puerta.

—No te quiero —repuso Moira, y se dio la vuelta—. No te olvides de pedir la cuenta, y deja una buena propina.

—¡Me adoras! —insistió Josh.

Una vez en el umbral, Moira volvió la cabeza. Josh seguía luciendo la misma sonrisa de cretino. Vio que enarcaba una ceja y lo oyó tararear *Danny Boy*.

Había sido un día endiabladamente largo. Michael McLean se tomaba a pecho su trabajo, y lograba lo que se proponía tanto si requería cortesía y diplomacia como férrea determinación y tácticas intimidatorias.

Cuando sonó el teléfono, se sobresaltó. Estaba tumbado, medio dormido, y aunque en su profesión recibía llamadas a todas horas, el timbre estridente lo tomó por sorpresa. Había estado viajando de una región a otra del país; debían estar preparados para cualquier contingencia, y estaba cansado. Se incorporó a duras penas, se sentó en el borde de la cama y se pasó las manos por el pelo. Estaba alargando el brazo hacia el teléfono de la mesilla cuando advirtió que era el móvil lo que sonaba. Se puso en pie, buscó los pantalones y rescató el teléfono.

Miró la pantalla. Era Moira.

—¿Qué pasa, nena? Estás bien, ¿verdad? Es un poco tarde.

—Lo sé, y lo siento. Tendría que haberte llamado antes.

—Puedes llamarme a cualquier hora, del día o de la noche, ya lo sabes.

—Gracias —dijo con voz suave.

Había muchas mujeres en el mundo; Michael había conocido a unas cuantas. Pero la voz de tenor de Moira le tocaba muy dentro. Había otras, sí, pero no eran como ella. La imaginó. Moira era una belleza, pelirroja, de ojos verde azulados. Alta y elegante, poseía un refinamiento natural. No le importaba trabajar duro, se reía de los obstáculos y acababa enredándose en situaciones curiosas. Cuando se presentó a la oferta de empleo de ayudante de producción y gestor de rodaje para Producciones KW, ya la conocía de verla en la tele, y había estudiado todas las cintas de su programa que había podido encontrar antes de solicitar el puesto. Moira tenía presencia ante las cámaras pero, en persona, impresionaba aún más. A Michael lo tomó por sorpresa el entusiasmo que podía arrancar y la emoción que lograba suscitar a su alrededor. Deseaba poder estar con ella en aquellos precisos instantes; era increíble la reacción que podía producir su voz en un hombre.

—Debería haberte llamado, «podría» haberte llamado, hace horas —prosiguió, pero se interrumpió con brusquedad—. No habrás hablado con Josh, ¿no?

—No.

Michael la oyó suspirar.

—Sí, es lógico que me deje a mí el problema. Verás, estaba haciendo acopio de valor para llamarte, por eso se me ha hecho tan tarde —Michael estaba a punto de asegurarle que no necesitaba reunir valor para llamarlo, cuando ella prosiguió—. Sé que has trabajado mucho...

—Tú eres la jefa, y lo sabes.

—En realidad, no. Josh y yo siempre hemos tomado juntos las decisiones, y desde que estás con nosotros... Bueno, has sido el complemento perfecto para el programa... Dios mío, Michael, no sabes cuánto lo siento pero.... hay un cambio de planes.

Lo había estado esperando; aun así, se puso rígido. Sabía lo que Moira estaba a punto de decir.

—Sé que os ha costado mucho conseguir los permisos para rodar en Orlando pero... vamos a cambiar de escenario para el día de San Patricio. Lo siento. Ya sé que...

—Presiones de familia, ¿eh? —preguntó con suavidad.

—Mi padre tiene que hacerse unas pruebas la próxima semana. Mamá me ha asegurado que no es nada grave, pero apuesto a que papá sigue trabajando en la taberna hasta la madrugada. La cuestión es que me hizo sentirme como si estuviera apaleando a Bambi o algo así, y... cedí.

—No te preocupes —le dijo—, ya he estudiado el terreno en Boston.

Moira guardó silencio.

—De verdad, no pasa nada. Oye, me encantará conocer a tu familia. Me sentiré importante, ¿no? El hombre de tu vida, el que lo es todo para ti, ¿eh?

—Eres increíble, ¿lo sabías?

—Por supuesto. No te conformarías con menos, ¿no?

—¿Sabes qué?

—¿Qué?

—Me encanta escuchar tu voz —dijo en tono sedoso.

—Precisamente estaba pensando lo mismo de ti.

—Están locos, ¿sabes?

—¿Quiénes?

—Mis padres.

—Moira, has dado con el tipo ideal. Mi familia también es irlandesa. Ya sé que no tienen una taberna emblemática tradicional y que ninguno va por ahí silbando *Danny Boy*, pero estoy familiarizado con los cuentos de *banshees* y duendes. No te preocupes.

Moira guardó silencio. Después, dijo:

—Los míos, sí.

—Sí ¿qué?

—Sí van por ahí silbando *Danny Boy*.

Michael rió.

—No tengo nada en contra de esa canción folklórica. Josh y yo habíamos hecho una apuesta, ¿lo sabías?

—¿Quién apostó que no cedería a las presiones familiares?

—Ninguno. La duda era la fecha en que cederías.

—Tengo muchas ganas de verte —dijo Moira. Una vez más, Michael la imaginó. No a la mujer de la televisión, sino a la que debería estar a su lado en aquellos momentos, la de suave fragancia, piel tersa y lisa, melena suelta e indómita, desnuda como Dios la trajo al mundo. Tal vez fuera ésa una parte de su atractivo. En público, aparecía elegante y casi altiva, pero en privado era increíblemente ardiente y sensual.

—Dudo que haya vuelos a estas horas de la noche —dijo Michael con pesar—. Ni siquiera puedo subirme a un tren. Podría alquilar un coche... si estás muy necesitada.

—Eres bueno, muy bueno.

—No, lo que soy es...

—Olvídalo —dijo Moira, y volvió a reír—. Ya sabes que no puedes alquilar un coche en Florida y presentarte aquí en un pispás. Y yo mañana tengo que resolver varias cuestiones para poder irme cuanto antes a Boston. Así dispondremos de una semana para hacer tomas antes del gran día. Podré ver a mi familia y grabaremos un programa excelente para Canal Ocio.

—Si quieres, puedo ir a verte ahora —sugirió, dudando si debía decirle que no estaba en Florida. Pero sería mejor dejarle aquella decisión a Josh.

Sí, había otras mujeres en el mundo, pensó, como él mismo sabía. Flexionó los dedos de la mano varias veces. Pero ninguna como Moira.

—¿De verdad conducirías toda la noche...?

—Sí.

—Prefiero tenerte vivo en el futuro a perderte hoy en el intento —dijo Moira con firmeza—. Nos veremos en Boston pasado mañana por la noche, en La Taberna de Kelly. Te presentaré a mis padres.

—Muy bien —le dijo. Después, aunque ya lo sabía, se sorprendió temiendo que coincidieran todos en Boston: Moira, su familia, el pasado de ella, y él—. Te quiero —añadió, y se sorprendió del ardor casi desesperado de su voz.

—Y yo a ti —dijo Moira, y él la creyó.

Momentos después, se despidieron y colgaron.

Aunque era tarde y seguía exhausto, Michael se sorprendió levantándose y vistiéndose. Consultó su reloj; no era muy tarde, poco más de la medianoche.

Salió de la habitación del hotel.

Su destino no estaba lejos; Boston era una ciudad agradecida en ese sentido. En el barrio antiguo, e incluso en las zonas más recientes, las calles eran estrechas y sinuosas. Le gustaba estar allí; tenían un marisco excelente, y rincones cargados de historia.

Caminó a paso rápido hacia la calle que había localizado horas antes aquel mismo día. Allí, en el centro de la manzana, alumbrado por la suave luz amarilla de una farola, estaba el letrero. La Taberna de Kelly.

Permaneció de pie, observándolo. Y maldiciendo los días que estaban por llegar.

Las puertas seguían abiertas, aunque parecía una noche tranquila de entre semana. Pensó en entrar, pedir una cerveza, sentarse en un rincón y echar un vistazo.

No.

A las doce y media, se dio la vuelta y se alejó.

Las doce cuarenta y cinco.

Desde las sombras proyectadas por los edificios, otro hombre observaba a Michael McLean abandonar el lugar. No le había visto la cara, ni siquiera lo conocía de antes, pero sabía perfectamente quién era.

Dan O'Hara lo observó con semblante pensativo hasta que lo perdió de vista. Había rehuido la farola de la acera de enfrente, así que ni siquiera había formado una silueta oscura en la noche.

Se recostó en el viejo edificio. Con la calle despejada, encendió un cigarrillo y dejó que el humo entrara en sus pulmones. Mal vicio. Tenía que dejarlo, pensó distraídamente. De modo que aquél era Michael. No tenía en qué basarse para formarse un criterio sobre él, pero le desagradó instintivamente. Pero claro, Moira podía estar saliendo con un Nobel de la Paz que aun así, el tipo en cuestión le desagradaría.

Tuvo que hacer un esfuerzo para frenar sus conclusiones sobre Michael McLean. Ni siquiera podía culparlo por querer echar un vistazo a la taberna.

La Taberna de Kelly. A Dan le encantaba el lugar.

¿Cuánto tiempo había estado fuera? Demasiado. Cómo no, la última vez que estuvo allí, las cosas habían sido diferentes. No había visto a Moira.

¿Cuántas veces la había apartado de su lado? Por el bien de Moira, por supuesto. Al principio, era demasiado joven; después, incluso cuando se hicieron amantes, Dan sabía que no era el hombre apropiado para ella. Sin embargo, inconscientemente, había seguido creyendo que era suya, que lo estaría esperando. Deseaba sinceramente que fuera feliz, pero tenía amor propio. En el fondo de su corazón, había estado convencido de que la felicidad, para Moira, consistiría en seguir aguardándolo.

De acuerdo, era un idiota. Pero había hecho lo correcto. Moira tenía carácter, un sentido del bien y del mal y todo lo que conllevaba ser norteamericano. Dan, en cambio, era irlandés. Un irlandés que amaba Norteamérica, pero que se sentía...

Obligado.

¿Cuándo dejaría de sentirse así?

Diablos, ¿podría sobrevivir?

Pensó con enojo en lo poco que le agradaba lo que estaba ocurriendo, y no era ningún consuelo saber que él no tenía la culpa. No había provocado nada, pero tampoco podía hacer nada.

Moira iba a volver a casa. Dan había hablado con Katy Kelly por teléfono aquel mismo día, y ella había estado en la gloria al saber que tendría a toda su familia en casa para la celebración. También estaba un poco nerviosa.

—Está saliendo con un hombre al que todavía no conocemos —le informó la madre de Moira, tratando de ocultar su desaprobación.

—Seguro que es un tipo estupendo —le dijo Dan—. Moira

es una mujer inteligente, Katy, y lo sabes. Deberías sentirte orgullosa de ella.

–También está en la productora, trabajando para ella y para Josh –Katy suspiró–. En cambio, Josh... Ese sí que es un buen hombre.

–Cierto –Danny podía decirlo con facilidad. El socio de Moira le caía bien: estaba casado, era un amigo de verdad y nunca había mantenido una relación íntima con Moira.

–Bueno, este nuevo amigo es irlandés.

–¿Ah, sí? ¿Cómo se llama?

–Michael. Michael McLean.

–¿Lo ves? ¿Qué más puedes pedir?

Katy volvió a suspirar.

–Bueno... Que te hubieras casado con ella, Danny.

–Ah, Katy, seguíamos caminos distintos. Además, yo no estoy hecho para el matrimonio.

–Yo creo que sí.

Después, Katy insistió en que no importaría que Moira y su equipo tuvieran planes de filmar en la taberna, la trastienda era de él, como siempre que viajaba a Boston. Y, sí, Moira ya sabía que él estaría allí.

Lo invadió una extraña sensación de nostalgia. Aquel lugar era un segundo hogar para él. Su juventud le parecía muy lejana. Había viajado mucho cuando vivía con su tío. Brendan O'Toole, el hermano de su madre, casado con una prima de Katy Kelly, había sido un erudito y coleccionista de manuscritos antiguos. Le había pasado a Dan su amor por la literatura, por la palabra escrita y el poder que encerraba. Había sido un gran narrador, otro talento que había transmitido a Dan. Su casa de Dublín había sido su hogar, pero se habían pasado la vida de viaje. Dan había recorrido muchos países, había pasado mucho tiempo en Norteamérica. Le encantaban los Estados Unidos.

Y, pasado cierto tiempo, echaba de menos aquel viejo rincón.

Podía entrar, pero había dicho que llegaría por la mañana. Esperaría. No tenía por qué decirles a los padres de Moira que se había presentado en Boston un poco antes de pasarse a saludarlos.

Sí, esperaría.

Mientras permanecía apoyado en el edificio, vio a otro hombre acercándose por la calle. Llevaba un sobretodo enorme y el sombrero bien calado. No era raro; Boston podía resultar gélido en aquella época del año.

Pero aquel hombre se acercaba a la taberna de forma extraña; después, como había hecho el propio Dan, se detuvo y miró por los cristales.

Permaneció inmóvil largo rato. Dan soltó el cigarrillo y también se quedó quieto, observando al observador. El hombre intentaba determinar quién se encontraba dentro de la taberna.

Al parecer, no vio a la persona, o personas, que buscaba porque, pasado un largo momento, se dio la vuelta y empezó a alejarse por la calle, deshaciendo el camino andado.

Tampoco era raro. Un tipo había salido a reunirse con unos amigos en un bar, los había buscado con la mirada y, al ver que no estaban, había optado por irse.

No, no era raro. Salvo que el hombre del abrigo enorme y sombrero calado era Patrick Kelly, hijo de los propietarios de La Taberna de Kelly. Dan encendió otro pitillo, preso de una nueva tensión, como si se le estuvieran formando piedras en el estómago. Esperó un poco más; después, se subió el cuello del abrigo y también se alejó calle abajo.

El cielo estaba nublado cuando el avión de Moira empezó a descender sobre Boston. Aun así, miró por la ventanilla para contemplar, a vista de pájaro, la ciudad en la que había crecido y que tanto amaba. Volvía a casa. Estaba feliz; quería a su familia con fiereza. Estaban todos locos, por supuesto, no le cabía ninguna duda. Pero los quería y se alegraba de volver a verlos.

Pero también... también estaría Danny.

El avión aterrizó. Moira tardó en desabrocharse el cinturón y en bajar del avión. No iba a ir nadie a recogerla; había decidido en el último minuto tomar un vuelo anterior al del equipo, que viajaría a última hora de la noche.

Una vez fuera del aeropuerto Logan, paró un taxi. Cuando se acomodó en el asiento, advirtió que el taxista, un joven de unos veintitantos años, de rostro delgado y ojos de color ámbar, la estaba observando por el espejo retrovisor.

—¡Moira Kelly! —exclamó, y se sonrojó cuando ella interceptó su escrutinio.

—Sí.

—¡En mi coche! ¡Quién iba a decirlo! ¿Viaja en aviones corrientes y en taxis corrientes?

—Yo diría que es la mejor manera de viajar —respondió, sonriendo.

—¿Quiere decir que no tiene un jet privado ni una limusina esperándola? —inquirió, y Moira rió.

—Ni mucho menos, aunque a veces alquilamos coches privados.

—¿Y nadie la reconoce... y la acosa?

—Por desgracia, no todos los norteamericanos están apuntados a Canal Ocio y, de estos, tampoco todos ven nuestro programa.

—Pues deberían.

—Gracias. De verdad.

—¿Qué hace en Boston?

—Soy de aquí.

—Vaya. Claro. Y es irlandesa, ¿verdad? ¿Ha venido a ver a la familia o a grabar un programa?

—Las dos cosas.

—Vaya. Genial. Oiga, es un privilegio. Si necesita medio de transporte durante su estancia, llámeme. Tengo el taxi más limpio de la ciudad. Yo también me he criado aquí, conozco Boston de arriba abajo. Y no la cobraría, de verdad.

—Jamás se me ocurriría aprovecharme de un trabajador

—dijo Moira—. Pero deme su tarjeta y lo llamaremos cuando necesitemos desplazarnos por la ciudad —de hecho, parecía un buen conductor. El tráfico de Boston seguía tan imposible como de costumbre. Siempre había obras; la autovía era un atasco casi perpetuo, y las calles eran estrechas y de una sola dirección.

El joven mantuvo la mano derecha sobre el volante y le pasó una tarjeta con la izquierda.

—Eh, yo también soy irlandés.

—Se llama Tom Gambetti.

El joven le sonrió a través del espejo retrovisor.

—Mi madre es irlandesa, mi padre italiano. Eh, estamos en Boston; somos muchos los que nos alimentamos de pasta y patatas. ¿Sus padres son irlandeses los dos?

—¡Ya lo creo! —rió Moira, y se inclinó hacia delante—. Es ahí: La Taberna de Kelly.

La calle era estrecha. Aunque las dos esquinas albergaban amplias construcciones modernas, el resto de la manzana seguía conservando su viejo encanto. El edificio de la taberna tenía dos plantas, sótano y desván. Databa de la época de las Colonias, como muchas de las casas vecinas. Había un poste de caballerías delante, de los años en que los fundadores del país habían acudido a tomarse una pinta o dos de cerveza. La Taberna de Kelly tenía un letrero llamativo encima de la puerta, iluminado con luces suaves desde los costados. Cuando hacía calor, sacaban mesas a la estrecha terraza delantera. Había dos ventanas en la fachada; estaban cerradas para no dejar entrar el frío, pero tenían las cortinas descorridas para que los transeúntes pudieran atisbar el interior cálido y acogedor.

—¿Quiere que le lleve la maleta? —preguntó Tom.

—No, gracias, déjala sobre la acera. Primero entraré en la vivienda —le pagó cuando Tom soltó la maleta—. Y le llamaré si necesito medio de transporte.

—Puede que no le haga falta llamar. Parece una taberna maravillosa.

—Lo es —murmuró, mientras escuchaba las risas y la música que emergían del interior—. Es todo lo que una taberna ha de ser. *Céad mile fáilte.*

—¿Qué quiere decir?

Moira lo miró con una sonrisa irónica.

—Cien mil bienvenidas.

La Taberna de Kelly estaba en su apogeo nocturno cuando Dan O'Hara salió de la trastienda, la habitación de invitados, en la que estaba alojado. La banda de música del local, Los Mirlos, interpretaba viejas y nuevas canciones irlandesas con un poco de pop norteamericano intercalado aquí y allá. Dan conocía a todos sus miembros desde hacía tiempo.

Era la primera vez que entraba en la taberna en horas de trabajo, y estaba preparado para dar y recibir saludos.

—¡Ahí está! —exclamó Eamon Kelly desde el otro lado de la barra—. El miembro más brillante de esta panda de réprobos, el señor Daniel O'Hara.

—Danny, ¿cómo estás? —preguntó el viejo Seamus.

—¡Has vuelto, Danny! —exclamó Liam McConnahy.

Los clientes de la barra eran viejos amigos de Eamon, algunos de la madre patria, otros nacidos y criados en los Estados Unidos. Reconoció a Sal Costanza, un viejo compañero de colegio que se había criado en el barrio italiano de la Orilla Norte. Eamon Kelly había creado su propio pequeño imperio gaélico en Boston, pero era un tipo de buen corazón, que se interesaba por todos sus congéneres y que, por lo general, tenía olfato para reconocer a un hombre honrado. Pero a Dan no le hacía gracia lo que estaba ocurriendo últimamente en la taberna. Habría dado cualquier cosa con tal de mantener al margen a la familia Kelly y su local, pero lo que sucedía había recibido la contraseña de «mirlos», y sólo podía referirse a La Taberna de Kelly.

Diablos, hasta un Kelly podía estar implicado.

—Sí, he vuelto —dijo Dan con fluidez, y abrazó a Seamus y a Liam y estrechó la mano del resto mientras intercambiaba rápidos saludos.

—A ver —dijo Seamus, enarcando sus gruesas cejas canosas por encima de su mirada desvaída pero azul—, ¿has estado en la madre patria o vagabundeando por los Estados Unidos?

—Un poco de las dos cosas —dijo Dan.

—¿Has estado hace poco en Irlanda? —preguntó Liam. Tenía la misma mata de pelo blanco que Seamus, salvo que a él le estaba clareando.

—En efecto —dijo Dan.

—¿En la República o en el Norte? —preguntó Seamus con un leve ceño que denotaba su preocupación.

—Un poco de todo —contestó Dan—. Eamon, ¿qué tal si les sirves una ronda a mis viejos amigos de la barra? Da gusto volver a verlos. Sal, ¿qué tal el negocio de la pasta en la Pequeña Italia? He estado suspirando por la lasaña de tu madre. A nadie le sale tan deliciosa como a ella.

Sal contestó y Dan siguió sonriendo, inclinando la cabeza en respuesta a las gracias que recibía por la ronda de bebidas. Pero, mientras seguía las bromas de pie junto a la barra, paseó la mirada por el local. Aunque la banda tocaba en un rincón, el lugar estaba en calma. Había una joven pareja cenando con los padres de ella o de él en una mesa del centro. Cerca de la orquesta, un grupito de oficinistas, seguramente del edificio de IBM o del banco de la esquina, se apiñaban en torno a un par de mesas y se relajaban después de su jornada de trabajo. Patrick Kelly había llegado. El hijo de Eamon era alto y tenía una mata de pelo moreno con reflejos cobrizos. Era un tipo atractivo, y estaba tocando en la banda, acompañando al violinista. Vio a Daniel y lo saludó con la mano y con una sonrisa, y le hizo señas de que se acercara. Daniel asintió, sonrió y le indicó que muy pronto se uniría a ellos. Patrick dio un codazo a Jeff Dolan, el primer guitarrista y líder del grupo, y este también saludó a Dan.

Sin dejar de recorrer el local con la mirada, Dan divisó a un hombre trajeado sentado en una mesa en sombras del fondo del local. Un desconocido. Dan tenía la sensación de que estaba observando a los ocupantes de la taberna, igual que él.

—¿Y tú qué bebes? —le preguntó Eamon.

—¿Que qué bebe? —dijo Seamus con indignación—. ¡Ponle un whisky y una Guinness!

—Vamos, Seamus, estoy en esta grandiosa nación —protestó—. Una Bud Light, si no te importa, Eamon. Puede que sea una noche muy larga... ¡con esta pandilla de ovejas negras bostonianas!

—¿Qué tal has encontrado la taberna, Danny? —preguntó Liam—. ¿La echas de menos cuando estás fuera?

—Bueno, la taberna es estupenda, como los viejos amigos —repuso Dan. Levantó la jarra que Eamon le había servido—. ¡Por los viejos tiempos y los viejos amigos!

—¡Y por la madre patria! —brindó Eamon.

—Sí, por la madre patria —dijo Dan con suavidad.

Cuando el taxista se marchó, Moira levantó la maleta y subió los peldaños que conducían a la vivienda familiar, situada encima del local. Dejó la maleta junto a la puerta y llamó con dedos fríos envueltos en guantes. Llamar era más fácil que intentar buscar la llave.

La puerta se abrió. Su madre apareció en el umbral, y nada más verla, desplegó una de esas sonrisas por las que habría valido la pena recorrer medio mundo a pie para volver a casa.

—¡Moira Kathleen! —exclamó y, después, aunque era delgada como un palillo y su hija le sacaba cinco centímetros, la estrechó con fiereza y con la fuerza de un oso pardo—. ¡Moira Kathleen, has venido! —dijo, y retrocedió por fin, con las manos en las caderas, para observar a su hija.

–Pues claro que he venido, mamá. Ya lo sabías.
–Hacía un siglo que no te veía –dijo Katy, y movió la cabeza–. Estás radiante.
–Gracias, mamá –rió Moira–. Son los genes –añadió con afecto. Su madre era una mujer hermosa. Katy no se teñía los mechones plateados que salpicaban su pelo cobrizo, y estaba delgada de moverse a mil por hora todos los días de su vida. Tenía los ojos del mismo verde de su Condado de Cork natal, y su rostro poseía una belleza clásica–. Y no hace tanto que no vengo. Desde las Navidades.
–Sí, puede que tengas razón, pero tu hermano Patrick viene a vernos al menos una vez al mes.
–Ah, sí, mi hermano. San Patricio –murmuró Moira.
–¿Te ríes de tu hermano? –dijo una voz detrás de Katy. Moira alzó la mirada y vio a su abuela Jon allí, de pie. Ni siquiera de joven había superado el metro y medio de estatura. A sus noventa y tantos años, pues nadie, incluida la propia Jon, conocía con exactitud su fecha de nacimiento, seguía recta como un palo de escoba y ágil como una chiquilla. En sus ojos de color avellana brillaba un agudo sentido del humor.
–¡Y aquí, en el corazón de la vieja Irlanda! –rió Moira, y avanzó para abrazar a su abuela. Mientras lo hacía, notó que temblaba un poco. Por ágil y erguida que estuviera, su abuela seguía siendo una masa de huesos delicados, y Moira la adoraba. Le había contado historias de duendes, antiguas leyendas y cuentos maravillosos sobre las hadas mensajeras de la muerte, las *banshees*, y después, de mayor, relatos verídicos sobre la lucha por la libertad de los irlandeses a través de los años. Era sagaz y sabia y, aunque había presenciado la destrucción de su ciudad, del campo de batalla, había conservado el amor por la humanidad, un excelente sentido del humor y un juicio claro sobre la política y las personas.
–Caramba, Moira, no te has echado ni un día encima –bromeó la abuela Jon–. Katy, ten corazón. La chica anda

por ahí inflándonos de orgullo. Y vive en Nueva York, mientras que Patrick se ha quedado en Massachusetts.

—Mmm. Como si el oeste de Massachusetts no estuviera tan lejos como la ciudad de Nueva York —dijo Katy.

—Pero no tiene tanto tráfico —repuso la abuela Jon.

—Y luego, está la golfilla de mi hermana pequeña —bromeó Moira, y puso los ojos en blanco. Katy inclinó la cabeza con una sonrisa irónica.

—Bueno, Colleen se ha ido a la otra punta del país, ¿no? Y ni siquiera se le pasó por la cabeza no celebrar en casa el día de San Patricio.

—Mamá, estoy aquí —suspiró Moira—, y hasta te he traído a los no irlandeses para que los conviertas —le dijo Moira.

—Bueno, ya basta —dijo Katy—. Voy a ponerte una taza de té. La abuela acaba de prepararlo.

—¿Y estará lo bastante fuerte para ponerse en pie y atravesar la mesa él solito, eh? —bromeó Moira, citando a su abuela.

—Es cierto que preparo un té de verdad, y no aguachirle. A ver, ¿qué tenemos aquí?

La entrada principal de la vivienda era un vestíbulo que daba a la cocina y a un pasillo que conducía a los dormitorios, la biblioteca y el saloncito del fondo. Moira no había oído nada, pero cuando miró detrás de la abuela Jon, vio aparecer tres pequeñas cabezas.

Patrick y su mujer, Siobhan, habían repetido el patrón procreador de sus padres: su hijo Brian tenía nueve años y sus hijas, Molly y Shannon, seis y cuatro respectivamente.

—¡Eh, niños! —exclamó Moira con alborozo. Se puso en cuclillas y abrió los brazos. Sus sobrinos se abalanzaron corriendo hacia ella con gritos y aullidos, y la besaron y abrazaron.

—Tía Mo —dijo Brian. De pequeño, no había logrado aprenderse bien su nombre, así que había sido la tía Mo para ellos desde entonces—. ¿Es cierto que vamos a salir en la tele?

—Sí, por supuesto. Si queréis, claro.

—¡Genial! —dijo Molly.

—¡Genial! —repitió Shannon, con los ojos muy abiertos.

—Sí, todos los niños de preescolar hablarán de vosotras —rió Moira, y revolvió el pelo de sus sobrinas. Brian parecía un calco en miniatura de su hermano, con sus ojos de color avellana y pelo cobrizo. Las chicas habían heredado el color rubio auténtico y los enormes ojos azules de su madre. Ni que Patrick lo hubiera querido así. Eran niños maravillosos, educados pero no tímidos, llenos de amor y personalidad. Obra de Siobhan, pensó Moira.

Su cuñada era un cielo. Patrick... Bueno, como la abuela Jon había dicho una vez, podía caerse en un montón de boñiga y levantarse oliendo a rosas. Moira adoraba a su hermano, por supuesto, pero siempre lograba salirse con la suya y parecer el hijo perfecto. Debería haberse dedicado a la política; quizá lo hiciera algún día. Se había licenciado en derecho y ejercía como abogado en un pequeño pueblo al oeste de Massachusetts, donde tenía terrenos, caballos y unos cuantos animales de granja, además de una casa tan bien cuidada como si hubiera salido directamente de las páginas de *Architectural Digest*. Los negocios solían requerir su presencia en Boston y, como era natural, siempre se pasaba a ver a sus padres cuando estaba en la ciudad.

Su hermano se había casado bien, concluyó Moira. Sabía que Siobhan O'Malley había corrido un riesgo contrayendo matrimonio con Patrick después de los días de desenfreno de éste en el instituto pero, al parecer, le había salido bien la jugada. Los dos parecían felices y aún, tras diez años de casados, muy enamorados.

—¡Seréis golfillos! —regañó Katy a los niños—. Ya son casi las nueve, y deberíais estar dormidos. Ya habéis visto a la tía Mo; ahora, a la cama otra vez.

—Vamos, abuela Katy... —protestó Brian.

—No voy a permitir que vuestra madre me diga que no puedo manejar a su prole a mi edad —dijo Katy—. Además, la tía Mo tiene que bajar a saludar al abuelo. Vamos, a la cama otra vez, enseguida.

—¡Espera! ¡Asumo la responsabilidad! ¡Un abrazo más a cada uno! —suplicó Moira. Las niñas rieron; Brian era más serio. Los besó en las mejillas y los abrazó con fuerza por segunda vez.

Los niños dieron las buenas noches y se alejaron a trompicones por el pasillo. Moira se puso en pie.

—¿Ya están aquí Patrick, Siobhan y Colleen? —preguntó.

—Siobhan ha ido a ver a sus padres, pero tus dos hermanos están abajo —dijo Katy—. Vamos, en marcha.

—Espera, espera, déjala que tome un sorbo de té antes de que la atiborren de alcohol —protestó la abuela Jon, y le llevó una taza. Moira le dio las gracias con una rápida sonrisa; nadie hacía el té como ella. Ni frío ni abrasador. Una pizca de azúcar. Nunca empalagoso como el sirope y nunca amargo.

—Está delicioso, abuela —dijo Moira.

—Entonces, bébetelo de un trago y baja a la taberna —la apremió su madre.

—Está bien, está bien, ya voy —dijo Moira, y apuró la taza—. «Me alegro de verte; ahora, vete» —bromeó.

—Es por tu padre, hija —protestó Katy.

—¿Qué tal está? —preguntó, un poco angustiada.

La sonrisa de su madre era la mejor respuesta que podría haber recibido.

—Las pruebas salieron bien, pero le han dicho que debe hacerse una revisión cada seis meses.

—Trabaja demasiado —murmuró Moira.

—Eso pensaba yo, pero los médicos dicen que el trabajo es bueno para el hombre, y que pasarse el día sentado, no. Así que obtuvo todo el permiso que necesitaba para seguir regentando su taberna, aunque bien sabe Dios que tiene ayuda de sobra.

—Voy a bajar a saludarlo —dijo Moira, y su madre asintió, complacida. Moira les dio otro beso a las dos, y atravesó el vestíbulo. A la izquierda, había un pequeño saloncito y una escalera en espiral que comunicaba con el despacho y el almacén situados detrás del local, donde encontraría al resto de su familia... y experimentaría todas las emociones conflictivas que conllevaba el volver a casa.

En cuanto abrió la puerta, Moira oyó el murmullo de conversaciones en la barra y la música de la banda. Gimió para sus adentros. Los Mirlos estaban tocando una pieza de la obra de teatro *El rehén*, del subversivo escritor irlandés Brendan Behan.

–Estupendo –murmuró–. Ya están brindando por la República.

Cerró la puerta, atravesó el despacho y las puertas basculantes y vio la espalda de su padre. Eamon Kelly era un hombre alto de hombros anchos y pelo entrecano. Aunque estaba sirviendo una pinta, Moira se acercó a hurtadillas por detrás y le rodeó la cintura con los brazos.

–Eh, papá –dijo con suavidad.

–¡Moira Kathleen! –exclamó, y derramó un poco de cerveza al dejar el vaso sobre la barra, girar en redondo, agarrarla por la cintura y levantarla del suelo. Moira lo besó en la mejilla y protestó por aquella demostración de fuerza, preocupada como estaba por su corazón.

–Papá, bájame –rió. Él lo negó con la cabeza, mientras la miraba con sus hermosos ojos azules.

–El día en que no pueda levantar a mi hija, será un día muy triste.

–Bájame –repitió Moira, todavía riendo–. Tengo la sensación de que todo el mundo me está mirando.

–¿Y por qué no? ¡Mi hija ha venido a casa!

—Tienes otra hija en...
—Y ya la he hecho ruborizarse delante de todos. ¡Ahora te toca a ti!

Moira logró apoyar los pies en el suelo y, después, volvió a abrazarlo con fiereza.

—Conoces a los muchachos de la barra, ¿eh, hija? Seamus y Liam, Sal Costanza, el italiano, Sandy O'Connor un poco más allá, su mujer, Sue...

—¡Hola! —los saludó Moira en general.

—Bueno, yo quiero un beso y un abrazo —dijo el viejo Seamus.

—¡Y yo! —exclamó Liam.

—Uno más para papá y, después, salgo de la barra —prometió Moira, y volvió a estrechar a su padre—. ¿Tienes permiso para trabajar tanto? —le preguntó en voz baja.

—Poner una pinta no es trabajo —respondió; se apartó y frunció el ceño—. ¿Y tú? ¿Has venido sola?

Moira sonrió.

—Papá, vivo y trabajo en Nueva York. Viajo por todo el país.

—Pero sueles ir acompañada.

Perpleja, Moira movió la cabeza.

—Fui en taxi al aeropuerto, me subí al avión y vine en taxi hasta aquí.

—Boston no es la ciudad más segura del mundo últimamente —comentó Liam. Moira advirtió que Seamus y él tenían un periódico desplegado sobre la barra.

—Ninguna metrópolis está libre de delincuencia —alegó Moira en tono despreocupado—. Por eso has enseñado a tus hijos a ser inteligentes y espabilados, papá.

—Está preocupado por lo de la chica —le dijo Liam.

—¿Qué chica? —Moira frunció el ceño.

—La prostituta que han encontrado en el río —respondió Seamus.

—Muerta —añadió Liam con voz triste.

—Estrangulada —concluyó Seamus en tono trágico.

Moira miró a su padre; a ella también la entristecía aquel suceso, pero le extrañaba que a su padre le inquietara su seguridad a raíz de aquel crimen.

—Papá, te lo prometo, no practico la profesión más antigua del mundo.

—Vamos, Moira... —empezó a decir Eamon.

—Teme que haya un asesino en serie en la ciudad —dijo Liam, y movió la cabeza—. Al parecer, la mujer merodeaba por el hotel en busca de clientes y atraía a hombres acaudalados. Así que, ya ves, cualquier joven encantadora podría ser una víctima. Pero no queremos abatirte, Moira, pequeña. ¡También hay buenas noticias! Va a asistir al desfile de San Patricio uno de los políticos más importantes de Irlanda del Norte: Jacob Brolin. Vendrá aquí, a Boston. ¿Te lo puedes creer?

—¿Ah, sí? —murmuró Moira, por temor a decir más. En La Taberna de Kelly se revivían batallas con frecuencia... y la lucha que había desembocado en la creación de la República de Irlanda. Brindaban por el levantamiento de Pascua con solemnidad, el primer acto rebelde contra el dominio de los ingleses, cuyos cabecillas fueron ejecutados pese a haberse rendido incondicionalmente. Comentaban las estrategias de los líderes, hablaban a favor y en contra del héroe Michael Collins, el artífice de la independencia, y despellejaban a Eamon De Valera, el primer presidente de la República de Irlanda. Claro que todos acababan lamentando lo mismo: que la isla no hubiera sido reconocida como una nación en su totalidad, la nación irlandesa, en el momento de su creación, porque así se habrían evitado los conflictos en Irlanda del Norte.

—Sí, es un buen hombre, ese Jacob Brolin —dijo su padre, y su rostro se iluminó—. Es un privilegio que venga a celebrar San Patricio con nosotros, hija. Ya deberías saberlo.

Moira intentó mantener la boca cerrada, pero no podía. Movió la cabeza.

—Papá, tendrás que perdonarme si pienso que la violencia es horrible en cualquier circunstancia y si no conozco todos los pasos dados en un país extranjero por la esperada unión de una isla-nación. Podéis soñar con una Irlanda unificada, pero creo que bombardear a inocentes es algo más que despreciable. Tengo amigos ingleses que no tienen ningún deseo de perjudicar a ningún irlandés...

—¡Por Dios, Moira! Vienen a verme ingleses todos los días —dijo su padre con indignación—. Gente estupenda. Ingleses, escoceses, australianos, galeses, y un buen número de nuestros amigos los canadienses, por no hablar de los mexicanos, franceses, españoles...

—Perdona, pero ¿no te olvidas de tus amigos íntimos de Boston? —dijo Sal, sonriendo, y le guiñó el ojo a Moira en un intento de desviar la discusión.

—Dios mío, los italianos, claro —exclamó Moira—. ¡Salud!

—¡Por los italianos!

Los hombres de la barra siempre estaban encantados de brindar por todos y cualquiera. Pero la táctica no sirvió para cortar el hilo de la conversación.

—Moira, deberías admirar a ese hombre, Jacob Brolin —dijo Seamus con ardor—. Es un pacifista, y trabaja por los derechos de todos los habitantes de Irlanda del Norte. Ha organizado eventos sociales a los que asisten miembros de los dos bandos, ha luchado por los pobres y los oprimidos y es querido por católicos y protestantes a partes iguales. Raras veces ha existido un hombre tan justo y bueno en una posición de poder.

Moira exhaló un hondo suspiro, sintiéndose un poco tonta. No quería hablar de política pero había estado a punto de provocar una discusión acalorada ella misma.

—En ese caso, me encanta que ese hombre venga a nuestro país, a nuestra ciudad...

—Querrás sacarlo en tu programa —dijo Seamus.

—Sí, así todos podremos conocerlo —corroboró Liam.

—Bueno, ya veremos —murmuró Moira—. Pensábamos pedirle a mamá que preparara un plato tradicional irlandés, que contara historias sobre duendes y cosas así.

—Sí, pero retransmitirás el desfile, ¿no? —insistió su padre.
—¿Moira?

Pocas veces la había aliviado tanto oír que la llamaban. Giró sobre sus talones y sonrió de felicidad al ver a su hermana pequeña, Colleen, sorteando las mesas hacia la barra.

De niñas siempre habían estado como el perro y el gato, pero Colleen era una persona muy querida para Moira. Era preciosa, de su misma altura, con el pelo rojo de un tono más suave que el cobrizo intenso de Moira. Tenía los ojos de color avellana de la abuela Jon y un rostro de pura luz y belleza. Llevaba dos años viviendo en Los Ángeles, para desconsuelo de sus padres. Pero la habían contratado como primera modelo de una floreciente casa de cosméticos y, aunque Katy y Eamon Kelly lamentaban que pasara tanto tiempo lejos de casa, también se enorgullecían mucho de ella. Su rostro aparecía en revistas de todo el país.

Colleen la abrazó.

—¿Cuándo has llegado?

—Hace media hora. ¿Y tú?

—A primera hora de la tarde. ¿Has visto ya a Patrick?

—No, pero anda por aquí, ¿no?

—En la banda. Con Danny.

Moira volvió la cabeza. Había estado oyendo la música desde su llegada, y la voz de Jeff Dolan, a quien había oído cantar y tocar al menos durante un tercio de su vida. En aquel instante comprobó que, efectivamente, su hermano estaba en el grupo, tocando la guitarra acústica.

Y Danny también, sustituyendo al batería. Como si hubiera previsto el momento exacto en que ella lo miraría, alzó la vista y sus miradas se cruzaron.

Danny sonrió despacio, levísimamente. No perdió el ritmo ni un momento. «Ah, sí, Moira, cariño, estoy aquí». ¿Sería parte de su atractivo? La lenta sonrisa que derretía, los ojos de color ámbar que siempre parecían un tanto burlones, un tanto pesarosos. Intentó contemplarlo de forma objetiva. Era un hombre alto, y se hacía aparente a pesar de que estaba sentado detrás de los instrumentos. Tenía el pelo rebelde, de un tono rubio rojizo, y lo molestaba que le cayera sobre la frente, aunque al género femenino le resultara sexy.

No tenía los hombros tan anchos como Michael, se dijo. Michael era incomparablemente alto, moreno y apuesto. Y mucho más: honrado, amable, divertido, cortés y atento al bienestar de los seres que lo rodeaban. Cuando lo conoció, justo después de las vacaciones de Navidad, pensó que era decididamente sexy y atractivo. Después, se dijo que era inteligente, brillante e ingenioso. Luego, empezó a encariñarse con él. Pero con Danny...

Simplemente, había estado allí, un torbellino intermitente en su vida. Primero, de pequeño, presentándose con su tío para visitar a los padres de Moira; después, viajando solo a los dieciocho años. Era de la edad de Patrick, tres años mayor que ella, y lo había adorado desde la primera vez que puso el pie en su casa, a los trece años. Regresó a los catorce, a los quince, a los dieciséis y a los dieciocho, y fue ese año cuando Moira comprendió que no había nada en el mundo que deseara tanto como a Dan O'Hara.

Quizá él se hubiera resistido al principio. Acababa de licenciarse en periodismo y su pasión era la escritura; quería cambiar el mundo, y ella no era más que una mocosa y, además, la hija de sus buenos amigos norteamericanos. Así que Moira se propuso ir tras lo que quería. Estaba embelesada, maravillada, y acostarse con él no cambió las cosas. Tampoco cambió a Danny. Le dijo que él no le convenía, que ella era muy joven todavía, que necesitaba ver mundo, conocerlo. Y aun así, año tras año, ella lo esperaba mientras iba al colegio, disfrutaba aprendiendo y buscaba a alguien que la hiciera olvidar que Danny se encontraba en algún rincón del mundo. Danny, siempre irradiando pasión y energía. Moira sabía que se preocupaba por ella; quizá, a su manera, la quisiera, pero no tanto como quería al resto del mundo... o, al menos, su amada Irlanda.

Cuando se hizo mayor, empezó a comprender un poco a Danny. Ella era norteamericana, y le encantaba serlo, y tenía sus propios sueños y aspiraciones. No estaban hechos el uno para el otro, pero eso no había impedido que lo deseara.

Pero por fin había encontrado a alguien. A Michael. Inspiró hondo y simuló una sonrisa espontánea. «Conque estás aquí, Danny. Me alegro por ti, y me alegro de verte. Ahora, si me disculpas, estoy viviendo una vida maravillosa y...»

Hizo intención de darse la vuelta, pero la sonrisa de Danny se acrecentó cuando terminaron de tocar la pieza y, mientras el público aplaudía, Moira lo vio inclinarse hacia Jeff Dolan y Patrick para susurrarles algo.

—Oh, no —dijo Colleen—. Nos han visto juntas.

—¿Y qué? —murmuró Moira.

—Les dije que no cantaría hasta que tú no aparecieras.

—¡Colleen! —protestó Moira.

—Eh, amigos, esta noche tenemos una actuación especial —anunció Jeff por el micro—. Las hijas pródigas han regresado a casa para celebrar San Patricio. Vamos a subirlas al escenario para que interpreten una canción especial en honor de todos los irlandeses de Norteamérica... Y recuerden, en San Patricio, todos los norteamericanos son un pelín irlandeses.

—Adelante, hijas —dijo Eamon con orgullo.

—Vamos, hermanas Kelly —las llamó Jeff con determinación—. Damas y caballeros, un auténtico lujo. Las hermanas Kelly. Nadie interpreta *Danny Boy* de una forma tan bella, melódica e irlandesa.

—¿Qué podemos hacer? —susurró Colleen—. No puedo creer que nos estén poniendo en este aprieto. Hace siglos que no oigo la canción.

—Claro, desde la última vez que estuvimos aquí —le recordó Moira con ironía—. Tenemos que hacerlo, si no papá se ofenderá.

Danny había sido el instigador; Moira lo sabía. Caminó hacia Jeff tratando de no prestar atención a Danny mientras aceptaba el micrófono.

—Una interpretación bella, melódica e irlandesa... en Norteamérica —dijo, sonriendo a Jeff; y se disculpó ante los clientes de la taberna—. No garantizamos nada, pero haremos lo que podamos.

Los primeros acordes del violín arrancaron un suspiro a los espectadores. Moira pensó fugazmente que, con aquel público tan parcial, los aplausos estaban garantizados aunque cantaran como grajos. Pero le encantaba la canción, y Colleen y ella llevaban interpretándola muchos años juntas, desde la función de San Patricio de la catequesis del colegio. La voz de su hermana armonizaba a la perfección con la suya. Tal vez no fuera la interpretación más bella, melódica e irlandesa, pero defendían bien la canción. Tenía cierta magia, como el hecho de estar en casa, de estar cantando con Colleen... incluso de saber que Daniel O'Hara estaba marcando el suave ritmo en la batería, detrás de ella.

Como era de esperar, aplaudieron con entusiasmo. Moira y Colleen sonrieron, y dieron las gracias por los cumplidos. Moira notó que le pasaban el brazo por la cintura y, antes de ponerse completamente rígida, advirtió que se trataba de su hermano.

—Hola, Patrick —lo abrazó.

—¿Y yo? —protestó Jeff.

Jeff Dolan parecía un hippy moderno; Moira le dio un beso y lo abrazó. Jeff había vivido una montaña rusa personal. Había tomado drogas, las había dejado, había participado activamente en la política, protestando por todo, desde los vertidos tóxicos hasta los gastos de la administración. Había sobrevivido. Se había desenganchado de la droga. Seguía siendo activista político, pero con equilibrio y visión o, al menos, eso esperaba Moira. Lo abrazó con afecto, junto a otros tres asiduos, Sean, Peter y el original Ira, un israelí.

—¿Me has visto aquí detrás? —le preguntó Danny—. ¿O debo ponerme a la cola?

—Danny —murmuró Moira, tratando de fingir que había

sido un despiste. Lo besó fugazmente en la mejilla–. ¿Quién podría olvidarse de ti?

Danny sonrió de oreja a oreja, la abrazó con fuerza y le plantó un beso firme en los labios. Moira rehuyó el contacto lo antes posible. Era demasiado fácil subestimar a Danny. La fortaleza con que la agarraba contradecía el aspecto delgado que le confería su estatura. Danny siempre parecía irradiar energía. En un abrir y cerrar de ojos, Moira estaba ardiendo.

–Me alegro de verte, Danny –murmuró.

–Algo ligero, chicos –indicó Jeff a los componentes del grupo.

Moira bajó del escenario, miró hacia la otra punta del local y se quedó helada. Josh y Michael estaban en la barra, delante de los grifos de cerveza, no muy lejos de su padre.

Se habían presentado mucho antes de lo esperado.

Josh estaba filmando la escena con una cámara. Michael seguía aplaudiendo, mirándola a los ojos, con un brillo en los de él. Moira no sabía por qué, pero se sentía como si la hubieran tomado por sorpresa. Estaba enfadada con Josh por haberla grabado sin su conocimiento y, al mismo tiempo, agradecida por la presencia de Michael y su apoyo incondicional. También se preguntó si Danny, que seguía en la batería, sabría que Josh había llegado acompañado de otro hombre. Estaba segura de que se había fijado; Danny siempre parecía estar atento a lo que ocurría a su alrededor. Y, seguramente, puesto que hacía un día que estaba en Boston, sus padres ya le habrían dicho que había un hombre en su vida.

No era dada a las demostraciones de afecto en público, pero le sonrió a Michael y atravesó a paso rápido la sala para inclinarse sobre una banqueta y darle un beso largo y profundo de bienvenida. Muy emotivo, pensó. Y muy natural, a pesar de que su padre estaba carraspeando. Hacía tiempo que no veía a Michael.

–Precioso, nena –dijo él con suavidad.

–Gracias.

–Muy bonito –corroboró Josh.

Moira apretó los dientes, extrañándose de su enojo por que Josh hubiera grabado la actuación y preguntándose cuánto habría captado la cámara. ¿Por qué estaba enfadada? Aquella era la pieza central de su plan de rodaje: una taberna irlandesa de Norteamérica. Era presentadora; salía en la televisión constantemente, se exponía a las críticas y al ridículo. Era parte del juego. Pero aquello...

Aquello era su vida privada. Danny la había besado en el escenario.

No era más que un viejo amigo. Y ella misma había abierto la caja de Pandora al decidir grabar allí el programa.

Su sonrisa era forzada cuando miró a Josh.

–Josh, ya conoces a mi padre. Papá, supongo que Josh ya te ha presentado a Michael... No sabía que iban a aparecer tan temprano.

–He hecho todas las presentaciones –declaró Josh.

–Estupendo. ¿Cuándo has llegado? –le preguntó. Josh enarcó una ceja, porque la conocía bien y percibía su enojo.

–A tiempo de grabar toda la actuación –le dijo.

–Ya conoces a tu socio –comentó Eamon, haciendo un esfuerzo por bromear. Moira gimió para sus adentros, consciente de que a su padre lo había contrariado un poco su efusividad con un hombre al que él acababa de conocer.

–¿Cómo habéis llegado tan pronto? –insistió Moira.

Michael le pasó un brazo por la cintura, sonriendo. Tenía una sonrisa magnífica, con hoyuelos; un rostro cuadrado con excelente estructura ósea y un mentón rotundo. Era alto, corpulento, y estaba magnífico con su elegante traje de ejecutivo. A Moira le encantaba el aftershave que usaba. Todo en él era perfecto... perfecto para ella. Moira sabía lo que quería y con quién quería estar... Siempre que Michael estuviera allí y no se apartara de su lado.

–Josh me llamó al hotel y dijo que ya habías salido, así que nos consiguió unas plazas en un vuelo anterior –dijo

Michael–. Me reuní con él en el aeropuerto y... aquí nos tienes.

–Magnífico –murmuró Moira.

–Ya veo que estás encantada –bromeó Josh.

–Me gusta saber cuándo me están grabando –le dijo.

–Bueno, ahí está la gracia, ¿no? –intervino Liam. Los amigotes de su padre no contemplaban que pudiera haber una conversación que no los incluyera–. Vais a hacer un programa sobre el día de San Patricio, ¿qué mejor que veros a ti y a tu hermana cantando *Danny Boy* en casa? Lo habéis hecho de maravilla, pequeña, de maravilla.

–Gracias, Liam.

–No te brilla la nariz ni nada parecido, Moira Kathleen –añadió Seamus.

–Gracias, chicos –repitió con suavidad, sintiéndolo de veras. Los hombres eran sinceros, auténticos fans–. Papá, voy a subir a casa con Michael para presentárselo a mamá...

–Vamos hija, ¡no me dejes ahora! Esto empieza a llenarse. Entra en la barra y échale una mano a tu viejo.

–Colleen...

–¿Ves a tu hermana por alguna parte? Ha conseguido escurrirse.

–Yo le presentaré a Michael a tu madre y a la abuela Jon –se ofreció Josh en tono alegre. Moira intentó asesinarlo con la mirada.

Michael la miró con una sonrisa de pesar y encogió los hombros, como si quisiera asegurarle que comprendía perfectamente la situación.

–No pasa nada, iré con Josh.

–Prepárate a tomar té fuerte –le advirtió, mientras rodeaba la barra para reunirse con su padre. Michael le agarró las manos y susurró en voz baja:

–Guarda esos besos para después. Puede que en el hotel... ¿cuando cerréis la taberna? Con absoluta discreción, por supuesto –bromeó–. No quiero que tu padre me odie antes de llegar a conocerme.

—Asegúrate de que sabe que tu familia es irlandesa. Te querrá —susurró.

—Vamos, Michael —dijo Josh—. Subiremos por la escalera interior.

Cuando Josh pasó junto a Moira, esta lo agarró del brazo y le espetó en un susurro:

—¡Espera y verás! Dudo que vuelva a hacer de canguro para ti.

—¿Es que te vas a echar atrás ahora, Moira Kathleen? —bromeó Josh—. Lo siento, pequeña, has de entrar tú sola en esta guarida de leones. ¿O es sólo un león el que te asusta?

Acto seguido, desapareció con Michael tras las puertas basculantes.

—Cretino —masculló Moira.

—No te referirás a mí, ¿verdad, Moira Kathleen?

Moira giró sobre sus talones. Debería haber sabido que Dan O'Hara se había reunido con ella detrás de la barra; seguía usando su inconfundible marca de aftershave. Moira debería haber notado su presencia junto a ella, sirviéndose una cerveza.

—¿Por qué no? —le preguntó con dulzura—. ¿No te lo mereces?

Danny no respondió; bebió con fruición y la miró de arriba abajo.

—Tal vez —dijo por fin, encogiéndose de hombros—. Estás muy elegante. Preciosa, como de costumbre.

—Muchas gracias.

—¿El trabajo bien?

—De maravilla. ¿Y tú? ¿Sigues promoviendo conflictos y rebeliones?

—Vamos, Moira. Mi arma, si es que tengo una, es la pluma, y lo sabes. O el ordenador, últimamente.

—Lo que tú digas.

—Nunca me has comprendido, cariño.

—Creo que he comprendido lo justo.

Danny se recostó en la barra, junto a ella. Demasiado cerca.

–Tienes que pasar algún rato conmigo, Moira.
–No puedo en este viaje. Lo siento, estoy enamorada.
–Sí, de Michael el Perfecto.
–Es maravilloso, la verdad.
–¿Tan bueno como yo?

Se sorprendió acercándose a él con los ojos ligeramente entornados.

–Mejor. Tan endiabladamente bueno que no he hecho el amor con él sobre la barra porque estaba mi padre delante.

Para enojo de Moira, Danny prorrumpió en carcajadas.

–Me alegro de hacerte reír.

–Perdona –movió la cabeza, repentinamente serio–. Es que... en fin, si fuera tan bueno, no habrías sentido la necesidad de decírmelo.

Moira se irguió y se lo quedó mirando con el frío manto de dignidad en el que sabía envolverse.

–No, esta vez es diferente. Sí, hubo años en los que saltaba de hombre a hombre, de aventura en aventura, con el corazón roto por ti, pero las cosas cambian. Ahora, estoy enamorada.

–Pues claro. Y eso de que saltabas de hombre a hombre... ¡y un cuerno! Necesitas un expediente completo antes de salir a cenar con cualquiera.

Moira se dio la vuelta para recoger vasos vacíos.

–Las cosas cambian, tu ego, no. ¿De verdad pensabas que eras el único hombre que me ha hecho sentirme feliz y satisfecha?

La sorprendió la gravedad con la que habló.

–Dudaba que pudiera hacerte feliz, por eso nunca me quedaba –dijo Danny. Su tono cambió al instante, haciéndola dudar de la extraña pasión de su primer comentario–. En cuanto a la satisfacción... ven a verme. Tengo entendido que el amor de tu vida se pasa el día viajando. Para tu empresa, por supuesto, pero aun así.... Estaré aquí, en la vieja trastienda, durante los próximos días. Ven a verme cuando te reconozcas a ti misma que es eso precisamente lo que quieres hacer —inclinó el ala de un sombrero imaginario y empezó a salir de detrás de la barra.

—Cuando las ranas críen pelo, Danny —le dijo con suavidad, con los ojos clavados en su espalda. No podía verle la cara, pero creyó ver que le temblaban ligeramente los hombros. Se estaba riendo. Danny se detuvo de improviso y se apoyó en la barra para inclinarse hacia ella.

—¿Qué harás cuando las ranas críen pelo? ¿Reconocerlo o hacerlo? —preguntó. Pero ella no supo reaccionar lo bastante deprisa y, una vez más, Danny se dio la vuelta y se alejó hacia el escenario.

Moira tuvo la tentación de arrojarle un vaso.

«¿Es sólo un león el que te asusta?» Las palabras de Josh la atormentaban. No estaba asustada, sino furiosa. Y estaba furiosa porque... Porque tenía miedo de los leones. O al menos... de un león en particular.

Se volvió para mirarlo y vio a Danny observando la sala como un león. Tumbado al sol, moviendo la cola, calculando, vigilando... Como si fuera a entrar en acción de un momento a otro. Moira no puedo evitar preguntarse qué presa estaría vigilando.

Sintió un extraño temor, como si algo próximo y querido corriera peligro.

Se volvió hacia un hombre de la barra que le había pedido algo, decidida a desterrar sus inquietudes. Era Danny quien la alteraba, maldito fuera. Sólo Danny.

4

A pesar de todo, la velada fue muy agradable.

Michael y Josh regresaron a la barra después de tomar el té con la madre y la abuela de Moira. Josh estaba contento; había hablado con su mujer y, al día siguiente, Gina viajaría a Boston con los gemelos. Michael se había asomado al cuarto de los sobrinos de Moira mientras dormían y no había hecho más que repetirle lo adorables que eran, como si Moira no lo supiera. Claro que le agradaba oírlo. Podía ser un poco recelosa de su familia, pero se enorgullecía enormemente de ellos, y no podía evitar alegrarse de que Michael estuviera encajando a la perfección.

Realmente era un hombre maravilloso. Pasó un rato en la barra, charlando con los amigos de su padre como si los conociera de toda la vida. Conversó con Patrick sobre una organización benéfica norteamericana que se estaba formando para apoyar a huérfanos norirlandeses y procurar becas a aquellos, tanto protestantes como católicos, que tenían edad para ir a la universidad y que habían perdido a sus padres por causas naturales o actos de violencia.

Era un hombre increíble. En un momento dado, Moira le sonrió desde el otro lado de la barra, con la esperanza de poder transmitirle lo que estaba pensando.

Por fin, llegó la hora de cierre. La banda dejó de tocar, y los últimos clientes, los más veteranos, se marcharon. Moira estaba pasando un paño a la barra cuando percibió la presencia de Danny a su espalda. En aquella ocasión, supo que estaba allí antes de que abriera la boca.

—No me has presentado al nuevo amor de tu vida, Moira —murmuró.

—¿De verdad? ¡Quién lo iba a decir! ¡Con la de veces que te he visto!

—He estado tocando la batería por el bien de la causa —dijo con suavidad.

—No te atrevas a usar la palabra «causa» en mi presencia, Daniel O'Hara —dijo en voz baja.

—Moira, es una palabra inocente —repuso Danny, regocijado.

Michael estaba caminando hacia ella, una roca comparado con aquella espina que tenía clavada en el corazón.

—Aquí viene. Ahora podrás conocerlo —dijo con suavidad—. Por fin te veo, Michael —añadió con naturalidad; soltó el paño y se acercó a él para rodearlo con el brazo. Él le devolvió el apretón. Moira lo miró con adoración y, después, fingió percatarse de que, ah, sí, Danny, un viejo amigo, estaba allí—. Dan O'Hara, Michael McLean. Michael está trabajando con nosotros como ayudante de producción y gestor de localizaciones —dijo Moira.

Michael sonrió y extendió la mano derecha para estrechar la de Danny. Siguió rodeando los hombros de Moira con su otro brazo.

—Espero ser mucho más que eso —dijo con pesar—. Dan O'Hara, me alegro de conocerte. Tengo entendido que eres un viejo amigo de la familia.

—Ah, mucho más que eso —puntualizó Danny con desenfado—. Yo también me alegro de conocerte, Michael McLean. Si puedo serte de ayuda durante tu estancia en la ciudad, por favor, cuenta conmigo.

—¿Un irlandés que conoce Boston al dedillo? —dijo Michael.

—Mi hogar lejos del hogar —repuso Danny.

—Es un trotamundos —anunció el padre de Moira, que se

había acercado a ellos, y le pasó a Danny el brazo por los hombros–. Estamos a punto de cerrar, Moira Kathleen, y si mañana tienes una agenda de trabajo muy apretada, tus amigos deberían retirarse ya a su hotel.

–Moira, ¿te vienes con nosotros un rato? Para revisar el plan de rodaje –preguntó Michael, todo él inocencia. A fin de cuentas, el padre de Moira estaba justo delante de él.

Moira estaba decidida, bajo la mirada atenta de Danny, a decir que sí y a hacerlo con entusiasmo. Pero antes de poder abrir la boca, su padre habló.

–Hija, esta noche, no. Por favor, no andes por la calle a estas horas.

–Papá, no voy muy lejos. Se alojan en el Copley.

–Es tarde.

–Papá...

–Acaban de encontrar el cuerpo de esa pobre chica.

–Papá, estoy tan conmocionada como tú por el asesinato, pero no voy a ir por ahí ofreciendo mis...

–¡Moira Kathleen! Ya es suficiente. ¿Y qué te hace pensar que los inocentes están menos expuestos al peligro que los pecadores?

–Puede que no fuera una pecadora, quizá sólo estuviera intentando salir adelante –le dijo Moira a su padre.

–Moira, puede que tu padre tenga razón. Es muy tarde, y es tu primera noche en casa –dijo Michael. Expresaba su pesar con la mirada, pero la hizo feliz que estuviera intentando encajar en la familia. Aquella actitud indicaba que estaba pensando en el futuro.

–Está bien, es tarde –accedió Moira–. Te veré mañana por la mañana –le dijo a Michael, y se puso de puntillas para darle un beso de buenas noches. Olía bien, pensó. Le agradaba la textura de su chaqueta. «Quiero a este hombre», pensó. «Es apuesto, sexy y mucho más. Fiable, honrado, seguro de sí mismo, excitante...»

–Hija, sólo va a pasar la noche fuera, no el próximo milenio –bromeó su padre con un suave suspiro.

Moira rió y soltó a Michael. Dio un beso a Josh en la mejilla.

—Tened cuidado de camino al hotel.

—No nos pasará nada —le aseguró Josh. Los dos les dieron las buenas noches a su padre y a Danny y Moira los acompañó hasta la puerta de la taberna. Allí, atrapó la bufanda de Michael para darle un último beso.

—Bueno, ya está casi todo recogido —anunció su padre cuando la puerta se cerró—. Tú vete a la cama, Moira Kathleen, y Dan y yo terminaremos aquí.

—No, papá, eres tú quien tiene que irse a la cama. Sospecho que no descansas lo que deberías.

—Cuando un hombre deja de trabajar, hija, deja de moverse, y ésa es su perdición —dijo Eamon, y movió la cabeza.

—Papá, estoy a salvo en esta casa, y no te hará daño acostarte un poco antes esta noche —insistió.

—Está bien, está bien. Esta noche, Danny y tú podéis aliviar la carga a este pobre viejo —dijo, y le guiñó el ojo a Moira. La abrazó con fuerza y le plantó un beso en la coronilla—. Te quiero, pequeña —murmuró con voz ronca.

—Y yo a ti, papá. Ahora, vete a la cama. Esta noche tienes la casa llena.

—Sí, pero tengo a tu madre, que es una santa, lo aguanta todo y gobierna esta casa como un capataz —repuso Eamon—. Buenas noches, Moira. Danny, asegúrate de que se acuesta pronto.

—Descuida, Eamon —le aseguró Danny.

Mientras su padre se dirigía a la escalera interior, Moira entró en la barra. Sólo quedaban unos cuantos vasos vacíos sobre el hermoso mostrador de madera. El local había sido una posada en la época colonial, y la barra tenía varios siglos de antigüedad. Siempre disfrutaba limpiando aquella reliquia.

Danny comprobó que la puerta de la calle estaba bien cerrada y se acercó a ella. Se recostó en la barra con ojos centelleantes.

—Se supone que ibas a ayudarme —le dijo Moira, sin levantar la vista de su tarea. Danny se encogió de hombros.

—No deberías salir con él, ¿sabes?

Moira no dejó de restregar la madera barnizada ni un solo instante. Obligó a Danny a retirar un codo.

—Me estás escuchando, cariño, y los dos lo sabemos —insistió, y volvió a apoyarse en la barra—. No deberías salir con él.

—¿Ah, no? —dijo Moira y, al mirarlo, se sorprendió al ver que el regocijo había desaparecido de sus ojos—. ¿Se puede saber por qué? ¿Porque nos haces el honor de visitarnos?

—No, no es por mí.

—¿Por qué si no?

—Tiene ojos de ratón.

—¿Ojos de ratón?

—Pequeños, redondos y brillantes. Peligrosos.

—¿Ojos peligrosos? Vaya, qué delicia. Qué excitante... y sensual. No me había dado cuenta de lo mucho que Michael tiene que ofrecer.

—Debiste casarte con Josh. Ese sí que es un buen tipo, y fiable.

Moira siguió frotando la barra perfectamente limpia.

—Eso le inflará el ego a Josh... que lo llames fiable.

—¿Cómo? ¿Es que un hombre no quiere ser fiable y sólido?

Moira suspiró.

—No lo sé, Danny. Esa pregunta tendrás que responderla tú mismo. ¿Alguna vez has sido fiable... o sólido?

—Tan sólido como una roca.

—Una roca que no hace más que dar botes por ahí.

Danny se encogió de hombros.

—Soy un enamorado de los Estados Unidos, pero nací en Irlanda. Mi corazón está dividido, ¿sabes?

—El otro día leí que hay muchos más irlandeses en Norteamérica que en Irlanda.

—¿Me estás pidiendo que me quede a vivir aquí?

—Sólo te informo de que, ya que te sientes atraído a venir de vez en cuando a los Estados Unidos, podrías considerar la posibilidad de inmigrar.

—Si lo hiciera, ¿desistirías del tipo de ojos de ratón?

—No. Y, por favor, recoge esos vasos y lávalos. Quiero irme a la cama.

—Vaya, ¿es una invitación? ¿En la casa de tu padre? ¡Moira Kelly!

—Por supuesto que no era una invitación. Por cierto, dime, ¿a qué has venido? ¿No deberías estar celebrando San Patricio en tu casa?

—He venido a visitar a unos viejos amigos.

—¿No tienes amigos en Irlanda a los que visitar?

—Por toda la isla. Quería estar aquí.

—¿Por qué? ¿Vas a volver a sermonear a los norteamericanos? ¿Acabas de publicar otro libro sobre el imperialismo de los ingleses para instar al mundo entero a que deje lo que tiene entre manos y fuerce la unificación de Irlanda?

Danny enarcó una ceja.

—Es una manera muy poco objetiva de ver la situación... y a mí.

—Lo reconozco, pero ¿no es así como la ves tú?

—En absoluto. Creo que el rencor empaña tu lógica. Yo nunca he instigado nada, no he creído tener todas las respuestas y no voy a hacerlo ahora. Eres norteamericana, ¿no? Te aseguras de que todo el mundo lo sepa.

—Porque «soy» norteamericana. Nací aquí.

—De acuerdo, eres la primera generación. Los «ingleses» llevan mucho más tiempo en Irlanda del Norte. Algunas familias, siglos. Las dificultades son fáciles de ver. Los irlandeses han sido ciudadanos de segunda clase en su propio país durante siglos. Los ingleses, los protestantes, detentaban el poder y el dinero, y el odio fue arraigando en los corazones de la gente. Pero ¿qué hacer ahora? Es una pregunta muy difícil. En mi opinión, antes que poder aspirar a una Irlanda unida, católicos y protestantes han de reconciliarse entre sí.

Moira interrumpió su tarea y se lo quedó mirando.

—¿Crees que un buen día la gente de Irlanda del Norte se despertará y dirá: «Eh, todo esto ha sido absurdo, vamos a llevarnos bien»?

—En la última década las cosas han mejorado mucho.

—Danny, te he visto hablar una vez, cuando publicaron tu primer libro, y te ceñías a la historia y a todas las guerras que han combatido los irlandeses.

—Por aquella época era joven, pero jamás me oirías sugerir que existía una solución fácil, o que hubiera que recurrir a las armas. Sí, estudié la historia irlandesa y, mientras intentaba descifrar cómo había podido gestarse el conflicto que vivimos, descubrí que me encantaba escribir y dar conferencias. Y todavía me gusta darlas, sobre todo a los irlandeses de Norteamérica. Pero jamás a favor de las armas. Deberías saber eso de mí.

—Danny, ¿sabes qué? No te conozco, ya no sé nada de ti. Seguramente nunca llegué a conocerte. Pero soy norteamericana y deploro la violencia en cualquiera de sus manifestaciones.

—No me has escuchado. ¿Por qué crees que abogo? ¿Por que la gente lleve un subfusil Uzi por la calle?

—Te lo acabo de decir, ni lo sé ni me importa. Soy norteamericana hasta la médula, y ya tenemos bastantes problemas en este país. Me voy a la cama. Buenas noches. Termina de lavar los vasos, ya que le dijiste a mi padre que ibas a ayudar —echó a andar hacia la escalera interior.

—Moira.

—¿Qué? —se detuvo. Al principio no volvió la cabeza y se mantuvo con la espalda rígida. Por fin, lo miró—. ¿Qué? —repitió.

—Sí que me conoces. En el fondo, me conoces.

—Estupendo. Buenas noches.

—Sigo siendo tu amigo, tanto si lo sabes como si no. Y éste es mi consejo de amigo: cuídate de los hombres con ojos de ratón.

—Michael tiene unos ojos preciosos.

—¿Preciosos? Si tú lo dices... Está bien, preciosos, pero de ratón.

Moira suspiró con impaciencia.

—Buenas noches, Danny.

—Buenas noches.

Mientras subía la escalera, oía el tintineo de los vasos. Corrió a su hogar del segundo piso y rápidamente cerró con llave la puerta de lo alto de la escalera.

En la casa reinaba el silencio. Al final del pasillo, todas las puertas de los dormitorios estaban cerradas. Sus padres habían ocupado la antigua habitación de Patrick y les habían cedido a él y a Siobhan el dormitorio principal, que comunicaba con un pequeño cuarto para los niños, donde Brian había tomado posesión del colchón de aire.

Todavía no había visto a su cuñada, pensó Moira. Qué raro. Siobhan había ido a visitar a sus padres, pero era extraño que no hubiera llevado a los niños y que no hubiera bajado a la taberna a su regreso.

Moira pasó delante del dormitorio principal de camino a su cuarto. Ya casi había llegado a la puerta cuando oyó un murmullo de voces. Eran palabras susurradas, pero airadas. Una masculina, otra femenina: su hermano y su cuñada.

—¡Por Dios, Siobhan, déjalo ya!

Después, la voz de Siobhan, tan baja que Moira no entendió lo que decía.

—No estoy metido en nada.

Siobhan otra vez, en un murmullo ininteligible.

—No, no va a dar pie a nada más. Es una causa a favor de unos niños, ¡por el amor de Dios!

Siobhan debió de decir algo, aunque Moira ni siquiera oyó su voz.

—Nena, nena, por favor, créeme, cree en mí...

Su voz se perdió. Segundos más tarde, oyó crujir la vieja cama de sus padres.

De pie en medio del pasillo, sola, se puso colorada como

un tomate. Genial. Primero, se había quedado escuchando la conversación de su hermano y su cuñada y, para colmo, estaba oyendo cómo hacían el amor.

–Al menos, alguien disfruta.

Moira se sobresaltó y estuvo a punto de gritar al oír el suave susurro de su hermana.

–Colleen –acertó a decir. Colleen reprimió una risita y la arrastró pasillo abajo–. Ni siquiera te he oído abrir la puerta –dijo Moira.

–No estaba en mi habitación, sino hablando por teléfono.

–¿Por teléfono?

–En California no son más que las once.

–¿Negocios a las once? –preguntó Moira. Su hermana desechó la idea con un ademán.

–Un amigo. Un nuevo amigo, nada profundo ni trascendental. Quiero decir que no me arrojaría en sus brazos delante de papá como has hecho tú con tu Michael esta noche.

–¿Te arrojas en sus brazos cuando papá no está delante? Colleen rió.

–¿Qué pasa? ¿Es que de repente te has convertido en la conciencia de la familia? –bromeó.

–No era mi intención escuchar conversaciones ajenas. Es que... oí voces de camino a mi habitación.

–Sí, claro, voces.

–En serio, Colleen, estaban discutiendo. Y no era mi intención escuchar.

–Pero, como los has oído, estás a punto de preguntarme si sé si algo va mal entre ellos.

–¿Y bien?

–Que yo sepa, no. Pero yo también acabo de llegar. Por cierto, ¿qué tal si nos tomamos un té? No, no, es demasiado tarde, y has venido a trabajar, ¿verdad? Ya hablaremos mañana, me muero por que me lo cuentes todo. Es atractivo, tu Michael. Alto, de hombros anchos. Pies grandes. Y ya sabes lo que dicen sobre los hombres con pies grandes... Que están bien equipados.

—Eso son cuentos de viejas.

—Qué lástima. Pero estaba pensando que, con Danny en casa...Ya sabes.

—Danny no me importa.

—Mentirosa.

—Es un viejo amigo.

—Vamos, hermana, te crecerá la nariz —le advirtió Colleen—. Solía vibrar el aire entre vosotros. Y esta noche... el ambiente estaba cargado de electricidad. Pensándolo bien, no te envidio. Alto, moreno y apuesto por un lado, un pasado salvaje con el irlandés malo por otro.

—Colleen, ¿quieres dejarlo ya? Mamá y papá no saben...

—Son católicos, Moira, pero no estúpidos. Y ni siquiera una mujer sorda, muda y ciega podría ser inmune al encanto de Daniel O'Hara. Creo que es tan alto, o quizá un poco más, que tu nuevo amor. Mmm. Músculos prietos, un trasero de ensueño... Caray, qué difícil elección, hermanita.

—Danny es agua pasada, Colleen.

—Claro —repuso con escepticismo.

—Acabas de decir que Michael...

—Sí, es endiabladamente perfecto. Tiene una voz deliciosa. Pero claro, Danny tiene ese rastro de acento...

Moira gimió.

—Volver a casa no es fácil. Esperaba que me torturaran mis padres, pero tú eres peor que ellos. Pero ya basta de hablar de mí. ¿Qué me dices de ese hombre de California? ¿Cómo se llama? ¿Es alto? ¿De pies grandes? Tú misma puedes comprobar si se cumple esa ecuación anatómica.

—Se llama Chad Storm, y sí, es alto.

—¿Chad Storm? —Moira puso los ojos en blanco—. ¿Es actor? ¿No podría haberse inventado un nombre mejor?

—Es diseñador gráfico, y no se inventó el nombre, es el que le pusieron al nacer —dijo Colleen con indignación.

—¡Calla! Vamos a despertar a toda la casa.

—Está bien, está bien, no queremos que los querubines se despierten; Patrick y Siobhan nos matarían. Me voy a la cama para que puedas descansar y levantarte radiante para la cámara. Pero mañana quiero detalles. Minuciosos e íntimos, gráficos y jugosos...
—Acuéstate, Colleen.
—Lo confesarás todo, ¿sabes?
—Buenas noches...
—Sí, buenas noches —se dieron un afectuoso abrazo y avanzaron por el pasillo hasta sus habitaciones, situadas una enfrente de la otra. Al pasar delante del dormitorio principal, oyeron los crujidos de la cama. Se miraron, prorrumpieron en carcajadas y cerraron cada una su puerta rápidamente.

Daniel secó los vasos que quedaban y echó un vistazo al reloj decimonónico del fondo de la barra.

Eran casi las dos. Se había entretenido recogiendo el bar, absorto y dolido como estaba. Había sido una noche cargada de tensión. Como era natural.

Había recorrido varios bares de la ciudad para averiguar lo más posible; vigilando, siempre vigilando.

Como, seguramente, lo estarían vigilando a él.

Había visto al hombre que estaba sentado solo en el rincón. No era muy bueno en su trabajo. Cuando un hombre entraba en una taberna, trababa conversación con otros clientes si deseaba pasar desapercibido. Aun así, Daniel estaba convencido de que el hombre que buscaba era alguien a quien no había visto nunca. Alguien que tampoco lo conocía a él.

A no ser, claro estaba, que resultara ser Patrick.

—Te haces viejo, chico —se dijo, y dejó el último vaso sobre el estante de madera de detrás de la barra. Quizá no hubiera tardado tanto en limpiar; la taberna había estado abierta hasta muy tarde aquella noche.

Sonó el teléfono, y Danny descolgó.

—La Taberna de Kelly —respondió automáticamente. Después, cerró los dedos con fuerza en torno al auricular—. La taberna de Kelly —repitió. Vaciló antes de proseguir—. Donde tocan Los Mirlos.

—¿Los Mirlos? —inquirió una voz ronca y gutural—. ¿Machos o hembras?

—Sí, Los Mirlos —dijo Danny con firmeza.

—Eh... —empezó a decir su interlocutor—. Creo que me he confundido —masculló después con aspereza. Y cortó.

No se había confundido, quería gritar Danny. Fue entonces cuando oyó el suave clic.

Alguien había descolgado en el piso de arriba. ¿Habría guardado silencio su interlocutor porque había oído dos voces? Comprobó si la memoria del teléfono había conservado el número de la llamada, pero en la pantalla leyó que no estaba disponible.

Con furia repentina, arrojó sobre la barra el paño que había estado usando. Movió la cabeza, apretó los dientes y optó por una copa de whisky antes de acostarse. La apuró de un solo trago. Maldición, le abrasó la garganta.

Atravesó el despacho y el almacén hacia las escaleras que conducían a la vivienda. Una vez en el rellano, comprobó que la puerta estaba cerrada con llave.

Regresó a la taberna y entró en la trastienda, su habitación.

Se dio una ducha caliente y se deslizó bajo las sábanas y la colcha. Encendió la televisión, la CNN. El mundo estaba en baja forma: brotes de violencia en Oriente Medio; en Europa Oriental, un trágico accidente ferroviario, provocado por un fallo en el sistema de agujas.

Después, el presentador, que acababa de hacer un lúgubre recuento de una inundación en Venezuela, se plantó una sonrisa en la cara y empezó a hablar del día de San Patricio. Mostró una escena alegre de Dublín, gentíos en Nueva York y, después, una breve entrevista con el político de Belfast, aclamado en todo el mundo, que se dirigía a Boston para participar en la celebración de los irlandeses bostonianos.

La noticia siguió. Dan clavó la mirada en la fotografía de la pantalla, pero apenas oyó nada más.

Tardó mucho tiempo en conciliar el sueño.

La casa estaba tranquila cuando Moira salió de su dormitorio a la mañana siguiente. Vio que Colleen se alejaba por el pasillo en dirección a la cocina y la siguió.

—Buenos días —murmuró cuando entraron juntas en la habitación. Era evidente que su madre ya se había levantado; había café hecho en la cafetera automática, y una tetera en el centro de la mesa. Su hermano ya se había levantado, y estaba tranquilamente sentado, tomando café y leyendo el periódico.

—Buenos días —respondió Colleen, y puso los ojos en blanco antes de posarlos en Patrick—. A ti también, querido hermano. Estás fresco como una lechuga para haberte pasado la mitad de la noche...

—Tocando la guitarra —la interrumpió Moira, horrorizada. Se sentó en su silla de siempre y lanzó a Colleen una mirada de advertencia.

—Tocando la guitarra —repitió Colleen—. Eso era exactamente lo que iba a decir —añadió, y lanzó una mirada furibunda a Moira, fingiendo inocencia e indignación.

Moira estaba agotada. No había conciliado el sueño hasta las tres o las cuatro de la madrugada. Y después, quizá por la fuerza de la costumbre, había abierto los ojos muy temprano y había sido incapaz de cerrarlos al recordar que no tenía que despertarse tan pronto aquella mañana. Tenía cosas que hacer, por supuesto. Michael y Josh habían hecho bien su trabajo; les habían extendido permisos para grabar el desfile y las celebraciones en diversos puntos de la ciudad, pero necesitaban un plan de rodaje, y ella debía fingir que había estado barajando ideas desde el momento en que había hablado con su madre por teléfono y había decidido pasar en Boston el día de San Patricio.

Patrick las miró a las dos, un tanto perplejo.

—Estoy perfectamente, gracias. Colleen, tienes buen aspecto, pero Moira... Mmm. Créeme, no estás tan mal como parece. Sería terrible, ¿no crees? No puedes permitirte el lujo de salir con ojeras en la pequeña pantalla, ¿no?

—Genial. ¿Cómo es que Colleen tiene buen aspecto y yo no estoy tan mal como parece? —le preguntó Moira. Patrick sonrió de oreja a oreja.

—Ayer te quedaste blanca y no has recuperado el color —le dijo a Moira.

—¿Ah, sí? — Colleen dejó de servir café para mirar a su hermana con atención.

—Si vas a tardar todo el día en llenar las tazas, deberías darme a mí la primera —dijo Moira.

—Dale el café; lo necesita —comentó Patrick. Moira le lanzó una mirada furibunda.

—¿Por qué dices eso?

—Te he oído dar vueltas toda la noche.

—¡Yo! —protestó Moira. Se quedó mirando a Colleen y, de improviso, no pudo evitarlo: prorrumpió en carcajadas, y no tardó en contagiar a Colleen.

—¿Cuál es el chiste? —preguntó Patrick, mirándolas con ojos entornados.

—Bueno, intentábamos ser discretas... —empezó a decir Colleen.

—Pero, de verdad, esa vieja cama no ha hecho tanto ruido desde... bueno, seguramente, desde que papá y mamá concibieron a Colleen —dijo Moira.

La ascendencia de Patrick se hizo evidente al instante cuando se le encendieron las mejillas.

—Sois inaguantables —alcanzó a barbotar—. Qué grosería. Vamos, en la casa de nuestros padres...

—Eh, no queríamos mortificarte —dijo Colleen, y tomó la cafetera de manos de Moira.

—No, sólo nos alegramos...

—Por vosotros, por supuesto —la interrumpió Colleen.

—De que después de tantos años de matrimonio —continuó Moira.

—Y a tu edad —añadió Colleen.

—Todavía puedas levantarla, nada más —concluyó.

Patrick dejó la taza en el plato y movió la cabeza. Después, se las quedó mirando a las dos.

—Y eso lo dice la mujer que anoche estuvo a punto de violar a un desconocido en el bar.

—Michael no es un desconocido —protestó Moira.

—Eh, no lo conocíamos de nada.

—Yo lo conozco muy bien.

—Eso parece. ¿Desde cuándo? ¿Desde las Navidades? Todavía os queda mucho para las bodas de diamante.

—Muy gracioso —dijo Moira.

—Seguramente sólo lo hizo porque Danny estaba delante —señaló Colleen, entre un bostezo y otro. Moira taladró a su hermana con la mirada.

—Eh, ¿de qué lado estás?

Colleen se avergonzó al instante.

—Perdona.

—Para empezar, no deberíais aliaros contra mí —protestó Patrick.

—Ah, conque tus hermanas se están metiendo contigo, ¿eh, Patrick? —preguntó su madre, que entraba en la cocina desde el pasillo—. ¿No os da vergüenza? Me paso la vida recordándoos...

—Que somos los mejores regalos que nos has dado nunca —dijeron los tres al unísono, y se produjo un estallido de carcajadas. Katy lo negó con la cabeza.

—Algún día os daréis cuenta. Cuando el mundo se vuelve

contra ti, cuando los amigos te fallan, siempre queda la familia.

—Vamos, mamá —dijo Moira; se levantó y se acercó a su hermano para abrazarlo... y pellizcarlo en el brazo—. Adoro a mi hermano mayor. De verdad.

—Y yo, por supuesto —dijo Colleen.

—¿Y tú, Patrick? —le preguntó Katy con firmeza.

—¿Yo? —inquirió Patrick, y sonrió a Moira—. Mis hermanas son la luz de mi vida. Aunque hay otra persona, mi mujer. Ah, y mis hijos, benditos sean. Mi vida es un gran rayo de luz radiante.

—Ya basta —dijo Katy con una sonrisa—. Los niños están despiertos y vendrán a desayunar de un momento a otro. Voy a preparar los huevos revueltos. Niñas, ¿me echáis una mano?

—¿Niñas? —preguntó Colleen.

—¿Cómo? —dijo Katy, perpleja.

Moira rodeó a su madre con el brazo.

—Mamá, lo que quiere decir Colleen es que eres un poco machista. Patrick también puede ayudar.

—A fin de cuentas, estás cocinando para sus hijos —señaló su hermana.

—No, Patrick no puede ayudar —afirmó Katy.

—¿Y eso? —preguntó Colleen.

—Porque es el ser humano más inútil que he visto en una cocina. La abuela Jon dice que es la única persona que conoce que no sabe hervir agua.

—Sólo finge que no sabe cocinar —alegó Moira.

—Para librarse del trabajo —le explicó Colleen.

—¡Ya está bien! —exclamó Katy con indignación.

—Sólo era una broma, mamá —dijo Moira—. Sacaré el tocino.

—El paquete de abajo, por favor. El magro es para la calabaza con tocino que vamos a cenar hoy.

—Calabaza con tocino —murmuró Moira.

—Y un poco de brócoli y de espinacas, porque son buenas para tu padre. Moira Kathleen, también necesito la avena. Tu padre se ha acostumbrado a tomarla en el desayuno para bajar el colesterol.

Moira sacó de la nevera los ingredientes requeridos y la avena del armario. Miró a su madre.

—Ya está. Cocinaremos. Grabaremos cómo preparas la comida del día de San Patricio.

—No vamos a tomar calabaza con tocino en San Patricio, sino asado de ternera —dijo Katy.

—Mamá —gimió Moira—, me trae sin cuidado lo que vayas a preparar para el día de San Patricio. La calabaza con tocino es un plato típico irlandés, será una escena espléndida para el programa.

—Vamos, hija, no soy fotogénica —protestó Katy.

—¿Podemos ponerle a Patrick un delantal? —preguntó Colleen en tono esperanzado.

—Ni hablar —protestó Patrick.

—No te grabaremos en delantal —dijo Moira—. Como no sabes cocinar, fregarás los platos cuando hayamos acabado.

—Esta mañana tengo una cita —protestó Patrick.

—Apuesto a que se lo acaba de inventar —lo acusó Colleen.

—¿De verdad tienes una cita? —le preguntó Katy.

Antes de que su hermano pudiera contestar, alguien llamó a la puerta interior. Moira sintió una inexplicable oleada de tensión. Tanto su madre como su hermana se habían vuelto hacia la puerta; sólo Patrick la estaba mirando.

—Sí, es Danny —dijo con suavidad.

—No seas ridículo —murmuró Moira—. ¿Quieres que abra? —le preguntó a su madre.

—No, es Danny —dijo Katy—. ¡Pasa, Dan! —le gritó.

—Anoche eché la llave al subir —dijo Moira.

—Danny tiene llave —le explicó su madre con impaciencia, y Moira oyó el clic de la cerradura.

Se extrañó de que la irritara tanto que Danny tuviese una llave de su casa. No, no de su casa, sino de la casa de sus padres.

Y siempre había sido bienvenido allí.

Entró recién duchado y peinado, como evidenciaban sus cabellos húmedos y las mejillas recién afeitadas. Llevaba unos vaqueros y un jersey de punto dorado bajo una chaqueta de cuero deportiva. Tenía buen aspecto. La edad le confería un ligero aire curtido y distinguido. No era tan apuesto como Michael, pensó, casi con frialdad. Michael poseía una belleza clásica: pelo de color azabache, impactantes ojos azules y rostro limpio. Daniel era más tosco: el mentón un poco más cuadrado, las mejillas más hundidas, los rasgos más afilados. Los ojos eran hermosos, de un extraño color avellana que, a veces, parecía ámbar y, en otras, casi oro. Danny vio que lo estaba observando, pero se limitó a sonreír y se dirigió a la madre de Moira.

—Me llegaba el olor del café de Katy Kelly hasta mi cuarto —le dijo, y la abrazó con afecto para darle un beso en la mejilla.

—Hay una cafetera en la barra —dijo Moira con bastante aspereza; Patrick la miró y ella abrió los ojos de par en par—. ¿Cómo si no podríamos preparar café irlandés?

—Todos sabemos que hay una cafetera en la barra —dijo su hermano.

—Sólo estaba sugiriendo... —empezó a decir.

—Ah, pero mi café nunca será tan bueno como el de Katy —la interrumpió Danny.

—Y no querrías tomarlo solo —declaró Katy con firmeza—. Sobre todo, ahora que están mis hijas aquí. Querréis pasar un rato juntos —dijo Katy con naturalidad, pero con sinceridad.

—Por supuesto que quiero estar un rato con él, es como otro hermano mayor. Pero más agradable —bromeó Colleen.

—Sí, como un hermano —dijo Moira con dulzura.

Danny se había servido café y había tomado asiento junto a Patrick.

—Tus hermanas te están torturando, ¿eh?

—Dime, ¿te pondrías un delantal para que tu hermana pudiera humillarte en la televisión nacional? —preguntó Patrick.

—Es televisión por cable —murmuró Moira.

—De un canal con mucha audiencia —repuso Patrick—. ¿Y bien?

Danny se la quedó mirando un momento, y Moira creyó ver que su rostro se había endurecido por el enojo.

—Yo no tengo ninguna hermana —contestó.

—Pero eres un «agradable» hermano mayor —le recordó Patrick.

—Ah, claro. Bueno, ¿cómo es el delantal? —preguntó en tono nuevamente cordial.

—Estoy segura de que mamá tiene uno con el dibujo de un duende en alguna parte —dijo Colleen.

—¡Nadie tiene por qué ponerse delantal! —protestó Moira.

—Claro. Cocinaremos sin mancharnos —dijo Danny.

—No he dicho que nadie salvo mamá tuviera que cocinar —les recordó Moira.

—Entiendo. Tus insoportables hermanos fregarán los platos detrás del escenario —dijo Patrick.

—Eh —protestó Colleen—. Dicen que mi cara puede botar mil barcos.

—Cómo no, estás invitada a cocinar con nosotras ante la cámara —le dijo Moira a su hermana.

—Gracias. Tendré que consultarlo con mi agente.

—¡Colleen Mary! —exclamó Katy con indignación.

—No era más que una broma, mamá.

—Y es una cara que puede botar mil barcos, «hermanita» —le dijo Danny a Colleen—. Enhorabuena. Cada día la veo en más revistas.

—¿De verdad, Danny? —preguntó Colleen con modestia. Estaba teniendo mucho éxito, pensó Moira, pero todavía la sorprendía que la gente la creyera merecedora de atención. Había logrado desarrollar el aplomo necesario para prosperar y, al mismo tiempo, conservar la humildad suficiente para tener los pies en la tierra.

—De verdad. Y sé por Patrick y por tus padres que hay un romance incipiente en tu vida.

—Incipiente, nada más —dijo Katy con firmeza—. Eso me ha dicho mi hija.

—Y así es —dijo Colleen, riendo—. Mamá, no se me ocurriría ir en serio con él sin traerlo primero a casa y asegurarme de que tiene aguante para una relación de verdad.

Patrick miró a su hermana sin un ápice de sonrisa.

—¿Aguante?

—¿Y es un buen tipo? —preguntó Danny—. Mi... hermana pequeña no debería conformarse con nada menos.

—Buenísimo. Eh, tú sueles viajar a California. Me encantaría presentártelo.

—Dan le calará las intenciones en un abrir y cerrar de ojos —dijo Patrick.

—Colleen tiene la cabeza bien puesta sobre los hombros. Estoy seguro de que es un buen tipo —dijo Danny—. Moira, sin embargo...

—Moira y su Michael —suspiró Katy.

—Es genial, mamá, y lo sabes —dijo Moira.

—Es cierto que no parece mala persona —reconoció Patrick.

—Es un bombón —afirmó Colleen.

—Tiene ojos de ratón —dijo Danny, y movió la cabeza.

—¡Otra vez, no, por favor! —Moira gimió con irritación.

—A mí no me parecen feos —dijo Katy en tono pensativo.

—Pues fíjate bien; son ojos de ratón: pequeños, redondos y brillantes.

—Está bien, me fijaré, Danny —Katy estaba colocando lonchas de tocino en una sartén enorme—. Pero, en serio, es atento, y muy apuesto. Y adora a Moira.

—Sí, supongo que sí —dijo Danny a regañadientes.

—¿Por fin un voto de aprobación? —inquirió Moira.

—Me reservo el juicio definitivo.

—Y él que ha sido tan efusivo al hablar de ti... —dijo Moira. Danny la miró con sorpresa.

—¿En serio?

—En realidad, no. No te ha mencionado para nada.

—Bueno, no soy más que un viejo amigo de la familia, o un pariente al que necesite impresionar.

—Pero estarás en la lista de invitados a la boda —dijo Moira por encima del borde de su taza de café.

—¡Moira Kathleen! —exclamó su madre.

—No, no, mamá —se apresuró a decir Moira con un suspiro—. Todavía no estamos pensando en nada.

—Te deseo toda la felicidad del mundo, de verdad —dijo Danny. La estaba mirando a los ojos y su voz era sincera. Extrañamente, aquello la enojó aún más. Quizá no quisiera que Danny se alegrara por ella. Sí, eso era. Quería que lamentara haberlo echado todo a perder.

—Gracias —hizo un esfuerzo por hablar con naturalidad—. Si me disculpáis un momento... Tengo que hacer una llamada y ponerme en marcha. Mamá, ¿de verdad que no te importa que grabemos la preparación de la cena de hoy? Si te incomoda mucho...

—No, no, no me importa. Es que no quiero parecer... tonta. Estarás conmigo, ¿verdad?

—Pues claro. Y sacaremos a Colleen y a Siobhan, e incluso a los niños, si quieren. Será divertido. De verdad, mamá.

—Tal vez.

—Nada de tal vez —le aseguró Colleen.

Katy volvió a asentir. Moira salió de la cocina para llamar por teléfono justo cuando los niños se acercaban corriendo por el pasillo.

—¡Tía Mo! —exclamó Brian.

—Buenos días, campeón —le dijo a su sobrino—. ¿Dónde está vuestra madre? Aún no la he visto.

—Ahora sale —dijo Shannon—. Me ha dicho que esta noche no ha dormido mucho, y que con los años cada vez le cuesta más disimular las arrugas.

Moira rió.

—Dile a tu madre que no tiene nada lo más remotamente parecido a una arruga —y siguió caminando hacia su dormitorio, desde donde marcó el número del Copley y pidió que le pasaran con la habitación de Michael. No hubo respuesta. Pidió que le pasaran con Josh y este descolgó en seguida. Le dijo que acababa de hablar con el equipo de cuatro hombres que Michael había contratado y que estarían listos para salir al cabo de media hora.

—Bueno, dime, ¿qué vamos a hacer? No es la primera vez que organizamos un programa aprisa y corriendo, pero...

—Hoy grabaremos en casa; típica cocina irlandesa. Venid en cuanto estéis listos. Ah, no he podido localizar a Michael.

—He hablado con él hace un rato. Lo llamaré al móvil y le diré que vaya a tu casa.

Moira colgó y salió de la habitación. Vio que su cuñada ya estaba en la cocina, hablando con su madre junto a la pila. Se volvió al ver a Moira, sonrió de oreja a oreja y corrió hacia ella.

Siobhan era una mujer hermosa, de larga melena rubia y ojos de un azul intenso. Estaba magnífica, pero también cansada, muy cansada. Tenía la cara pálida y se le notaban levemente las ojeras, a pesar de la hábil aplicación de maquillaje.

—¡Hola, Moira!

—Siobhan, estás estupenda —dijo. Abrazó a su cuñada con fuerza preguntándose si habrían sonado falsas sus palabras.

—Gracias, pero hoy me encuentro fatal —dijo Siobhan con una carcajada—. Así que vamos a hacer una demostración tradicional, espontánea y natural para tu programa, ¿eh?

—Completamente espontánea —corroboró Moira con una carcajada—. Aunque tengas que abrir la puerta cinco veces hasta que encontremos el ángulo apropiado, créeme, estarás espontánea.

—Era una broma. ¿Quieres que participe yo también?

—Claro, será divertido. Prepararemos unos panecillos para

que los niños puedan sentarse en el comedor y, después, haremos la comida entre las cuatro. Una reunión familiar.

—¿Familiar? ¿Y los hombres?

—Los grabaremos tumbados en los sofás, bebiendo cerveza, rascándose la tripa y viendo un partido de fútbol.

Siobhan rió. Eamon Kelly, que había oído la conversación, se apresuró a protestar.

—Hija, ¿cómo puedes decir eso?

—Eamon, no te quejes —dijo Danny desde la mesa, donde estaba jugando a las cartas con Molly—. No parece una mala forma de pasar el día.

—Papá, todos sabemos que trabajas como una mula —dijo Moira, sin hacer caso de Danny—. Así que te quedarás sentado un rato en el sofá.

—Bajaré a ocuparme del negocio, hija, ya lo sabes —repuso Eamon.

—Yo abriré por ti, Eamon —se ofreció Danny—. Así podrás ver a tu hija en acción.

—Yo tengo una cita a la una —dijo Patrick en tono de pesar.

—Patrick, pensaba que eran unas vacaciones en familia —protestó Siobhan.

—Cariño, no es más que una reunión de una hora con un cliente importante.

—Ya está listo el desayuno —anunció Katy—. Sentaos a la mesa.

—¿Dónde está la abuela Jon? —preguntó Colleen.

—Iré a ver si se ha levantado —se ofreció Danny, y salió de la cocina. Momentos después, regresó con la abuela Jon del brazo, y ésta se disculpó por haberse quedado dormida.

—Todo está controlado, mamá —le aseguró Katy.

Se apretujaron en torno a la mesa de la cocina. Era grande, pero sumaban once en total. Durante unos minutos, la conversación giró en torno a comentarios mundanos como:

—¿Puedes pasarme la sal?

—¿Quién tiene el zumo?
—No, Molly, te has llenado mucho el vaso.

Mientras Moira rescataba el vaso de las manos de su sobrina, sonó el timbre de la puerta.

—Ya voy yo —dijo, y se puso en pie—. Debe de ser mi equipo.

Vertió parte del zumo de Molly en su vaso y se dirigió a la puerta. Cuando abrió, vio que era Michael. Soplaba un viento frío, y se estremeció; Michael, en cambio, parecía un modelo de Armani con su largo abrigo de lana y bufanda negra, inmune al mal tiempo.

—Buenos días —dijo con una voz gratamente ronca.
—Buenos días. Pasa, hace un frío que pela.
—El frío no me molesta, pero la noche se me ha hecho muy larga y solitaria.
—Lo siento —murmuró Moira—. Ya sabes que mi padre...
—Lo entiendo perfectamente —le dijo con suavidad—. Pero sigo sintiéndome un pelín solo —estaba mirando detrás de ella, y Moira vio que Danny la había seguido hasta la puerta.
—Michael, me alegro de verte. Debes de estar acostumbrado al frío para estar tan campante ahí, en el porche. ¿Qué te apetece, té o café?
—Café —dijo Michael, mientras pasaba y Moira cerraba la puerta. Se quitó el abrigo y dejó que Moira lo colgara en el perchero dieciochesco. Después, mientras miraba a Danny a los ojos, se despojó de los guantes—. Creo que ya he tomado seis tazas esta mañana, pero sigue sin parecerme bastante.
—Marchando una taza de café —anunció Danny, y se alejó para servírselo con actitud cortés y amistosa.
—No te fíes de él —le susurró Moira a Michael.
—¿Y eso?

Moira movió la cabeza y lo condujo a la cocina.

—Buenos días, Michael. ¿Huevos con tocino o avena? —preguntó Eamon, y se levantó para estrecharle la mano.
—Nada, gracias. Ya he tomado algo hace un rato.

—Michael, no conoces a mi cuñada, Siobhan —dijo Moira, y los presentó.

—Encantado, Siobhan.

—Lo mismo digo —repuso Siobhan, y lo miró con una franca sonrisa.

—¿Has dicho huevos con tocino? —preguntó Katy.

—Ha dicho que ya ha desayunado, mamá —contestó Moira.

—Estarán encantados contigo si comes, ¿sabes? —le advirtió Danny a Michael.

—Entonces, que sean huevos con tocino —dijo Michael.

—Vamos, Dan O'Hara, eso no es cierto —protestó Katy—. Aunque seguro que aquí la comida es mejor que la de su hotel.

—De eso no me cabe ninguna duda —dijo Michael—. Pero Katy, todas estas fuentes... ¿Y tendrás que recogerlo todo y volver a cocinar para que podamos grabar?

—Voy a volver a cocinar porque vamos a cenar —dijo Katy—. Y tengo ayuda de sobra.

—Menos yo —les recordó Patrick—. Tengo una cita —le explicó a Michael—. Y quiero echarle un vistazo al barco.

Además de su mujer e hijos, la pasión de Patrick era su barco. Lo tenía amarrado en los muelles de Boston porque le gustaba salir a mar abierto, sólo que raras veces navegaba en invierno, cuando el mar estaba más agitado. Era un bonito juguete, de trece metros y medio de eslora, muy airoso, con capacidad para alojar a ocho personas.

Patrick consultó su reloj.

—Por cierto, tengo que irme ya. Moira, intentaré volver con tiempo de sobra para poner mi granito de arena, sentarme en el sofá, rascarme la tripa, beber cerveza... y fregar los platos. Cariño... —se detuvo junto a la silla de Siobhan para darle un beso en la mejilla. Ella no se lo devolvió—. Muy bien, diablillos —les dijo a los pequeños, y repartió besos distraídos—. Portaos bien, ¿entendido?

—Siempre se portan bien —dijo Eamon, y a Moira le extrañó su tono de voz. Se preguntó si su padre no estaría un poco molesto por la marcha de su hijo.

—Bueno, adiós —se despidió Patrick, y descolgó el abrigo del perchero. Quizá sintiera todas las miradas clavadas en él, porque se dio la vuelta en el umbral—. De verdad, beberé mucha cerveza y me rascaré mucho la tripa —declaró. Moira le dirigió una sonrisa lastimera; él desvió la vista a su mujer.

Pero Siobhan no lo estaba mirando. Había bajado deliberadamente la cabeza para untar una tostada con mantequilla para Molly.

Patrick se fue, y Danny carraspeó.

—Bueno, no podemos permitir que Patrick sea el único niño malo. Voy a salir a comprar tabaco. Mal vicio, lo sé. Me abstendré de fumar dentro. Katy, ¿necesitas que traiga algo? ¿Algún ingrediente típico de la cocina irlandesa para la comida?

—Danny, ya sabes que entre la taberna y la casa no solemos quedarnos sin provisiones —dijo Katy.

—Pues yo diría que estamos un poco escasos de mantequilla —murmuró Colleen—. De la auténtica, no de margarina.

—Colleen, no podemos pedirle a un invitado que vaya a la tienda —la regañó Katy.

—Claro que podemos —repuso Colleen enseguida—. No es un invitado, es un hermano mayor, ¿recuerdas?

—Katy, ¿cuánta mantequilla quieres que traiga? —preguntó Danny, y echó a andar hacia las escaleras que bajaban a la taberna para salir por allí.

—Un kilo. Tenemos la casa llena.

—Muy bien. Enseguida vuelvo —se despidió—; no quiero perderme la diversión.

—Le dijiste a mi padre que abrirías la taberna —le recordó Moira.

—Y eso voy a hacer. Luego me rascaré la tripa y engulliré la comida, como Patrick.

Dicho aquello, se fue, pero Moira se quedó con una sen-

sación extraña. Sólo Michael estaba comiendo todavía. Siobhan se puso en pie y empezó a recoger los platos.
—Yo friego —dijo.
—Te ayudaré secando los platos —se ofreció Colleen.
—Entonces, yo despejo la mesa —dijo Moira, y empezó a recoger fuentes y condimentos.
—Deja que Michael termine tranquilamente de comer —señaló Eamon.
—Claro, papá —al recoger el plato de su abuela, vio que la anciana estaba mirando al suelo con curiosidad. Pero esta alzó la vista rápidamente, como si no hubiera estado prestando atención a nada en particular—. ¿Se les ha caído algo a los niños? —preguntó Moira, y se agachó.
Pero a los niños no se les había caído nada. La abuela Jon había estado observando la reluciente cajetilla de tabaco que descansaba en el suelo, debajo de la silla que Danny había estado ocupando.

Patrick avanzaba a paso rápido por la calle, ciñéndose la bufanda de lana y subiéndose las solapas del abrigo. Había pasado gran parte de su vida en Massachusetts y estaba acostumbrado a que hiciera un frío brutal en primavera, pero se detuvo en un paso de peatones, dio algún que otro pisotón y masculló:
—No me extraña que muchos de esos malditos colonos del Mayflower la palmaran.
Alzó la vista. Al menos, de momento, no nevaba. Sólo se veían cúmulos blancos que surcaban el cielo a gran velocidad.
El semáforo se puso en verde. De improviso, volvió la cabeza, preso de la extraña sensación de que alguien lo seguía.
No había nadie en la calle salvo un niño en un ciclomotor. «Ya verás esta tarde cuando hiele, chaval», pensó. «Lo lamentarás». Era sábado por la mañana, y a los bostonianos les costaba un poco ponerse en marcha los fines de semana.

Aun así, le resultaba igual de extraño que la calle estuviera vacía como si hubiera estado llena.

¿Por qué había tenido la sensación de que alguien lo seguía? ¿Nervios? ¿Remordimientos? Quizá sólo fuera el mal tiempo.

Avanzó deprisa, y volvió a mirar atrás. No había nadie.

Pero seguía teniendo la misma sensación. Era inquietante, como si oyera ecos de pasos en su cabeza. El aliento de una persona que le susurraba en la nuca.

Claro. Y quizá lo estuvieran siguiendo los duendes, hombrecillos vestidos de verde que le pisaban los talones.

O quizá llevara demasiado tiempo en casa de sus padres, escuchando los cuentos con los que su abuela entretenía a sus hijos. Cuentos sobre hadas, duendes traviesos y, cómo no, las *banshees*, bellas criaturas de sombras oscuras que seguían a los hombres, aullando en la noche, anunciando su muerte.

Volvió otra vez la cabeza y vaciló; recorrió la calle con la mirada. No había hadas ni *banshees*. Tanto el bien como el mal nacían exclusivamente del corazón de un hombre.

Siguió avanzando con determinación. Había tomado una decisión, había marcado su rumbo. Haría lo que él creía que era mejor.

A Moira le encantó ver que su madre tenía un don natural para la cámara. Después de los nervios iniciales por los focos, el micro elevado y la cámara, se serenó. A Katy Kelly le encantaba cocinar. Habló del plato con entusiasmo, dio instrucciones a sus hijas y contó anécdotas de cuando era una niña en Dublín, de cómo los tiempos habían cambiado drásticamente en algunos sentidos, pero no tanto en otros. Mientras cocinaba y le pedía a Colleen que vigilara la calabaza, a Moira la carne y a Siobhan que salteara la cebolla, habló del temperamento de los irlandeses. Muchas personas veían Irlanda como una isla dividida, pero olvidaban que, con el paso del tiempo, todos se habían vuelto irlandeses. Irlanda del Norte podía, en teoría, formar parte de Gran Bretaña, pero la isla entera era un lugar maravilloso cuyo espíritu calaba en las almas de aquellos que la amaban. Los vikingos la invadieron y sembraron el caos, pero muchos otros se habían asentado en la isla. Los ingleses la conquistaron en el siglo XII, pero de aquellos antiguos invasores provenían los apellidos irlandeses más conocidos en la actualidad. Ser irlandés era mucho más que haber nacido en la isla, era un espíritu de afecto, de narraciones, una magia especial que muchos norteamericanos aún conservaban.

Moira había filmado a los niños sentados a la mesa pero, hacía rato que habían desaparecido. Mientras Josh daba indicaciones sobre el montaje de la cinta, Moira entró en el salón. La abuela Jon, que tendría su momento de gloria comentando, como era lógico, el secreto de una buena taza de té, aguardaba su turno bordando. Le dijo a Moira que Danny se había llevado a los niños a la taberna para distraerlos.

—No lo he visto volver —murmuró Moira.

—Tuvo cuidado de no molestaros, pero le había dicho a tu padre que abriría el bar, y eso ha hecho. Los niños querían ayudar —dijo la abuela Jon.

—Bajaré a ver cómo va todo.

Cuando bajó a la taberna, reparó en lo tarde que se había hecho. La clientela del almuerzo ya se había ido. Danny estaba detrás de la barra, y Chrissie Dingle, Larry Donovan y una nueva joven camarera, Marty, a quien Moira no había visto antes, se ocupaban de las mesas. Joey Sullivan y Harry Darcy eran los cocineros. Brian, Shannon y Molly estaban sentados en torno a una mesa del rincón. Cuando Moira se acercó, vio que Danny les había llevado cuadernos de colorear. Los duendes de Molly eran hombrecillos púrpura en lugar de verdes. A Moira le gustaban.

—Hemos tomado helado para almorzar —le informó Shannon.

—Qué frío —dijo Moira—. Me gusta cómo estáis coloreando los duendes. Oye, os estáis portando como angelitos, Patrick no os merece.

Brian frunció el ceño ante aquella crítica aparente de su querido padre. Moira se apresuró a abrazarlo.

—Tu padre es mi hermano, ¿sabes? Lo quiero con todo mi corazón, pero ¿no te gusta chinchar a tus hermanas de vez en cuando? A mí también me gusta mortificar a Patrick.

Brian sonrió, nuevamente feliz.

—Enseguida vuelvo —les prometió Moira. Se dirigió a la barra, decidida a darle las gracias a Danny por ayudar a su padre mientras ellos habían estado filmando. Pero cuando llegó, era Chrissie quien estaba detrás de los grifos de cerveza. Atractiva a sus treinta años, Chrissie era una camarera eficiente.

—¿Dónde está Danny?

—Acaba de salir para ver a los críos —dijo Chrissie.

Cuando Moira se dio la vuelta, vio no sólo a Danny sentado a la mesa con los niños sino a Michael con él. Ambos sostenían una jarra de cerveza. Se apresuró a regresar a la mesa.

—Vamos a incluir a tu padre en el programa, Moira —dijo Michael, y se puso en pie—. Va a hablarnos de las cervezas y los whiskys irlandeses.

—Buena idea —dijo—. Nos mantendremos al margen de las cuestiones políticas.

—¿De qué tienes tanto miedo, Moira? —le preguntó Danny con los ojos clavados en ella.

Moira percibió algo en su voz. Debería haberse mordido la lengua.

—No tengo miedo de nada, Danny.

—Entonces, ¿por qué quieres eludir la política a toda costa?

—Porque hago un simpático programa de viajes, por eso —repuso con enojo.

—Y queremos cerciorarnos de que todos los irlandeses den una buena imagen —añadió Michael en tono despreocupado.

—Todos los irlandeses. ¿Sabes? Eso es estupendo —dijo Danny con la misma despreocupación—. Finjamos que todo ha sido siempre perfecto, que los irlandeses no han sido pisoteados desde que Enrique II subió al poder y sometió a los jefes de los clanes. Y que Enrique VIII no quiso divorciarse, fundó su propia iglesia, luchó contra los irlandeses de la iglesia establecida que no entendían que tuvieran que cambiar de religión sólo porque el rey quisiera casarse de nuevo, los apaleó y confiscó las tierras de todos los que se oponían a él. Y olvidémonos de Guillermo III de Orange y de la batalla de Boyne y del sometimiento del pueblo que había apoyado al legítimo rey Jacobo II.

—Dan, todo eso ocurrió hace siglos —le recordó Michael.

—Y el levantamiento de Pascua, en el que los líderes de la soñada República de Irlanda fueron ejecutados «después» de haberse rendido —Dan hablaba como si ni siquiera hubiera oído las palabras de Michael.

Moira estaba a punto de hablar cuando Michael contestó a Danny con aspereza.

—Y no olvidemos a los líderes que asesinaron a sangre fría y deliberadamente a cargos públicos ingleses en Irlanda. Ni las bombas que estallaron y mataron a docenas de inocentes, niños incluidos.

Moira advirtió que, aunque Molly y Shannon seguían coloreando, sin percatarse de los tonos airados de los adultos que estaban sentados a su lado, Brian los estaba mirando fijamente.

—¿Sigue habiendo una guerra en Irlanda? —preguntó.

—No —dijo Moira.

—Sí —contestó Michael con enojo, con la mirada clavada en Danny—. Hay gente que insiste en librar una guerra.

Danny se encogió de hombros de improviso, y una lenta sonrisa curvó sus labios. Moira comprendió que había provocado a Michael deliberadamente. Éste se puso en pie y suspiró.

—Tengo que volver con Josh. Grabaremos a tu padre, ahora que el bar está tranquilo —entrelazó sus dedos con los de Moira—. ¿Haremos algo después?

—Desde luego.

—Lo siento —susurró.

—No ha sido culpa tuya —dijo Moira en voz alta, cerciorándose de que Danny la oyera. Michael frunció el ceño, le dio un apretón en la mano y se alejó.

—¿Qué diablos te pasa? —le preguntó Moira a Danny con enojo mientras lo apartaba de los niños para que no pudieran oírlos. Él entornó los ojos; tenían un destello dorado y depredador.

—Sólo estaba reconociendo el terreno.

—¿Por qué? Déjalo en paz.

—Es irlandés, ¿no? Eso fue lo que tu madre me dijo.

Moira desechó la idea con un ademán.

—Los irlandeses llevan siglos emigrando. Hay quienes se asientan en los Estados Unidos y se convierten en norteamericanos. Es irlandés, pero no como algunos irlandeses insisten en ser.

—Moira, lo siento, pero «yo» soy irlandés.

—Muy bien, pero estamos en Norteamérica.

—Cierto.

—Tía Mo —dijo Brian de repente—, ¿vas a casarte con Michael?

—No —dijo Danny.

—Sí, puede que sí —respondió Moira.

—Tu tía Mo está dispuesta a llegar a grandes extremos con tal de irritarme.

—¿De irritarte? —repitió Moira con incredulidad—. Caray, es inteligente, atractivo, encantador, y está dispuesto a tolerar humillaciones por mí. ¿Qué tendría de malo que me casara con un hombre así?

Para sorpresa de Moira, Danny contestó con suavidad:

—No lo sé. Ese es el problema, que no lo sé —Moira advirtió en ese momento que Danny no la estaba mirando; la televisión de la barra estaba encendida—. Discúlpame un momento —dijo en tono distraído. Se acercó a la televisión y se quedó mirándola con la mano en el bolsillo. Moira se reunió con él llevada por la curiosidad—. Sube el volumen, ¿quieres, Chrissie? —y Chrissie lo complació con una rápida sonrisa.

Había un hombre alto, de hombros anchos y pelo blanco en los peldaños del Hotel Plaza de Nueva York, respondiendo a las preguntas de los periodistas.

—Señor Brolin, ¿qué siente al estar aquí, en Norteamérica?

—Siempre es maravilloso venir a Norteamérica —contestó el hombre; tenía una voz sonora y grave, con ligero acento irlandés. Era evidente que estaba acostumbrado a los micrófonos.

—¿Ha venido por motivos diplomáticos? —preguntó una mujer.

—Bueno, como parte del Reino Unido, Irlanda del Norte mantiene buenas relaciones con los Estados Unidos. Como parte del pueblo irlandés, en Irlanda del Norte queremos que ustedes, los norteamericanos, vengan a vernos cuando viajen a la República. Algunos de los lugares más legendarios, para norteños y republicanos, se encuentran en el Norte. Armagh, Tara... paisajes tan hermosos que quitan el aliento. Son patrimonio de todos, y de los irlandeses de Norteamérica.

—Señor Brolin, ¿va a iniciar una campaña para reunificar la isla de Irlanda?

—Mi primera campaña pretende unir a la gente —dijo Brolin.

—¿Cree que eso es posible?

—Estamos en el siglo XXI. Creo que vemos con más claridad, que podemos llegar a la raíz de nuestros problemas. Las décadas de amargura no van a desaparecer de la noche a la mañana, pero en los últimos diez años hemos dado pasos de gigante. En el Norte, católicos y protestantes estamos trabajando mano a mano. Vamos, todos saben que queremos los dólares de los turistas norteamericanos. Esa es una meta que puede unir a nuestra gente.

Empezó a darse la vuelta. Durante una fracción de segundo fue posible ver el agotamiento en su rostro.

—Señor Brolin, señor Brolin, una última pregunta, por favor —le pidió una mujer minúscula que acababa de acercar su micrófono al político. Brolin vaciló y ella prosiguió—. Hay miles de irlandeses nacionalizados aquí, en Nueva York. ¿Qué lo ha hecho elegir Boston para celebrar el día de San Patricio?

Brolin sonrió despacio, con un destello en la mirada.

—Nueva York es una ciudad maravillosa, y con muchos irlandeses nacionalizados, cierto. Yo no escogí Boston, aunque también es una ciudad magnífica; ellos me invitaron a mí. Invítenme a venir a Nueva York el próximo año y estaré encantado de volver.

Acto seguido, se despidió con un ademán y empezó a subir los peldaños del hotel. Moira reparó en la presencia policial.

—Encantador —murmuró—. Equilibrado y moderado. Me extraña que necesite tanta protección policial.

Danny la miró de forma peculiar.

—Porque hay personas que no quieren ser moderadas —le dijo—. Mira, por ahí viene tu padre. Imagino que vais a grabar ya. Así Eamon podrá promocionar las bebidas de la madre patria... y de Boston, por supuesto —se dio la vuelta y se dirigió a la puerta de la calle. Descolgó su abrigo del perchero y salió sin mirar atrás.

Se pusieron manos a la obra. Ajustaron las luces y los niveles de sonido. Eamon estaba de pie tras los grifos de cerveza, y Moira ocupó una banqueta delante de él. Eamon dio una descripción excepcional de los diferentes tipos de cerveza. Empezaron a llegar clientes, y todo funcionó a la perfección. Chrissie, un poco tímida al principio, también participó. Seamus y Liam se presentaron y explicaron que una taberna era un segundo hogar, un remanso de paz al que se acudía para pasar un rato con los amigos. Jeff Dolan estaba colocando los instrumentos para la actuación de aquella noche, y fue él quien le dijo a la cámara:

—Una cerveza se compra en cualquier parte, pero un lugar en el que estás a gusto, donde puedes hablar y discutir con los amigos, no se encuentra tan fácilmente. La auténtica taberna irlandesa es el corazón del barrio. La Taberna de Kelly tiene mucho corazón, incluso aquí, en Norteamérica, y todo el mundo lo sabe.

Josh, que había estado siguiendo a Moira con la cámara, interrumpió la grabación. Moira sonrió con deleite y le dio un beso a Jeff en la mejilla.

—Has estado maravilloso.

—Me alegro —dijo, y se sonrojó—. Menos mal que no me habéis avisado; lo habría hecho fatal.

—Yo también me alegro —dijo Josh—. Va a ser uno de los mejores programas que hemos hecho nunca. Moira, voy a hablar con Michael y con el técnico de sonido; quiero asegurarme de que todo ha ido bien para futuras grabaciones.

—¿Es que vais a seguir grabando en el bar? —le preguntó Jeff a Moira cuando Josh se alejó.

—Claro, ¿por qué no? Oye, yo no sabía que Josh estaba aquí anoche y que me grabó cantando con Colleen, pero puede que sea una buena escena. Todavía no la he visto. Hacer tomas espontáneas es la mejor manera de conseguir buen material para el programa, ¿sabes?

—No me parece buena idea —dijo Jeff.

—¿Por qué no?

Jeff vaciló, y miró hacia los instrumentos que había estado montando.

—¿Qué ocurre —le preguntó— cuando grabas a alguien que no quiere aparecer en la tele?

—Jeff, pedimos la autorización de las personas a las que grabamos —le dijo, y frunció el ceño—. No entiendo qué es lo que te preocupa. Hasta ahora, tenemos un grupo increíble de entusiastas. Todos quieren salir en la tele.

—Sí, pero...

Moira movió la cabeza.

—Jeff, ¿no estarás metido en nada...? No estarán circulando drogas en el local de mi padre, ¿no?

—Moira, llevo más de cinco años sin ingerir nada. Pregúntale a tu padre; raras veces me tomo una cerveza.

—No te estaba acusando, Jeff...

—Estoy un poco preocupado por ti, nada más, ¿de acuerdo,

Moira? Ten cuidado con lo que grabas. Dudo que tu propio hermano quiera que se televise todo lo que ocurre en este bar.

—¡Mi hermano! —a pesar del tono de sorpresa, Moira había estado sospechando de las actividades de Patrick desde que había oído su conversación con Siobhan.

—Sí, sí, ya sabes, es abogado. Tiene que andarse con ojo.

—Jeff, ¡se trata de un ameno magazine de viajes!

—Sí, lo sé. Pero vigila lo que grabas, ¿de acuerdo? Hazme ese favor; amo este lugar. Tu padre tuvo fe en mí cuando mi propia familia estaba dispuesta a tirar la toalla. Ten cuidado, ¿vale?

No esperó una respuesta, se pasó los dedos por su indómito pelo oscuro y volvió a ocuparse de los instrumentos.

Moira quería seguir interrogándolo, pero no pudo porque Michael se acercó por detrás y le rodeó la cintura con los brazos. Su aftershave olía bien. La textura de su mejilla sobre la de ella cuando se inclinó resultaba agradable y sexy. Se sintió querida y disfrutó del momento.

—¿Quieres que nos escabullamos un rato? —preguntó con voz ronca.

—Sí.

—Pero escabullirnos de verdad. No vaya a ser que Josh decida filmar los rituales de apareamiento del día de San Patricio o algo así.

Moira rió y se volvió hacia él.

—No se atrevería.

—¿Qué tal si vamos al hotel?

—Vamos.

Moira echó a andar hacia la barra para decirle a su padre que se iba. No estaba ocupado en aquellos momentos. Chrissie ya había atendido a las tres mujeres que estaban en la barra, y Eamon estaba leyendo el periódico.

—Papá... —empezó a decir.

—No han encontrado nada —dijo Eamon, y alzó la vista.

—¿Cómo dices?

—Sobre esa pobre chica, la que asesinaron el otro día. La policía ha estado interrogando a media ciudad y no han averiguado nada. Estaba en un bar la noche en que murió, un club elegante. Supongo que era lo que ahora llaman «acompañante», una prostituta de lujo. Todo el mundo recuerda haberla visto sentada en la barra, sola, pero nadie recuerda con quién se fue. No han sido capaces de relacionar su asesinato con ningún otro crimen de la ciudad.

—Papá, por desgracia, la policía suele tardar meses, incluso años, en descubrir a un asesino —dijo Moira—. Y, a veces, no lo consiguen.

—No me gusta —dijo Eamon.

—Claro que no, papá, es una tragedia.

—Ya es hora de cenar —anunció Colleen en aquel momento, entrando en la barra por las puertas basculantes.

—¿De cenar? —repitió Moira, sin comprender.

—Sí. ¿Has olvidado ese guiso que hemos estado cocinando todo el día para tu programa? Pues a mamá se le ha metido en la cabeza que vamos a sentarnos a una mesa para ingerirlo. Es lo que se llama «cenar».

—¿Tan pronto? —dijo Moira.

—Las seis es buena hora —dijo alguien a su espalda.

Se dio la vuelta; Danny había regresado, y la miraba con ojos dorados y especulativos. Parecía saber que había estado a punto de escabullirse con Michael, y era evidente que la situación le hacía gracia.

Colleen se inclinó sobre la barra para susurrar:

—No te atrevas a saltarte la cena después de los esfuerzos que ha hecho mamá para que la grabación saliera bien.

—Me mataría, ¿eh?

—No, te mataría yo —le aseguró su hermana.

Tendría que explicárselo a Michael. No, no haría falta. Sintió sus manos en la cintura.

—Me encantaría cenar —dijo con suavidad. Moira se dio la vuelta en sus brazos y lo miró a los ojos.

—Eres demasiado bueno —le dijo. Él lo negó con la cabeza.
—Es que merece la pena esperar por ti, Moira.

Norteamérica era un país increíble. Desde las alturas de su habitación de hotel de Nueva York, Jacob Brolin contemplaba el bullicio de la calle y el parque. Desde donde estaba, los transeúntes eran figuras sin rostros; algunos admiraban las vistas, otros caminaban a paso veloz, como si tuvieran prisa por volver a casa. Los turistas se detenían y regateaban con los cocheros. Le había agradado ver que los caballos de los carruajes estaban bien cuidados y alimentados; tenían mantas en el lomo que los protegían del aire frío de mediados de marzo. La mayoría de los cocheros eran irlandeses; lo habían vitoreado al verlo entrar en el hotel.

Sí, se alegraba de que los caballos estuvieran bien cuidados. Resultaba extraño o, quizá, no tanto. Muchos hombres como él habían sido testigos de actos terribles de violencia entre seres humanos, y aun así, los desgarraban las desgracias de un animal.

—¿Señor Brolin?

Dio la espalda a la ventana. Peter O'Malley, uno de sus ayudantes, había llamado a la puerta que comunicaba el salón con el comedor. O'Malley era un auténtico gigante: metro noventa de estatura, ciento treinta y cinco kilos de puro músculo. Llevaba traje, y lo llevaba bien, aunque pocas personas adivinarían que parte de su corpulencia se debía al chaleco antibalas que llevaba debajo de la chaqueta.

—¿Peter?

—Ya está aquí la llamada.

—Gracias. Contestaré en el salón.

Descolgó y se identificó; su interlocutor hablaba en gaélico. Escuchó con gravedad; después, habló con suave determinación.

—No lo cancelaré. Estaré allí mañana por la tarde.

Después de un breve diálogo, colgó y se acercó a la ventana. Sin embargo, en aquella ocasión, cerró los ojos.

1973. Había tomado un camino distinto; le había parecido la única elección. Estaba huyendo con Jenna McCleary, y la cosa había salido mal. La lucha había tomado la calle, las balas silbaban a su alrededor mientras corrían.

—Tenemos que separarnos —dijo Jenna. Peter asintió. Separarse y desaparecer entre el gentío. ¿Qué mejor que esconderse a la vista de todos? Así que accedió.

Entró en el primer bar y pidió una cerveza. No sabía qué rumbo había tomado Jenna, sólo que horas más tarde, la detuvieron.

Se enteró de todo, de cómo la habían interrogado, de que el oficial al mando la había dejado en manos de los compañeros del soldado al que habían abatido en la calle mientras huían. Quizá Jenna hubiera apretado el gatillo en aquella ocasión, o quizá hubiera sido él. Jenna había pagado el precio. Era joven, hermosa, y la habían enseñado a odiar desde pequeña.

Cuando acabaron con ella, ya no era hermosa. Ellos habían concebido un plan de rescate, por supuesto; pero cuando interceptaron el convoy que la trasladaba a la cárcel, algo había muerto ya en ella. Cuando la bomba explotó delante del vehículo y se precipitaron a liberarla, Jenna no echó a correr. Permaneció inmóvil, sabiendo que volverían a silbar las balas.

Él la vio caer; vio la secuencia de la bala: el impacto, la sacudida, la caída. Y vio su rostro con claridad un momento, la desolación, la muerte que ya se reflejaba en su mirada antes de que se tornara vidriosa. Se quedó inmóvil en la calle, y fue un milagro que no lo abatieran a él también. Durante aquellos instantes, comprendió que habían matado a Jenna entre todos, como si los dos bandos hubieran apretado el gatillo.

Volvieron a llamar a la puerta. O'Malley otra vez.

—¿Señor Brolin?

—Tomaremos el vuelo de la una, justo después de la aparición televisiva, como estaba planeado, Peter.
—Señor, quizá, con lo que sabemos y lo que no...
—Como estaba planeado, Peter.
O'Malley inclinó la cabeza y salió cerrando la puerta con suavidad. Brolin miró hacia la calle.
Sí, daba gusto ver que los caballos estaban bien cuidados.

Después de la cena, Moira, Colleen y Siobhan obligaron a su madre a sentarse en el saloncito con la abuela Jon. Les sirvieron té, las acomodaron en los sillones más confortables, les pusieron escabeles en los pies y las instaron a descansar. La abuela Jon estaba perpleja; la madre de Moira, inquieta. Después, las más jóvenes regresaron a la cocina y al comedor para recoger y limpiar.

–¿Dónde están los niños? –le preguntó Moira a Siobhan–. No los habrán vuelto a bajar al bar, ¿verdad?

–Creo que Patrick los está acostando –se adelantó Colleen.

–Me alegro –le dijo Moira a su cuñada.

–Sí, bueno. Normalmente es un buen padre.

Mientras metía un plato en el lavavajillas, Moira se preguntó si debía decir algo o mantener la boca cerrada.

–¿Ha estado muy ocupado últimamente? –preguntó.

–Sí –dijo Siobhan, y le pasó una fuente a Moira. Pareció estar a punto de decir algo; después vaciló y se encogió de hombros–. No sé muy bien en qué consiste su último trabajo. Conoció a varias personas que estaban comprometidas con una asociación benéfica de Irlanda del Norte. Recaudan dólares norteamericanos para los niños irlandeses que se han quedado huérfanos, para que puedan recibir una buena educación.

–Parece una causa noble –comentó Colleen.

—Sí, ¿verdad?

—Entonces, no lo entiendo —murmuró Moira—. ¿Cuál es el problema?

Siobhan movió la cabeza.

—Últimamente, viene a Boston con mucha frecuencia. Hay veces en que ni siquiera se pasa a ver a tus padres.

—Bueno —murmuró Moira, sorprendiéndose de acudir en defensa de su hermano—; si sólo viene a resolver un asunto rápido, quizá no quiera pasarse a verlos para no entretenerse.

—Sí, claro —dijo Siobhan.

La respuesta de su cuñada era ambigua: podía significar tanto que estaba de acuerdo con Moira como que no creía ni una sola palabra. Lo único claro era que Siobhan no quería seguir hablando del tema y que Patrick se comportaba de forma extraña.

—Eh —dijo Colleen, disipando la tensión del momento—. Siobhan, cada vez que veo a mis sobrinos, me siento más orgullosa de ser su tía.

—Ya lo creo —corroboró Moira con sinceridad—. Son adorables y educados, a pesar de lo pequeños que son.

—Gracias —dijo Siobhan, sonriendo—. Por ellos merece la pena cualquier cosa, ¿verdad? Vas a ser una madre estupenda algún día, ¿sabes? Bueno, las dos seréis madres magníficas. Sólo se lo decía a Moira porque es la mayor —le explicó a Colleen.

—Vaya, gracias —bromeó Moira.

—Bueno, te estás acercando a los treinta —le recordó Siobhan.

—Cierto —la atormentó su hermana—. Moira, por muchos años que yo cumpla, tú siempre serás la mayor.

—Qué amables sois las dos... —dijo Moira con ironía.

Siobhan rió.

—Entonces, ¿lo tuyo con Michael va en serio?

—Tiene un físico imponente —comentó Colleen.

—La belleza no lo es todo —le recordó Siobhan.

—Pero cuando no hay diálogo, al menos, el paisaje es admirable —bromeó Colleen.

Siobhan miró a Moira.

—No es un tipo temperamental, ¿verdad?

—Para nada —contestó.

—Es casi perfecto en todos los sentidos —comentó Colleen.

—Yo diría que lo está haciendo muy bien —señaló Siobhan—. Ésta no es una familia fácilmente impresionable, y se está defendiendo.

—Cierto.

—Entonces, ¿lo vuestro va en serio? —insistió Siobhan.

—Podría ser.

—Tendríais hijos muy guapos —murmuró Colleen.

—Sólo porque eres el rostro de un millón de portadas, no tienes por qué obsesionarte con el físico —la regañó Moira.

—Está bien... ¡Vaya callo tienes por novio!

Moira suspiró, Siobhan rió y siguieron fregando los platos. Después, Siobhan fue a ver a los niños. Cuando se alejó por el pasillo, Colleen le preguntó a Moira:

—Patrick no estará engañándola con otra, ¿no?

—Me resulta inconcebible —dijo Moira—. Si lo hiciera, sería un idiota.

—¿Crees que deberíamos decírselo?

—Creo... que debemos mantenernos al margen, a no ser que uno de ellos quiera hablar con nosotras.

—Supongo que tienes razón, pero...

—¿No creerás que...? —empezó a decir Moira.

—¿El qué?

—Que Patrick esté metido en algún asunto... ilegal, ¿no?

—¡Es abogado! ¡Qué cosas tienes!

—Ya lo sé. Olvídalo, no sé lo que digo.

—Voy a bajar al bar para ver si papá necesita ayuda —decidió Colleen, y dejó en la encimera el paño que había estado usando—. Le encanta que trabajemos con él.

—Lo sé. Iré a ver a mamá y a la abuela y enseguida bajo.

Se separaron. Cuando Moira entró en el saloncito, vio que su madre se había acostado y que la abuela Jon estaba sentada, sin hacer nada. Le sonrió a Moira y señaló el sofá que estaba a su lado.

—Todo limpio, ¿no?

—Sí. Venía a preguntarte si necesitabas alguna cosa.

—¿Sabes, Moira? Gracias a Dios todavía puedo andar.

—Y yo le doy las gracias todo el tiempo —repuso Moira con intensidad—. Eres una persona muy querida para nosotros.

—Gracias —dijo la abuela Jon, sonriendo—. Es maravilloso teneros en casa, y poder cuidaros, y también es agradable tener seres queridos que quieran hacer cosas por ti.

—Nosotros también tenemos suerte.

—¿Ah, sí?

Moira elevó una mano en el aire.

—Tengo tantos amigos con padres divorciados que no tienen un hogar al que volver... Siempre que hay una celebración importante en sus vidas, tienen que devanarse los sesos con la logística. Sé que soy afortunada.

—Me alegro —asintió la abuela Jon con gravedad—. La gente suele vivir sin valorar lo que tiene —hizo una pausa y la miró a los ojos—. No seas muy dura con tu padre y sus amigos porque quieran recordar la madre patria, Moira.

—No... No es esa mi intención.

La abuela Jon guardó silencio durante un minuto. Después, dijo:

—Soy muy vieja, ¿sabes?

—La edad es relativa —dijo Moira.

—Sí, pero recuerdo muchas cosas. Era una niña en Dublín cuando tuvo lugar el levantamiento de Pascua, ¿sabes? Vi las calles en llamas. Tenía amigos, niños pequeños, que murieron en el tiroteo.

—Lo siento mucho —dijo Moira—. Nunca nos lo habías dicho.

La abuela Jon se encogió de hombros.

—Ahora, Dublín es una ciudad maravillosa. Y los irlandeses son un pueblo maravilloso. Te lo digo porque... Bueno, a veces, cuando las personas nacen entre la violencia, les quedan cicatrices. A veces, los veteranos no pueden evitar hablar de cómo eran las cosas... ni de sus esperanzas para el futuro.

—Abuela Jon, es que no puedo creer que con bombas y balas...

—Usar bombas y balas está mal. Asesinar a inocentes, también; jamás he dicho lo contrario. Sólo quiero que comprendas los sentimientos de los demás.

—Y los comprendo, abuela, de verdad.

—Tu padre quiso venir a este país, ¿sabes? No porque no supiera que todos los países tienen injusticias que combatir, sino porque teníamos familia en Irlanda del Norte.

—Lo entiendo.

—No sé si puedes. En los últimos años, se han dado pasos de gigante para alcanzar la paz: el alto el fuego de 1997, el acuerdo de Stormont en 1998. El presidente Clinton hizo de mediador en Irlanda del Norte. Pero sabes tan bien como yo que todavía hay gente dispuesta a morir y a sacrificar vidas ajenas por sus creencias. Has de recordar, Moira, que somos irlandeses y estamos orgullosos de serlo, y que tú también eres irlandesa.

Moira se puso en pie y se arrodilló junto a su abuela para abrazarla.

—Siento mucho haberte hecho creer que no me sentía increíblemente orgullosa de todos vosotros —dijo con suavidad. La abuela Jon se apartó, le sonrió y le pasó la mano por el pelo.

—A veces... En fin, hay veces en que yo también tengo miedo. Pero ahora, baja a la taberna, pequeña. Ve a cantar *Danny Boy* para tu padre.

—Ya la cantamos anoche.

—Pues hacedlo otra vez. A Eamon le gusta oíros.

—Entonces, ¿no necesitas nada?
—Si necesito algo, lo pediré. Ahora, vete.
—¿Seguro? No estás viendo la tele, ni leyendo. No me gusta dejarte sola.
—Estoy pensando, pequeña. Reflexionando. A mi edad es una ocupación interesante.

Moira asintió y bajó a la taberna.

Dan vio al hombre del jersey azul marino sentado en la mesa del rincón en cuanto bajó y se puso a trabajar detrás de la barra con Michael McLean.

Era evidente que McLean recelaba de Dan, pero estaba haciendo lo posible por encajar en la familia. Estaba enamorado de Moira y decidido a demostrarlo. Más que adular, se mostraba sólido y resuelto, expresaba sin miedo sus opiniones y lo hacía con diplomacia. De hecho, pensó Dan, en otras circunstancias, le habría caído simpático.

Estaban los dos detrás de la barra para que Eamon Kelly pudiera sentarse un rato con sus camaradas y resolver con ellos el futuro del mundo libre. La barra era fácil de trabajar: casi todas las bebidas que se pedían eran pintas. La taberna estaba bastante llena, pero quedaba tiempo para vigilar las mesas y charlar con los asiduos. La banda estaba tocando; la televisión estaba encendida con el volumen bajo. Parecía una noche típica.

El tipo del rincón estaba solo, sentado a una mesa de dos personas, paladeando una cerveza. Llevaba rato en la taberna. Era un tipo corriente, de pelo castaño corto, con aire de hombre instruido. Podría haber sido contable, banquero, abogado u hombre de negocios de cualquier índole. Un profesional sin ninguna duda.

—Ya están otra vez —le dijo Michael—. Vaya, perdona —se apresuró a añadir. Dan enarcó una ceja, y Michael se explicó—. Se me olvidaba lo importante que es para todos vosotros... la historia de Irlanda.

Dan asintió y prestó atención a la conversación de los ancianos. Era una discusión familiar.

—A ver, te lo pregunto otra vez —dijo Seamus—. ¿Eres norteamericano?

—No digas tonterías, hombre —contestó Eamon Kelly, y movió la cabeza—. Por supuesto que soy norteamericano. Solicité la nacionalidad en cuanto transcurrieron los años requeridos. Ya había tenido un hijo, y Moira estaba en camino.

—Pero sigues siendo irlandés.

—Nací en Irlanda —gimió Eamon.

—Entonces, si Norteamérica entrara en guerra con Irlanda, ¿qué harías? —inquirió Seamus.

—Norteamérica nunca entrará en guerra con Irlanda.

—Pero ¿y si lo hiciera?

—Seamus, no digas tonterías, hombre.

—No quieres entender adónde quiero ir a parar.

—Claro que te entiendo —repuso Eamon—. Afirmas que un irlandés siempre es irlandés por encima de todo. Tanto los irlandeses de Norteamérica como los norirlandeses.

—Pero tú crees que la isla debería unificarse.

—Tú eres quien lo crees.

—Sí, pero no sé cómo se llevará a cabo la unificación.

—Por eso son importantes los hombres como Jacob Brolin. Conoce los conflictos de cabo a rabo. Sabe que la división religiosa es una división económica, que las leyes pasadas crearon parte del problema, que la solución debe nacer de la gente. Si puedes unir a la gente, al final, podrás unir Irlanda.

—¿Y qué pasa con los que desean mantener los lazos económicos con Inglaterra?

—¿Por qué discutimos sobre esto, Seamus? Los dos pensamos lo mismo —le espetó Eamon, irritado. Se miraban como si estuvieran a punto de pegarse; pero Dan sabía que solían mirarse así.

Seamus movió la cabeza con expresión afligida.

—Se está cociendo algo terrible.

—¿En mi taberna? —dijo Eamon en tono burlón. Seamus bajó la voz de improviso.

—¿Te acuerdas de aquel soldado del setenta y uno?

—Soy dublinés, Seamus.

—Pero te acuerdas, porque lo conociste. Lazos de familia, Eamon, y muy fuertes. El pobre muchacho era un soldado británico de veinte años. El IRA lo secuestró después de una reyerta callejera en Belfast. Estuvo viviendo dos semanas en la casa de Paddy McNally, y cayó simpático a todo el que lo conoció. Pero los británicos se negaron a liberar a varios de los hombres del IRA que habían detenido, así que le metieron un tiro aunque, prácticamente, lo habían adoptado.

—Y el mundo condenó a esa facción del IRA como terroristas —dijo Eamon con enojo—. Seamus, ¿a qué viene todo esto? Sinceramente, no puedo resolver el problema, y lo sabes. Soy norteamericano y regento una taberna en Boston. Pido que haya paz en todo el mundo, como el resto de la gente. Los gobiernos del Norte y de la República saben que la época de guerra y revolución ha terminado, que en el pequeño mundo en que vivimos ahora la negociación es la clave.

—Sí, claro. Y siempre que se firma un acuerdo estalla una bomba en alguna parte.

—Perdona, Seamus, pero estuve en Belfast hará no más de un año y medio y te lo aseguro: los norirlandeses quieren los dólares de los turistas tanto como los demás. Están cambiando.

—Casi todos los norirlandeses —masculló Seamus.

—Seamus, ¿qué intentas decirme?

Seamus miró a los ojos a Dan.

—Que el Norte todavía tiene terroristas.

—¿Y qué quieres que yo le haga?

Seamus movió la cabeza de improviso, con la mirada puesta en su cerveza.

—Susurros —murmuró—. En gaélico. He estado oyéndolos, aquí, en el bar. Están tramando algo, todavía no sé el qué, pero he oído... gaélico.

Colleen estaba en un extremo de la barra, con la bandeja, dispuesta a pedir bebidas.

—Eh, chicos, ¿alguno de vosotros quiere hacer un mirlo?

—Pensaba que los únicos mirlos que había aquí eran los músicos —dijo Michael mientras servía una Guinness a un hombre medio calvo que estaba al final de la barra.

—El mirlo es una antigua especialidad de la casa —le dijo Seamus—. Café, dos partes de crema irlandesa y una parte de whisky irlandés. Coronada con nata montada. Hacía tiempo que no lo pedían.

—Sé qué bebida es —dijo Dan—. Ya la hago yo.

—¿Quién la ha pedido?

—Un tipo de allí —dijo Colleen, y señaló vagamente hacia el fondo de la sala.

—Yo se la llevaré —se ofreció Dan.

—No, tú prepárala y yo se la llevo —dijo Colleen, y puso los ojos en blanco—. No queremos que papá crea que lo necesitan en la barra cuando se lo está pasando tan bien con Seamus.

Dan preparó el cóctel. Aunque el bar estaba atestado y había clientes de pie detrás de las banquetas, pidiendo bebidas, observó a Colleen mientras lo llevaba. Como había sospechado era para el hombre del jersey azul marino que estaba sentado en la mesa del rincón.

La taberna era un gallinero. Bueno, era sábado por la noche de la semana previa a San Patricio. Al acercarse a la barra, Moira se alegró de haber bajado. Su padre era un buen hombre de negocios; todo estaba previsto. Pero había mucho trabajo.

Se sorprendió al ver a Michael detrás de la barra, con Danny. Parecía un poco cansado, pero estaba sirviendo cerveza y mezclando bebidas. Se acercó por detrás.

—¿Estás bien?

—Creo que sí. Trabajando duro, al menos —bajó la voz—. Tratando de ganar puntos, ¿sabes? ¿Crees que me aceptarán en la familia?

Moira rió; se alegraba de que estuviera esforzándose tanto.

—Tienes el apellido apropiado, creo que no habrá ningún problema. Y lo estás haciendo muy bien. Pero pensaba que esta noche querías escabullirte.

—Moira, si me lo hubieras sugerido antes, puede que hubiera podido.

La estaba mirando con una sonrisa de pesar, y Moira advirtió que tenía razón: no podían irse con la taberna rebosando de clientes, cuando cualquier ayuda era poca. Lo rodeó con los brazos.

—Eres increíble.

—No te acerques tanto; ya estoy sufriendo la agonía de los condenados.

—Podría escaparme dentro de un rato —suspiró Moira—. De bastante rato, claro.

—Esa es una posibilidad tentadora.

—Sabes que lo digo en serio, Michael. Eres maravilloso.

—En más de una cosa, como recordarás.

—Vagamente —bromeó Moira—. No me importaría que me refrescaras la memoria.

—Ya veremos —dijo Michael, y sonrió—. ¿De verdad saldrías a hurtadillas de casa de papá?

—¡Eh! —los llamó Chrissie—. ¿Hay alguien trabajando ahí dentro?

—Perdona, Chrissie —dijo Moira enseguida, y se acercó al extremo de la barra.

—Necesito un cóctel Gibson con doble de cebolletas, dos pintas de Guinness, una Murphy's, dos copas de vino blanco y otra de burdeos.

—Enseguida —dijo Moira.

—¿Sabes qué? Esto se te da mejor a ti que a mí, pero yo sé

tomar notas –dijo Michael, y lanzó una mirada hacia el otro lado de la barra–. Te dejaré con el bueno de Danny y trabajaré la sala con los demás.

Moira asintió. Era cierto; podía preparar las copas mucho más deprisa que él.

Minutos después, estaba preparando bebidas para la sala cuando oyó a Danny susurrándole al oído.

–Esta noche está anotándose algunos puntos, ¿eh?

Moira se volvió a medias sin dejar de prestar atención a las copas que estaba llenando.

–¿De quién hablas?

–Alto, moreno y atractivo. Ojos de ratón. Está horadando su camino hasta el corazón de la familia.

–Está echando una mano. Y aunque esté haciendo todo esto para agradar a mi padre, valoro el esfuerzo.

–Ojos de ratón, Moira.

–Danny, creo que te llaman.

–¿Estoy demasiado cerca? ¿Es eso? ¿Estás recordando lo que es bueno de verdad? ¿Te late el pulso? Deja que responda por ti. Sientes el calor. Ves mis manos en los grifos y recuerdas lo mucho que te gustaba sentirlas en tu piel.

–Sí, calor, Danny. Me está abrasando una antorcha –se inclinó hacia él–. ¿Sabes qué es lo que pienso?

–¿Que vale la pena morir por mí?

–Que estás delirando.

Danny sonrió.

–Tal vez, amor mío. Tal vez sea el único que recuerda lo que me gustaba sentir mis manos en tu piel. Éramos buenos juntos, ¿eh?

–Eso es agua pasada –se limitó a decir Moira–. ¡Chrissie! –gritó por encima de las cabezas de los clientes que se agolpaban en la barra–. ¿Era un Martini solo o con hielo?

–¡Con hielo! –contestó Chrissie.

–Te quiero de verdad, Moira Kelly –dijo Danny con suavidad.

El susurro pareció acariciarle la nuca, como el contacto

de un dedo. De repente, los recuerdos la asaltaron. Se sorprendió mirándole las manos. Sintió una oleada de calor, y empezó a pensar que era una mujer horrible. Pero era cierto; Danny era bueno en la cama.

Y Michael. Había estado enamorada de Danny tiempo atrás; quizá, durante media vida. Había estado años esperando a que apareciera otra persona, alguien real. Michael. No era idiota. Era lo bastante madura para saber que lo que le gustaba a una persona no tenía por qué ser lo más conveniente.

Y aun así....

Los ojos de Danny, la curva de su sonrisa, su humor, su forma de reírse de ella o de sí mismo. Sus abrazos, el calor y la comprensión que era capaz de darle en el momento preciso. Y, de repente, su actitud sensual, puramente sexual, que la dejaba sin aliento.

—Seamus necesita otra pinta —dijo, para distraerse de sus peligrosos sentimientos.

—Seamus ya ha bebido demasiado.

—Patrick ha vuelto, lo veo desde aquí. Le pediré que acompañe al bueno de Seamus a su casa; vive a pocas manzanas de aquí. Dale otra pinta; se lo está pasando bien con papá.

—Creo que eres tú quien debería tomarse una pinta.

—Puede que lo haga.

—Ojalá tomes suficientes.

—Suficientes ¿para qué? ¿Para que me meta en la cama contigo? ¿Es que estás muerto de aburrimiento en este viaje o qué, Danny? ¿Me he convertido en un desafío porque estoy con Michael, porque de verdad me he encariñado con otra persona después de tantos años?

—Porque te quiero de verdad.

—Danny, no sabes lo que eso significa.

—Siempre lo he sabido, Moira.

—Moira, ¿tenemos Foster's? —preguntó Colleen.

—Sólo de barril.

—Vale. Quiero una Foster's, dos Budweiser y una Coors de botella con limón en lugar de lima.

—Danny, tráeme la Coors —dijo Moira. Danny estaba muy cerca. Siempre le había gustado su aftershave; la fragancia era sutil y...

Y le traía muchos recuerdos.

Quizá debería tomarse una cerveza. No, le convenía más beberse un whisky y darse una bofetada.

Mientras preparaba las bebidas para Chrissie, Moira oyó sonar el teléfono.

—Ya voy —le dijo a Danny cuando dejó la Coors sobre la bandeja.

—Yo contesto —repuso él, y lo oyó responder con el nombre de la taberna.

—Moira, ¡necesito otras dos Budweiser! —le pidió Colleen—. De botella.

Mientras se dirigía a la nevera, oyó hablar a Danny. Intentó entender lo que decía, pero hablaba en un murmullo.

De pronto, advirtió que el problema no era que no pudiera oírlo, sino que no lo entendía. Estaba hablando en gaélico.

Danny la sorprendió mirándolo y sonrió y se encogió de hombros. Pero no era la sonrisa habitual de Danny. Un momento después, colgó.

—¿Quién era? —le preguntó Moira.

—Un veterano. Quería saber si esto era una taberna irlandesa de verdad. Se me ocurrió convencerlo.

Moira no sabía hablar gaélico. Sí, conocía unas cuantas palabras, pero no había llegado a aprender el idioma. Había estudiado francés y español en el colegio; mucho más útiles en los Estados Unidos. Decidió mentir.

—Sabes, he estado estudiando gaélico, Danny —le dijo.

Se preguntó por qué no habría optado por ser actor; estaba convencida de que se había puesto tenso, pero no iba a permitir que ella adivinara lo que lo molestaba de verdad.

—Ya iba siendo hora, Moira Kelly —comentó—. La barra

está más tranquila, la dejo en tus manos —añadió, y se dirigió hacia la salida.

Pero se detuvo, regresó y la agarró por los hombros, sin ápice de regocijo en los ojos mientras la miraba.

—Si eso es cierto, Moira, no se lo digas a nadie, ¿me oyes?

—Danny...

—Hazme caso por una vez en tu vida, Moira. Que nadie sepa que comprendes una sola palabra.

—Danny, ¿qué...?

—Hablo en serio, Moira.

Tenía las manos puestas en sus hombros y le estaba haciendo daño. Tenía un semblante tan serio que Moira sintió un escalofrío de pavor, y comprendió, de repente, que no conocía a aquel hombre. Se sorprendió asintiendo.

—Está bien. Maldita sea, Danny, me estás haciendo daño.

—Lo siento —la soltó—. Moira, tienes que andar con cuidado.

—¿De qué?

—De la gente que es demasiado pasional.

—¿Y qué diablos significa eso? ¿Tú, Michael, el viejo Seamus...?

—De todos y de cualquiera, ¿me has entendido?

—No, no te entiendo.

—Moira, olvídalo. Olvídalo, de verdad.

Moira advirtió de repente que Michael la estaba mirando desde la sala. Quería apartarse de Danny.

—¿Que lo olvide? ¿El qué? Olvídame tú a mí —intentó retroceder.

—Moira...

—En realidad, no hablo ni entiendo el gaélico, Danny. No sé nada más que buenos días, buenas noches, por favor y gracias.

—Entonces, no finjas que lo entiendes.

Se dio la vuelta y salió de la barra. Moira se lo quedó mirando mientras se alejaba. Chrissie le pidió una bebida y ella respondió mecánicamente.

Michael se acercó al puesto de camareros.
—¿Estás bien? —le preguntó.
—Claro.
—Me ha parecido un momento muy intenso.
—Un desacuerdo sobre recetas de cócteles —mintió.
—Tienes cara de... cansada.
—Hoy hay mucho ajetreo.
—Lo sé. Yo también estoy agotado.
—Te compensaré.
—Te lo recordaré.
—¿En qué habitación estás?
Le sonrió y le dio el número; después, dijo:
—Ah, necesito tres pintas.
—¿De qué marca?
—Budweiser. Y otro de esos cócteles de pájaro.
—¿Un mirlo?
—Sí, eso.

Moira rió y preparó las copas. Miró a Michael mientras repartía las cervezas y llevaba el mirlo al hombre de la mesa del rincón, que estaba sentado solo, escuchando música.

A Michael no se le daba tan mal atender mesas como quería hacer creer. Había hablado con el trío de las cervezas, y se detuvo unos momentos a intercambiar unas palabras con el tipo del jersey azul marino. Alguien la llamó en el bar, y Moira volvió a concentrarse en servir cervezas.

Cuando alzó la vista, vio a Danny atravesando la sala y advirtió que se estaba dirigiendo al hombre del rincón, al del jersey azul marino, el que había pedido el mirlo.

Varios momentos después, Danny descolgó el abrigo del perchero y salió de la taberna. No habían transcurrido ni cinco minutos cuando el hombre del jersey azul marino hizo lo mismo.

Moira se preguntó si lo conocería alguien en la taberna. Decidió preguntárselo a su hermano, pero no vio a Patrick por ninguna parte.

Ni a Michael, por cierto. De hecho, en cuestión de cinco

minutos, el bar se había quedado medio vacío; los clientes que habían estado pasando allí la tarde parecían haberse esfumado.

—Al cuerno con todos —murmuró para sí. Ni siquiera veía a su padre en la barra.

La invadió una profunda intranquilidad. Era Danny otra vez, maldito fuera. Su ridículo arrebato de furia al creer que ella hablaba gaélico.

Al día siguiente, decidió, le diría lo que pensaba de él.

—Moira, ponle otra Guinness a este saco de huesos viejos —le dijo Seamus. Estaba solo. Moira vio por fin a su padre junto a la tarima de la orquesta, hablando con Jeff. Le sirvió la cerveza a Seamus y se la colocó delante con un ceño de desaprobación.

—La última, Seamus.

—Como quieras —asintió, y la miró a los ojos—. Moira Kelly, sé una buena chica, ¿eh? ¿Ves lo silencioso que está el bar? —murmuró Seamus—. Es un mal presagio. Ándate con ojo en las calles de Boston.

—Seamus, ¿de qué hablas?

—De esa chica que encontraron muerta.

Moira suspiró, se acercó a él, se inclinó sobre la barra y le plantó un beso en la coronilla.

—Prometo no ir por ahí haciendo de buscona, Seamus. Y menos aún, hablando en gaélico. ¿Qué te parece?

—No salgas de casa —le dijo con gravedad.

—Seamus...

—Siempre hay conflictos —prosiguió el anciano en voz baja.

Se habían vuelto todos majaretas, pensó Moira.

Se sirvió la copa de whisky sobre la que había estado dudando desde su conversación con Danny y se la tomó de un solo trago. La abrasó como una antorcha.

Volver a casa nunca era fácil, decidió.

—Cuídate de los desconocidos —dijo Seamus—. No vayas por ahí hablándole a ninguno.

—Seamus, este es un establecimiento público. Servimos copas a desconocidos todos los días.

—E incluso a amigos —dijo Seamus en tono de pesar—. A veces los amigos... pueden ser más desconocidos... que los desconocidos.

—Seamus, se te ha subido la cerveza a la cabeza.

—No estoy borracho, Moira Kelly —replicó en actitud defensiva.

—Entonces, no dices más que tonterías.

Seamus se inclinó hacia delante.

—Oigo susurros, Moira.

—¿Sobre qué?

Se echó hacia atrás, movió la cabeza y miró alrededor con inquietud, como si hubiera hablado demasiado.

—Ten cuidado, pequeña —volvió a decir. Después, se puso en pie, con el vaso medio lleno—. Buenas noches.

—Seamus, espera, le diré a alguien que te acompañe a casa.

—¿Que me acompañe a casa? Moira, estoy sobrio, lo juro, y llevo volviendo a casa desde esta taberna más años de los que tú has vivido.

—Seamus, no estás borracho, pero te has tomado unas cuantas cervezas de más. No te dejaría conducir esta noche, y no sé si deberías ir a pie —el anciano elevó una mano a modo de despedida—. ¡Seamus!

Pero Seamus ya había atravesado la sala en dirección a la puerta. Moira no podía evitar preocuparse por él.

—¡Chrissie! —gritó—. ¿Puedes ocuparte de la barra, por favor?

No esperó a oír la respuesta, salió de la barra y corrió tras el viejo Seamus. Este ya había alcanzado la puerta. Moira no tenía a mano un abrigo, pero lo siguió de todas formas.

Una vez en la calle, se quedó asombrada al ver que ya había desaparecido. Las calles estaban desiertas y frías, muy frías. El frío le calaba los huesos.

La noche estaba oscura, las nubes ocultaban la luna. Salvo

por la luz que derramaba la taberna, la calle estaba en sombras.

—¿Seamus? —lo llamó con nerviosismo. Echó a andar por la acera, por el camino que Seamus seguía para ir a su casa. Al final de la manzana, giró a la izquierda y entró en las sombras. El frío la envolvió. Mientras caminaba, se maldecía por haber cometido la estupidez de salir sin abrigo; después, se maldijo por correr en la oscuridad a aquellas horas de la noche. Las aceras estaban cubiertas de una delgada capa de hielo y resultaban resbaladizas. Y aun así...

No era sólo la oscuridad gélida de Boston lo que la sobrecogía, pensó. El frío era interior y exterior. Había paseado por aquel vecindario durante casi toda su vida, y los Kelly conocían a sus vecinos. Pero jamás había sentido aquella inquietud, como si el frío la hubiera penetrado y no pudiera liberarse de él.

Al llegar a la esquina, giró hacia la izquierda. Más adelante, el alero de un antiguo edificio arrojaba un manto de absoluta negrura sobre la acera. Moira se apretó contra el muro, instintivamente asustada, buscando la protección de la oscuridad.

Estuvo a punto de tropezar con dos figuras sin ni siquiera reparar en su presencia. Y no pudo evitar oír el intercambio de murmullos, susurros apenas perceptibles en la quietud de la noche.

—Entonces, está decidido. Deja volar al mirlo.
—¿Y el arma?
—La recibirás.

Se produjo un repentino silencio que pareció prolongarse una eternidad, pero que en realidad no debió de durar más de un segundo. Sin darse cuenta, Moira se había detenido.

El mirlo...

Fue como si un mirlo gigantesco hubiera emergido de improviso de entre las sombras y planeara sobre la calle, rozándola; como si se hubiera levantado el viento y la hubiera hecho dar vueltas. Se sorprendió deslizándose hacia delante sobre el hielo, tratando desesperadamente de mantener el equilibrio, aterrada de la presencia sombría que la amenazaba por detrás. Recibió un golpe y se sorprendió cayendo al suelo, viendo brillar las estrellas en un cielo momentos antes lleno de nubes y negrura.

8

Cuando Moira intentó levantarse, volvió a resbalar. Estaba mirando el cielo cuando un rostro apareció en la noche nublada.

—¡Moira Kelly! ¿Se puede saber qué haces aquí así?

Danny. Se inclinó hacia ella y le tomó las manos. No la levantó de inmediato, sino que se puso en cuclillas a su lado para mirarla a los ojos.

—Caramba. ¿Te has hecho daño?

—Creo que no.

—¿Te encuentras bien? ¿Dónde está tu abrigo, chica? Hace un frío que pela.

—Ya sé que hace frío, gracias.

—¿Qué haces aquí?

—Me estoy congelando, Danny. Deja de hacer preguntas y ayúdame a levantarme.

—Buenos zapatos para el hielo —observó—. ¿Seguro que no te has hecho daño? ¿Qué ha pasado? ¿Una riña de enamorados? ¿Estabas corriendo tras ese Michael de ojos de ratón?

—No —dijo con indignación—. Michael y yo no reñimos, y creo que no me he hecho daño. Es que me...

«Me han empujado». Se interrumpió mientras él la ayudaba a levantarse. El instinto la previno de contar la verdad; estaba a solas con Danny, el hombre que le había advertido que no dejara entrever a nadie que comprendía o hablaba el

125

gaélico. ¿La habría empujado desde las sombras y se habría dado la vuelta para ayudarla?

—¿Qué decías? —le preguntó Danny, mirándola con atención.

—Nada, es que... me preocupaba Seamus. Había bebido bastante. Salí tras él y me caí.

Mientras ella hablaba, Danny se despojó del abrigo y la envolvió con él. El calor resultaba reconfortante. Cuando empezó a desentumecerse, notó que estaba dolorida de pies a cabeza.

—¿Y tú? ¿Qué hacías aquí? —le preguntó Moira.

—Despedirme de unos viejos amigos.

—¿Dónde está mi hermano? ¿Estabas con él?

—Hace rato que no veo a Patrick —respondió, y enarcó una ceja—. ¿Es que debemos darte cuenta de dónde estamos?

—No encontraba a nadie que pudiera acompañar a Seamus a casa, eso es todo —mintió, y se preguntó por qué no le contaba a Danny la verdad: que había salido, oído a dos hombres hablar sobre un mirlo volador y que la habían empujado.

La razón era obvia: estaba sola en la calle, con Danny. Por mucho que detestara pensarlo, podría haber sido él quien la había empujado.

—Volvamos a la taberna —dijo—. Estoy muerta de frío.

Danny asintió y la agarró del brazo mientras regresaban.

—¿Has visto a alguien por la calle? —le preguntó.

—No.

—¿Por qué me mientes?

—No te miento —respondió Moira, y era cierto; no había visto a nadie, sólo sombras. Figuras en la noche. Sentía la mirada incrédula de Danny.

—Como quieras.

Una afirmación de que no la creía. De pronto, estaba ansiosa por regresar a la taberna. Danny la complació avanzando deprisa. Cuando se acercaban a la puerta, Moira apretó el paso... y resbaló de nuevo sobre el hielo.

Ni siquiera Danny pudo evitar la caída. Lo intentó con todas sus fuerzas, y también perdió pie mientras ella agitaba los brazos en el aire. Logró colocarse debajo de ella mientras se precipitaban al suelo, y Moira acabó tumbada sobre él, con la mirada puesta en sus ojos de color ámbar. Se quedaron un momento inmóviles, exhaustos, mirándose el uno al otro. Después, Danny le retiró un mechón de la frente.

–Eh, esto no está tan mal –le dijo.

Moira intentó levantarse de inmediato, resbaló y volvió a aterrizar sobre él. Lo dejó sin aire en los pulmones, pero Danny rió.

–¡Deja de reírte! –exclamó Moira.

–Eh, yo soy la parte perjudicada. Esto me pasa por ser caballeroso. ¿Qué consigo? Un rodillazo en la entrepierna.

–No te he golpeado en la entrepierna.

–A propósito, no. Al menos, eso creo.

Moira exhaló un gemido de irritación y se apartó de él. Danny ya se estaba levantando, y le ofreció una mano. Moira la aceptó. Al mirar hacia la puerta de la taberna vio a Colleen en el umbral, riendo.

–Niños, si habéis dejado de jugar en la nieve, hace mucho más calor dentro.

El abrigo de Danny yacía sobre el hielo; Moira se inclinó para recogerlo, pero él se adelantó y dijo:

–Sí, entremos. Será lo mejor, aunque me estaba divirtiendo –Moira traspasó el umbral, seguida de Danny, que rodeó a Colleen con el brazo–. ¿Y tú qué hacías aventurándote a salir a la nieve? –le preguntó a la hermana de Moira.

–No entendía cómo se había podido quedar el local vacío tan de repente –respondió Colleen en tono despreocupado–. Hasta la orquesta había dejado de tocar, y Jeff ya no estaba. Ah, Moira.

–¿Sí?

–Michael te estaba buscando hace un momento. Me pidió que te dijera que volvía al hotel.

–Gracias.

Prácticamente le había prometido escabullirse y reunirse con él en el hotel, y sabía que debía guardar la promesa. Pero también estaba cansada y dolorida, y temía que se le escapara que todo el mundo se estaba comportando de una forma extraña; en particular, su hermano. Y Danny.

Moira vio a Chrissie detrás de la barra, recogiendo vasos, exhausta; tomó una bandeja y salió a la sala para despejar las mesas. Colleen y Danny la imitaron.

—¡Moira Kathleen! —exclamó su padre de repente. Moira estuvo a punto de soltar la bandeja llena de vasos.

—¿Qué?

—¿Qué te ha pasado?

—Nada, ¿por qué?

—Estás sangrando.

Bajó la vista y vio que se le habían rasgado las medias y que tenía un reguero de sangre en la rodilla.

—Desavenencias con la acera, papá —bromeó—. Me resbalé. Danny me ayudó a levantarme.

—Tienes que curarte esa herida ahora mismo.

—Subiré a casa —dijo Moira.

—Hay un botiquín en el despacho —le informó Eamon.

—Prefiero subir...

—Ni hablar —la interrumpió Danny—. Puede que necesites un par de puntos. Habrá que echarle un vistazo a esa herida.

Se acercó a ella al instante, con un brillo pícaro en sus ojos dorados.

—Danny, no es más que un rasguño en la rodilla.

—Ah, pero eres Moira Kelly. No puedes aparecer en la tele con la rodilla arañada. Vamos a curarte ahora mismo —y la condujo hacia las puertas basculantes.

—El botiquín está... —empezó a decir Eamon.

—En el primer cajón del escritorio —terminó Danny en su lugar.

Un minuto después, Moira estaba sentada sobre la mesa, con Danny de rodillas delante de ella, hurgando en el cajón.

—¿Qué haces? —le preguntó Moira.

—Aprovechar cualquier oportunidad para estar a solas contigo.

Moira empezó a levantarse, pero Danny ya la había descalzado. Desistió.

—Vamos a quitarte esas medias —le dijo.

—No son medias, sino pantys.

—Tanto mejor.

—Danny...

—Tienes que andarte con ojo, Moira. No puedes salir corriendo de la taberna en busca de alguien.

No había desenfado en su tono de voz, ni brillo bromista en sus ojos. De pronto, hablaba completamente en serio.

—Está bien, Danny, no volveré a salir corriendo de la taberna en busca de nadie —le dijo. Bajó la cabeza y habló con suavidad—. Si te hubiera visto, te habría pedido que acompañaras a Seamus.

—Cierto. Pero Seamus ya es mayorcito.

—Seamus estaba muy raro esta noche.

—¿Ah, sí? ¿Qué decía?

—No me acuerdo —mintió Moira—. Pero se comportaba de forma extraña.

—¿Tenía miedo?

—¿Debería haberlo tenido?

—Sólo intento averiguar por qué saliste tras él. Moira, quítate los pantys; cerraré los ojos, te lo prometo. No me impor...

—Danny, subiré a casa y me curaré yo misma.

—¿Tanto te asusta que te toque la pierna?

—No me asusta que me toques la pierna. Y se supone que ahora debo demostrarlo quitándome los pantys, ¿no?

—Bueno, sí —dijo Danny, y desplegó una media sonrisa.

De pronto, se sintió tentada a alargar el brazo y tocarle el pelo. Siempre un poco ingobernable y despeinado; le quedaba bien. Como aquella media sonrisa.

—Quieres arruinarme la vida —lo acusó.

—Eso jamás.

—Tengo un trabajo magnífico y una relación maravillosa.

—Y él tiene ojos de ratón.

—Es un hombre honrado y fiable.

—Discrepo. Además, ¿quieres conformarte con un hombre fiable?

—Dijiste que debería haberme casado con Josh.

—No lo decía en serio.

Moira se puso en pie de improviso y se colocó detrás del escritorio para despojarse de los pantys. Después, se sentó en la silla. Josh la tocaba con dedos suaves mientras estudiaba el corte de la rodilla.

—¿No notaste el desgarrón?

—Estaba congelada, ¿cómo iba a notar nada? Oye, ¿qué vas a ponerme? No te atrevas a...

—Agua oxigenada. No te dolerá.

No le dolió. El agua oxigenada burbujeó y Danny limpió la herida con un algodón. Moira contempló sus manos y su cabeza gacha. Danny tenía unas manos maravillosas: dedos largos, uñas cortas... Manos fuertes. Siempre había podido abrir el frasco más rebelde imaginable.

—Y eso, ¿qué es? —inquirió Moira con cautela.

—Mercromina. No te dolerá. Oye, ¿desde cuándo te comportas como una niña grande?

—Desde que estoy agotada e irritada. ¿Qué estabas haciendo en la calle?

—Ya te lo he dicho, despidiéndome de unos amigos. ¿Y tú? ¿Qué hacías fuera?

—Correr tras Seamus. Danny, maldita sea, ¿qué está pasando aquí?

—Nada, nada en absoluto —le puso una tirita en la rodilla—. Al menos, si de mí depende —murmuró.

Moira le levantó la barbilla y lo miró a los ojos.

—¿Qué insinúas?

—Nada, Moira. Lo único que digo es que moriría antes de permitir que le ocurriera algo a tu familia.

—¿Por qué iba a ocurrirle algo a mi familia?

Danny exhaló un suspiro de irritación.

—Era una manera de hablar, Moira, nada más, ¿de acuerdo?

Moira se puso en pie con brusquedad; Danny no pensaba contarle nada.

—Me voy a la cama. Gracias por los primeros auxilios.

—¡Hola!

Se sobresaltó y miró hacia el umbral del bar. Patrick estaba allí de pie, mirándolos fijamente; Danny aún no se había levantado.

—Se le está subiendo a la cabeza eso de salir en la tele, ¿eh? Ya te tiene de rodillas —observó Patrick.

—Me estaba curando una herida —dijo Moira.

—Me han dicho que le gusta tener a los hombres a sus pies —bromeó Danny a su vez.

—Cuidado, soy su hermano mayor, ¿recuerdas?

—¿Y dónde te habías metido? —le preguntó Moira. Patrick enarcó una ceja.

—El tipo de la organización benéfica de la que os hablé se ha pasado esta noche por aquí. Estaba en la calle con él, enseñándole lo cerca que quedaba su hotel de la taberna. ¿Por qué? ¿Sabes?, ya tengo una esposa que me hace el tercer grado. ¿Qué te pasa?

—Quería que alguien acompañara a Seamus a su casa.

—Si vive a muy pocas manzanas de aquí...

—Había bebido demasiado.

—Yo no estaba, tú tampoco... ni siquiera su preciado Michael —dijo Danny—. Y luego, la pobre, resbaló en el hielo.

—¿Dónde estaba el preciado Michael? —preguntó Patrick.

—El preciado Michael... —empezó a decir Moira; después, suspiró con irritación—. Michael no trabaja aquí.

—Yo tampoco.

—Es nuestra taberna.

—Cierto. Intentaré no decepcionarte la próxima vez. Menos mal que no te lastimaste el trasero, ¿eh, Moira? —dijo Patrick.

—Muy gracioso, hermano, muy gracioso.
—Eso habría sido interesante —murmuró Danny.
—Idos los dos al cuerno —repuso Moira con dulzura; se dio la vuelta y huyó al piso de arriba.
Sentía la mirada de Danny mientras se alejaba.

Era de noche, muy de noche. O de madrugada, según el punto de vista de cada uno. A aquellas horas de la noche, o de la madrugada, usaba un nombre distinto. Tenía documentos falsos que daban fe de muchas identidades.

El arte del subterfugio, por supuesto, siempre consistía en esconderse a plena vista. Los ojos no siempre creían lo que veían porque la mente se regía por lo que le decían. Las gafas, el peinado o el color de pelo, la ausencia o presencia de vello facial, podían cambiar a un hombre. Casi siempre, la gente vivía su rutina sin percatarse de grandes cosas.

Siempre había sentido lástima por los niños que aparecían en los cartones de leche. Pocas personas se fijaban en aquellos rostros cuando se servían una nube de leche en el café o empapaban los cereales. Y así eran en su vida diaria también.

Y él se aprovechaba de ello.

Debería estar procurando pasar inadvertido. Se encontraban en la fase de espera; no había nada que hacer salvo aguardar y ver cómo se desarrollaban los acontecimientos.

Esperar... Los días eran fáciles. Las noches, no.

Inquieto, echó a andar por la calle. Escogió un bar distinto para una última copa, un local de un barrio no muy bien visto de la ciudad, donde las horas transcurrían sin llamar la atención y las bebidas estaban aguadas pero baratas. No había tenido intención de nada salvo de tomarse una copa, pero la chica del extremo de la barra le llamó la atención. Tenía una gruesa melena rojiza.

Teñida.

Daba igual. El bar era sombrío y mugriento.

Llevaba una falda muy corta, las medias tenían una carrera, las botas eran de tacón de aguja. «Cielito, deberías colgarte un cartel del cuello que dijera prostituta», pensó con cierto regocijo. Pero su rostro tenía una expresión melancólica. Desde lejos, incluso era bonita. Una niña perdida, que había errado en su camino. Y allí estaba, sin salida en la vida...

La joven alzó la vista y lo sorprendió mirándola. Él le ofreció una sonrisa.

—Hola.

Ella le devolvió la sonrisa y se animó al ver el corte de su ropa. Se había puesto un atuendo informal para la velada pero, en aquel lugar, resultaba elegante.

—¿Puedo invitarte a una copa? —le preguntó. Ella amplió su sonrisa y se bajó de la banqueta para ocupar la contigua a la de él.

—Eres un cielo —dijo. Él frunció el ceño al reconocer el acento en aquellas tres palabras—. Soy Cary. Encantada de conocerte, y muchas gracias. ¿Tú te llamas...?

—Richard. Richard Jordan —mintió.

—¿Inglés? —dijo con el ceño fruncido, mientras intentaba localizar su acento—. En realidad, debería saberlo.

—Australiano —respondió—, pero he viajado mucho.

—Es un acento maravilloso, en serio.

—Y el tuyo.

La joven hizo una mueca.

—No consigo dejar atrás el condado de Cork.

—¿Es que quieres hacerlo?

—Sí. Las cosas en Irlanda están muy embrolladas.

—Es un lugar hermoso.

—No si hubieras tenido a mis padres —le dijo—. Él fuera todo el tiempo, luchando en una guerra estúpida, engañándola. Ella dando cobijo a huéspedes. Así llamaba a sus hombres. Cuando le dije que, hiciera lo que hiciera, yo prefería llamar las cosas por su nombre, me pegó y me echó de casa. Me importa un comino la madre patria salvo que... —hizo una pausa y lo miró con pesar–. Lo siento, no es lo que esperabas. Estoy un poco cansada. En estas fechas hay montones de norteamericanos en la ciudad que se creen irlandeses. ¡Qué idiotas!

–Ah, entiendo –murmuró.

–¿Tienes frío? –le preguntó Cary.

–¿Cómo?

–Llevas los guantes puestos.

–Mm. Hace un poco de fresco.

–Puedo hacerte entrar en calor, ¿sabes? –le dijo. Después, se encogió de hombros–. Ya te lo he dicho, a mí me gusta llamar las cosas por su nombre. Estaba a punto de retirarme de puro agotamiento. Demasiados idiotas. Pero tú eres... diferente. No es que te esté ofreciendo el servicio gratis, soy una mujer trabajadora, pero contigo... te daría unos cuantos extras sin cobrártelos.

Tenía esa expresión de inocencia convertida en miseria, de optimismo sofocado por el recelo. Lo había atraído, irritado y excitado en ese orden. Era basura, basura callejera.

Pero estaba inquieto. Con ganas de rodar en la porquería.

–Está bien. Ponte el abrigo mientras pago las copas.

El domingo por la mañana, el principal y primer acontecimiento en el hogar de los Kelly era ir a misa. Moira le dijo a Michael por teléfono que no estaba obligado a acompañarla.

–No me lo perdería –le aseguró–. Estoy abriéndome camino hacia el corazón de tu padre, ¿sabes?

–Bueno, reconozco que verte en la iglesia le gustaría.

–¿Qué te pasó ayer? –preguntó Michael–. ¿Es que el espíritu dominical comienza a partir de la medianoche?

–¿Que qué me pasó a mí? ¿Dónde te metiste? Te fuiste sin despedirte.

Moira oyó un leve suspiro.

—Me da vergüenza decírtelo.
—Dímelo.
—Me olvidé de cobrar una cuenta. El grupo salió del local. Indignado, decidí ir tras ellos.
—¿Que el grupo se fue sin pagar? ¿En la taberna de mi padre?
—Debo de ser muy mal camarero.
—No, eres un camarero excelente, te lo aseguro. Casi todos son clientes fijos, pero es un establecimiento público. Tuviste mala suerte, nada más.
—Ah, ¿lo ves? Leal hasta el final. No me extraña que te quiera.
—Yo también te quiero.
—Bueno, no llegué a alcanzarlos, así que regresé y pagué la cuenta para no tener que dar explicaciones a nadie. Cuando te busqué para despedirme no te vi por ninguna parte, así que regresé al hotel. Pero te esperé levantado.
—Lo siento. Ocurrieron cosas y...
—Estar con la familia no está siendo fácil, ¿verdad?
—Michael, en serio...
—Eh, lo siento. Ya llegará el día de San Patricio. Y pasará. Te veré en la iglesia.
—Puedes venir aquí...
—Ya hay bastante gente en tu casa. Iré con Josh, con su mujer y los gemelos. Nos veremos allí.

En la casa reinaba la confusión mientras todo el mundo se preparaba para ir a la iglesia. Siobhan metió a las niñas en la bañera y envió a Patrick a aporrear la puerta del baño de Moira. Patrick le dijo a su hermana que él también tenía que darse una ducha.
—Eh, ¡acabo de entrar! —le gritó Moira.
—Limítate a lavarte una vez... es la ropa lo único que se pone a remojo.
—¿Ah, sí? Como si supieras algo sobre lavar la ropa.

—Moira, no juegues sucio.

—Vete a gritarle a Colleen que salga del baño.

—Creo que se ha quedado dormida dentro. Y ¿no deberías estar ayudando a mamá?

—Tú también puedes ayudar a mamá, machista.

—No soy machista, sólo reconozco los méritos de los demás. Eres un genio con las tostadas, Moira Kelly. De eso no hay duda.

—Vete a usar el cuarto de baño de papá y mamá.

—Brian está dentro. Ya es un hombrecito, ¿sabes? No se mete en la bañera con las niñas.

—Pues la próxima vez saca el trasero de la cama antes que tus hijos, Patrick.

—Ya habrías terminado, hermanita, si no tuvieras tantas ganas de pelear conmigo.

—Deja de atormentarme. Baja y saca a Danny a patadas del baño de invitados.

—Qué grosería, ¿quieres que atormente a un huésped?

—Danny no es un huésped.

—Además, es hombre y, seguramente, se ha dado una ducha normal —reflexionó Patrick en voz alta.

Para deleite de Moira, su hermano desapareció. Cuando salió del cuarto de baño, descubrió que Siobhan ya se había duchado y que las niñas estaban preciosas con vestidos de terciopelo. Se habían sentado a la mesa, y estaban ayudando a Katy Kelly untando tostadas con kilos de mantequilla.

—Eh, os echaré una mano —sugirió Moira, y se sentó con las niñas.

—Gracias —dijo Siobhan en voz baja. Estaba dándole la vuelta al tocino. Cuando su cuñada se volvió hacia ella, Moira vio que estaba aún más pálida que el día anterior, y que tenía profundas ojeras. En cuanto les explicó a las niñas cómo había que untar las tostadas, se acercó a su cuñada.

—¿Estás bien?

—Claro —respondió Siobhan, demasiado deprisa.

—Necesitas un descanso. Patrick y tú tenéis que pasar un rato sin los niños.

—Patrick pasa muchos ratos sin los niños —murmuró, y desplegó una rápida sonrisa—. Ya sabes, está muy ocupado.

—Tú también.

—Pero de otra forma. Él es el que gana el pan y todo eso. No estoy siendo desleal; quiero a tu hermano.

—Y yo, pero eso no significa que no necesite una buena patada en el trasero. Anoche quise pedirle un favor y no lo encontré por ninguna parte.

—¿Ah, sí? —murmuró Siobhan, sin apartar los ojos del tocino que estaba friendo—. ¿Qué pasó?

—Pensé que Seamus necesitaba que alguien lo acompañara a casa. Cómo no, no pude encontrar a ninguno de los chicos.

—¡Hombres! —anunció Colleen, que entró en la cocina como si hubiera estado participando en la conversación desde el principio—. Así son —miró alrededor para ver si su madre estaba cerca—. Como lapas cuando quieren algo, sobre todo, sexo. Cuando los necesitas, sólo Dios sabe dónde se meten.

—Vamos, cariño, eso no es del todo cierto —dijo Danny, que acababa de entrar desde el saloncito. Al parecer, llevaba un rato en el piso de arriba y, sin saber por qué, Moira se sintió un poco intranquila—. Estoy aquí, y sé cocinar. Siobhan Kelly, siéntate a la mesa. Yo termino.

—¿Dónde está mamá? —preguntó Moira mientras Danny conducía a Siobhan a una silla.

—Duchándose, por fin —dijo Danny—. Colleen, hermosa mía, siéntate.

—Gracias. Yo también me sentaré y te observaré... con atención —dijo Moira.

—Ah, la eterna actriz. Moira, vigila el tocino mientras yo bato los huevos.

Moira acabó con un tenedor en las manos mientras

Danny se afanaba en preparar los huevos. Colleen no se sentó; empezó a llevar el zumo, el café y el té a la mesa.

Moira sacó el tocino a una fuente cubierta de papel de cocina, sin dejar de observar a Danny. Sabía cocinar, y era eficiente. Estaba muy atractivo con la chaqueta y los pantalones que se había puesto para ir a la iglesia; se había afeitado y su fragancia resultaba muy seductora.

—¿Dónde está tu cariñito? —le preguntó a Moira.

—Hemos quedado en la iglesia.

—Ah, es un buen niño católico, ¿eh? ¿O sólo está anotándose puntos ante tu padre?

—Por supuesto que es un buen niño católico —dijo Moira con dulzura—. Y, cómo no, si nos casamos, siendo la hija buena que soy, lo haremos en la parroquia de la familia. Así que no está mal que vaya hoy allí.

—«Si» —dijo Danny.

—¿Cómo?

—No has dicho «cuando», sino «si». Debes de albergar alguna duda.

—Ni rastro —repuso con dulzura.

—Ah, gracias a Dios. Todo está controlado —dijo Katy, que entró en la cocina desde el pasillo—. Danny, eres un cielo.

—¿Danny? ¡Si era Siobhan la que estaba cocinando! —exclamó Moira.

—No, Danny llegó primero, pero tuvo que hacer una llamada —dijo Siobhan.

—¿Una llamada? ¿Mientras freías el tocino? Debía de ser muy importante —murmuró Moira.

—Todas mis llamadas son importantes —le informó Danny—. Los huevos están listos, y la avena de Eamon ya está casi hecha. Katy Kelly, siéntate. Yo serviré.

Eamon y la abuela Jon aparecieron por el pasillo, Patrick regresó al piso de arriba, y toda la familia se sentó a la mesa

—Adelante. Vamos a devorar el desayuno y a ponernos en marcha —dijo Patrick.

—¿Te espera algún cliente? —le preguntó Siobhan con dulzura. Patrick miró a su mujer.
—Sólo la iglesia —respondió con idéntica dulzura.
—La misa no espera a ningún hombre —murmuró Danny.

Michael, Josh y su familia ya estaban en la iglesia. Como era la parroquia de sus padres, Moira saludó a Michael con afecto pero con discreción, aunque había viajado en el asiento de atrás del coche de su padre, entre Danny y Siobhan, y se moría por arrojarse en los brazos de Michael. Pudo mostrarse más afectuosa con Gina, la mujer de Josh, a quien abrazó, y alabó a los gemelos, que crecían a pasos agigantados. Enseguida levantó a uno en brazos para sostenerlo durante la misa. Eran niños angelicales que ya empezaban a parecerse a Josh. Sostuvo en brazos a Gregory, el mayor, que se quedó dulcemente dormido.

Permaneció sentada durante el sermón, prestando más atención al cálido cuerpecito que sostenía en los brazos que al cura, hasta que lo oyó hablar del día de San Patricio y de la llegada de Jacob Brolin a la ciudad de Boston. El párroco pidió a sus feligreses que rezaran por Brolin y por el mensaje de paz que llevaba no sólo a Irlanda del Norte sino a todos los hombres de Irlanda, a todos los hombres de ascendencia irlandesa y a todos los hombres del mundo. Fue un sermón alentador, y en él les recordó que los dólares norteamericanos no sólo financiaban violencia en distintos lugares del mundo, sino que creaban industrias y turismo que procuraba prosperidad y esperanzas de paz. Fue un buen sermón, que suscitó un coro de aplausos, a pesar de que la última palabra del párroco fue: «Oremos».

El aplauso despertó a Gregory, y el pequeño se echó a llorar. Moira intentó calmarlo, pero Danny se lo arrebató, lo levantó en brazos, le susurró algo al oído y el niño, para enojo de Moira, profirió un gorjeo de suave risa.

—Devuélvemelo —le susurró a Danny con fiereza.

—Sólo conseguirás que se eche a llorar otra vez.
—De eso, nada.
—Estás tensa y lo sabe.
—No estoy tensa.
—Estás tan irritada que hasta yo puedo calmarlo mejor que tú.
—Eso es mentira.
—Estás discutiendo, Moira, durante los pasajes más sagrados de la Eucaristía.
—Maldita sea, quédate con el niño.
—¡Moira Kathleen Kelly! Estamos en misa.
—Quédate con el niño de todas formas. Por cierto, ¿qué haces a mi lado?
—Cambié mi sitio por el de Colleen al ver que estabas en apuros.
—Yo no estoy en apuros.
—Ah, ahí está el bueno de Michael, de rodillas junto a ti, cariño. ¿No sientes el impulso de arrodillarte a su lado? Está rezando. ¿Qué crees que pide en sus oraciones? ¿Paz en Irlanda o que tú cumplas tu promesa y te presentes en la habitación de su hotel en mitad de la noche? O... ¿algo más siniestro aún?
—Danny...
—Yo sé lo que pido.
—¿La paz en el mundo?
—Eso también, por supuesto.
—Voy a pegarte ahora mismo, aunque estemos en la iglesia.
—Estás subiendo la voz.
—¿Yo?
—Deberías estar de rodillas, pegada a tu amor. Ojalá pudiera oír los ruegos de tu Michael.
—¿Y no deberías arrodillarte tú también?
—Estoy sosteniendo un bebé en brazos, por si no te habías dado cuenta.

Moira dejó de prestarle atención, se arrodilló junto a Michael y le apretó la mano. Él le respondió con el mismo gesto.

Terminada la misa, los hijos de los Kelly saludaron con educación a los viejos amigos de sus padres, y Moira presentó a Michael a todos. La comidilla del día era la llegada de Jacob Brolin. Hablaban de él como si se tratara de la Segunda Venida.

—Es de Belfast, ¿verdad? —dijo Michael.
—¿Cómo?
—Tu viejo amigo Danny. Es de Belfast.
—Sí, nació allí. No sé mucho sobre su infancia. Lo educó un tío que viajaba mucho. Venía con frecuencia a los Estados Unidos, y también se crió en Dublín, creo.
—He oído que cometió bastantes locuras en su juventud. ¿El IRA?
—¿Me preguntas si Danny estaba en el IRA? Lo dudo —dijo Moira, y reparó en que el hombre en cuestión se estaba acercando a ellos.
—Bueno, Michael, ¿qué tal has sobrevivido a la misa con la familia? —preguntó Danny en tono alegre.
—Ha sido agradable —dijo Michael.
—Sí. Todo el mundo rezando por Jacob Brolin.
—Debe de ser un hombre notable. Moira, deberías llamarlo, solicitar una entrevista para el programa.
—Tú eres el gestor de localizaciones, ¿no? —dijo Danny—. ¿No has intentado hablar con él?

Michael se encogió de hombros, sin prestar atención a la reprobación contenida en la pregunta.

—Yo no soy Moira Kelly. Creo que esa petición será recibida mejor si sale de ella. Yo me ocupo de los lugares, ella de la gente. Una entrevista con Brolin. Sería un momento estrella para el programa, ¿verdad, Moira?

Moira estaba escuchando a Michael, pero divisó a Seamus en un grupo situado a corta distancia.

—¿Me disculpáis? Acabo de ver a Seamus, y tengo un asunto pendiente con él.

—Nosotros también lo saludaremos —dijo Danny, y echó a andar tras ella.

El grupo que rodeaba a Seamus se estaba despidiendo. El anciano no parecía darse cuenta; estaba demasiado absorto observando al trío que se acercaba a él.

—Seamus, por fin te encuentro —dijo Moira—. ¿Por qué me dejaste anoche tirada?

Seamus no la estaba mirando a ella, sino a los dos hombres que la acompañaban.

—¿Seamus?

Reparó en ella de improviso.

—Ah, Moira, me limité a volver solo a casa.

—Te estabas comportando de una forma muy extraña.

—Soy irlandés, ¿eh? Todos contamos cuentos de hadas. Te veré luego, Moira Kelly, en la taberna. Bebiendo cerveza y nada más. Adiós —se dio la vuelta y se fue.

—¿Qué diablos le pasa? —murmuró Moira, casi para sí.

—Como él mismo dice, es irlandés. No puedes preocuparte por todos y cada uno de los amigos de tu padre, Moira —le aconsejó Michael—. Es un anciano excéntrico. Olvídalo.

Moira sintió la mano de Danny en el hombro y oyó su leve susurro.

—Por una vez, tu cariñito tiene razón. Olvídalo, Moira. Olvídalo.

—Conque ojos de ratón, ¿eh? —le susurró Moira a Danny. Parecía imposible disuadirlo.

Habían decidido filmar en las calles de Boston aquella tarde. Moira quería grabar a su abuela contando leyendas, pero tras una breve reunión con Josh y Michael, los tres habían concluido que también necesitaban encuadres generales en la zona de Boston, así que iban a combinar las dos ideas. Michael ya había obtenido permiso para filmar en Quincy Market y en Faneuil Hall, de modo que se encontraban en una zona histórica plagada de tiendas contemporáneas. Moira había instalado a su abuela en un banco y estaba rodeada de niños.

Michael estaba haciendo lo posible por controlar a los niños; los colocaba en sus puestos y aseguraba a los dueños de los perros que distraían la atención de los pequeños que podían aparecer en la grabación siempre que estuvieran dispuestos a firmar una autorización. Cuando por fin sentó al último niño, le hizo una caricia a Molly en el pelo y se retiró. Moira se alegraba de que sus sobrinos se hubieran apuntado a la excursión, porque Patrick y Siobhan habían ido juntos a ver el rodaje, y a sus hijos.

—De acuerdo, se le dan bien los niños y los perros —reconoció Danny—. Pero recuerda, Hansel y Gretel pensaron que la bruja del bosque era una ancianita adorable y por poco los cuece en el horno.

—Muy sabio, Danny. Muy sabio. Lo tendré en cuenta.
—Tu abuela se está defendiendo muy bien —señaló.
Era cierto. La abuela Jon tenía hechizado a su público.
—Las *banshees* son hadas sombrías. Aúllan y lloran por la noche cuando van a buscar las almas de aquellos que están a punto de dejar este mundo. En Norteamérica tenéis muchos monstruos, ¿verdad? Muchos son personajes de películas. Pues cuando yo era pequeña, en Irlanda, teníamos a las *banshees*. Sabíamos que podían proferir un aullido horrible y que debíamos temerlas. Y los mayores nos advertían que debíamos portarnos bien. ¿Sabéis por qué? Porque si no, las *banshees* nos atraparían de camino al excusado.
—¿Qué es un excusado? —preguntó una niña.
—Vaya, en eso se nota los años que tengo —se lamentó la abuela Jon—. De niña, cuando vivía en Dublín, no teníamos un cuarto de baño dentro de la casa. No había un rincón con azulejos y jabones aromáticos. Los retre... —miró a los niños y rió—. Perdón, los sanitarios estaban en una casita situada detrás de la vivienda principal. Y a veces, de noche, cuando estaba muy, muy oscuro y se avecinaba una tormenta, y tú salías de noche al excusado, podías oír el silbido del viento en los árboles. Las ramas se inclinaban y arrojaban sombras enormes, y en esas sombras, se podían ver las figuras tristes y oscuras de las *banshees* que recorrían la noche.
—¿Alguna vez te atrapó alguna? —preguntó un niño con interés.
—Por supuesto que no. No estaría aquí para contarlo.
Los niños prorrumpieron en carcajadas.
—Por favor, dime que lo estaban filmando —murmuró Moira.
—Me parece que sí —dijo Danny, y señaló al cámara.
Cuando concluyó la grabación, el equipo recogió deprisa y fijaron una hora para el día siguiente. La abuela Jon estaba cansada, deseosa de irse a casa. Danny se ofreció de inmediato a llevarla y sugirió que los niños lo acompañaran.

Les dijo a Patrick y a Siobhan que no se preocuparan, que si Katy estaba exhausta, él mismo haría de niñera. Siobhan aceptó el ofrecimiento con gratitud.

Josh sugirió cenar en algún restaurante de la zona.

—Dudo que sirvan platos tan deliciosos como los de La Taberna de Kelly —señaló Michael.

—La familia de Sal tiene un restaurante, y la comida es exquisita —sugirió Moira—. E italiana, para variar.

Patrick la miró con enojo.

—No le diré a mamá lo que acabas de decir.

—A mamá le encanta la comida italiana —se defendió Moira—. Pero no volveremos muy tarde, no quiero dejar a papá en la estacada.

—Colleen está en casa —le recordó Patrick.

—Sí, pero puede que necesite más ayuda. Vamos, podemos ir andando. La Pequeña Italia está al otro lado de la calle.

Cuando echaron a andar, Moira se alegró de ver que Patrick agarraba de la cintura a Siobhan. Michael y ella se quedaron un poco rezagados, casi solos.

—Me gusta —comentó él.

—¿El qué?

—Tú y yo lejos del resto de tu mundo, que tu viejo amigo Dan O'Hara se haya ido... Sinceramente, me alegro de que no se haya apuntado a la cena.

—Yo también.

Michael le pasó un brazo por el hombro y la apretó con afecto contra él.

—¿Sabes? Tu amigo tenía razón en una cosa.

—¿En qué?

—Debería haberme puesto en contacto con Jacob Brolin y su equipo.

—Estoy segura de que las cadenas nacionales lo están bombardeando con propuestas de todo tipo.

—Pero tú tienes una ventaja. Eres una mujer hermosa, e irlandesa.

—Soy norteamericana... y gracias por el cumplido.

—De primera generación, y el cumplido es merecido. Creo que tienes una clara ventaja. Me... me sentía reacio a explicártelo en presencia de O'Hara. Tengo la sensación de estar librando un duelo de machos con él, y no quería reconocer que había fallado. Pero, en serio, creo que deberías intentar ponerte en contacto con él. Eres hija de irlandeses, mujer, y tu padre regenta una de las tabernas tradicionales más prestigiosas de la ciudad.

—Mmm.

—¿Qué pasa?

—No sé. La taberna nunca me ha parecido prestigiosa. Cálida, divertida, sensacional. Mi padre es un anfitrión excelente, crea un ambiente maravilloso. Pero no somos un restaurante para gourmets ni nada parecido.

—Apuesto a que el bueno de Brolin ha oído hablar de vuestro local.

—En esta ciudad hay multitud de tabernas irlandesas.

—Pero la de tu padre es auténtica.

—Está bien, llamaré a Brolin. O a su equipo, si no me dejan hablar con él —señaló una tienda de la calle—. Ahí se pueden comprar los mejores *cannoli* del mundo. Es de la tía de Sal. Y la iglesia...

—La iglesia de Old North está justo ahí —terminó Michael en su lugar—. Eh, soy tu gestor de localizaciones. Recorro la ciudad.

Ella rió y lo abrazó.

—Vamos, un beso rápido. Tu hermano no nos mira.

—Mi hermano lo sabe todo sobre ti.

—¿Hablas de esas cosas con tu hermano?

—Bueno, no. Pero estoy convencida de que sabe lo íntima que es nuestra relación.

Se detuvieron en la calle, y él le plantó un suave beso en los labios. Moira sintió la amplitud de los hombros de Michael, su fortaleza mientras la abrazaba, y enterró el rostro en su pecho. Sí, estaba enamorada de él.

—¿Sabes? —murmuró Michael.

—¿Qué?
—Ten cuidado con él.
—¿Con quién?
—Con tu amigo. Danny.
Moira se apartó.
—¿Por qué?
Michael movió la cabeza.
—Anoche, cuando intentaba alcanzar al grupo que se había ido sin pagar, lo vi fuera, en las sombras. Me pareció sospechoso. Ese tipo «es» de Belfast. Podría ser peligroso. No sé... puede que esté celoso de su posición en el seno de tu familia, pero ten cuidado. Tiene algo que me inquieta. Sé que es un buen amigo y todo eso, no es más que una sensación, pero mantén un poco las distancias, ¿eh? ¿Sólo para complacerme?

La estaba mirando con fijeza, con una expresión muy grave en sus ojos azules.

—Eh, ¿venís? —les gritó Patrick.

Moira advirtió que estaban de pie delante de la casa de Paul Revere, el héroe de la Independencia. El sol se había puesto, de la vivienda salían los últimos turistas. El restaurante estaba justo a la vuelta de la esquina.

—Claro —le dijo Moira.

Michael creyó que también le estaba diciendo que sí a él, y sonrió. Moira le dio la mano y apretó el paso en dirección a Patrick, que estaba esperándolos con impaciencia como si, después de tantos años, a ella se le hubiera olvidado dónde se encontraba el restaurante de Sal.

—Niños, abuela Jon, tengo que hacer una parada, si me dejáis. Quiero comprar unos de esos *cannoli* que a Katy tanto le gustan —dijo Dan a sus pasajeros. Estaba conduciendo el monovolumen de Eamon Kelly. Los niños llevaban puestos los cinturones; estaban bien enseñados. La abuela, que iba delante, asintió.

—Compra también unas de esas galletas italianas, Danny, por favor. Las de vainilla, no de anís.

—Claro. ¿Niños?

—¡De chocolate! —exclamó Shannon, y con un suspiro maduro para su edad, prosiguió—. Y de mantequilla para Molly.

—Y caramelos —rió Molly.

—Nada de caramelos. Es una pastelería italiana, bobita —bromeó Dan.

Encontró un hueco para aparcar a una manzana del restaurante. Perfecto. Dejó el coche en marcha, la calefacción puesta.

—Me daré prisa.

—Estamos bien. Yo entretendré a los niños —le dijo la abuela Jon.

Dan asintió, cerró la puerta del conductor y echó a andar por la calle a paso ligero. Sabía cuál era la tienda que buscaba y entró deprisa. Sonrió a la joven morena que estaba detrás del mostrador. Elena. Había comprado pastas allí alguna otra vez.

—Una caja de *cannoli*, unas pastas de azúcar... *biscotti* de vainilla, no de anís y... ¿tienes algo con chocolate?

—¿Galletas de mantequilla recubiertas de chocolate? —sugirió Elena.

—Perfecto. Voy a hacer una llamada mientras lo preparas.

El teléfono estaba en la entrada de la tienda. Dan insertó las monedas y marcó el número. Contestó una suave voz de mujer.

—Liz, soy Dan.

—¿Dónde estás?

—En un teléfono público. ¿Tienes algo para mí?

—Bueno, he investigado a tu hombre.

—¿Y?

—Nació en Ohio, de padre irlandés y madre norteamericana. Buenos colegios, buenos trabajos. Estudios cinematográficos, especialización en rodaje. Licenciado por la Universidad de California. Ha trabajado como ayudante de producción, operador, técnico de sonido: siempre detrás de la cámara. Nunca ha actuado. Ganó algunos premios por producción y dirección en la universidad. Se marchó de California, trabajó en Florida, Vancouver y, el año pasado, se mudó a Nueva York.

Dan miraba distraídamente por el escaparate. Se puso tenso. Patrick y Siobhan Kelly pasaban delante de la tienda. Josh caminaba solo, intentando alcanzarlos. Dan se recostó en la columna que lo permitiría mirar sin que los transeúntes lo vieran.

—Así que vino a Nueva York... ¿y consiguió su primer trabajo en el programa de Moira Kelly?

—Eso es lo que he averiguado. Y ya sabes que sé investigar a la gente.

—¿Estás segura? ¿No hay nada sospechoso sobre él? ¿Ni actividades políticas, ni protestas contra la crueldad hacia los animales, nada? ¿Ni siquiera contra las intervenciones militares de los norteamericanos?

—Dan, ese tipo no tiene una página web propia. No he conseguido rescatar ninguna fotografía borrosa y adorable de él con su viejo osito de peluche. Pero, por lo que he averiguado, está limpio. No tiene antecedentes penales, ni se le conocen afiliaciones políticas... Ni siquiera tiene una multa pendiente, que yo sepa.

—Pues a mí me sigue pareciendo sospechoso. Y se comenta que está ocurriendo algo.

—Pues si tiene algún sucio secreto, lo tiene muy bien guardado, la verdad.

Frustrado, Dan siguió mirando por el escaparate. El objeto de sus pesquisas estaba pasando por delante, con el brazo en torno a los hombros de Moira. «Gusano rastrero», pensó. Moira le sonreía. Sí, el tipo parecía perfecto. Dan entornó los ojos. Alto, en buena forma... Seguramente levantaba pesas, practicaba la defensa personal y era cinturón negro de karate. Todo lo que hiciera falta para ser... endiabladamente perfecto.

Y, al menos en papel, era puro como la nieve.

—Sigue buscando —dijo Dan. La pareja se había detenido delante de la casa de Revere. No reparaban en los turistas que pasaban de largo.

Juntos no había duda de que hacían la pareja perfecta. Moira, imponente, con su pelo rojizo cayéndole en cascada por la espalda mientras elevaba su rostro de belleza clásica para recibir un tierno beso. McLean, alto, cerniéndose sobre ella en actitud protectora.

—Dan, ¿sigues ahí?

—Sigue buscando —insistió.

—¿El qué? —preguntó Liz.

—No lo sé, pero hay algo que no encaja.

—Estás obsesionado, Dan O'Hara.

—Mi trabajo consiste en recelar.

—Tu trabajo consiste en mucho más que eso —le recordó Liz.

—¿Ha estado alguna vez en Irlanda?

—Sí... En el primer semestre de la universidad.

—Mmm. Ahí hay algo.

—Sí, claro, algo. Algo que hacen innumerables niños de papá. Visitó Irlanda, Inglaterra, Escocia y Europa Continental. Pasó la mayor parte de su tiempo en Florencia y Roma. Dan, lo he investigado con pinzas.

—Tú sigue buscando —insistió Dan, y vio cómo Michael se alejaba todavía con Moira en sus brazos.

—Por si te interesa —dijo Liz con ironía—, Patrick Kelly se ha involucrado mucho en un grupo llamado Norteamericanos para los Niños.

—Es una organización benéfica legal, ¿no?

—Es nueva, pero eso parece. Aun así, algunos de los fundadores son antiguos miembros del IRA emigrados a los Estados Unidos. Puede que Patrick Kelly te esté vigilando.

—Ya.

—También está Jeff Dolan.

—Dolan tiene un historial que dejaría en ridículo al gamberro más despiadado de la ciudad –dijo Dan con impaciencia–. Pero lo ha dejado.

–Todavía podría estar vigilándote. Podría ser él.

–Liz, ya te he dicho que soy receloso por naturaleza. Lo estoy vigilando, y estoy seguro de que él a mí también. ¿Has hablado con el jefe?

–Por supuesto. Estoy en constante comunicación con él.

–¿Y la cosa sigue en pie? ¿Seguro?

–Sí.

–Maldita sea.

–¿Qué te pasa? Se suponía que eras bueno.

–Liz –bromeó–, no te imaginas lo bueno que soy. Es lo que está en juego lo que me hiela la sangre.

–Mantén los ojos abiertos; es imposible disuadirlo. Y se pondrá en contacto contigo a su manera, cuando él quiera.

–Sí. Y tú sigue investigando a Michael McLean.

–No dejes que tu corazón... ni tu verga, se interpongan en tu camino –dijo Liz con brusquedad.

–Ya me conoces, Liz –respondió Dan en tono desenfadado–. Nunca dejo que nada se interponga en mi camino. Nunca.

Colgó. Elena tenía listo el pedido. Pagó, salió a paso rápido de la tienda y regresó al coche.

La cena estaba transcurriendo a las mil maravillas... cuando Danny apareció.

–Eh, ¿dónde están mis hijos? –preguntó Siobhan al verlo entrar por la puerta. No podía pasar desapercibido. El restaurante era pequeño y acogedor, como muchos de los restaurantes de Boston, sobre todo en la Pequeña Italia, y Danny era un hombre alto.

Se quitó el abrigo de lana y lo colgó antes de acercarse. Moira estaba sentada en el borde del asiento semicircular, junto a Michael, Siobhan, y Patrick. Josh estaba en una silla que había acercado al borde libre de la mesa.

Mal sitio, pensó Moira cuando Danny se acomodó a su lado.

—¿Los niños? Ah, los dejé en plena calle, claro.

—En serio... —empezó a decir Siobhan.

—En serio —repuso Danny, y sonrió a la mujer de Patrick—, tu suegra estaba encantada de pasar un rato con ellos. ¿Qué hay? ¿Va todo bien? Eh, veo que Sal está trabajando en su propio restaurante, para variar.

—Hemos pedido la especialidad de la casa —dijo Patrick—. Un plato combinado de ziti, lasaña, espagueti y antipasto.

Sal se acercó a la mesa y estrechó la mano de Danny.

—Eh, si es mi amigo italiano. *Benvenuto*.

—*Grazie*, Salvatore —dijo Danny—. Oye, lo que han pedido suena estupendo. Tráeme otro igual.

Sal se marchó, y Danny se sirvió vino de la botella que ya estaba en la mesa.

—Bueno, ¿qué me he perdido?

—Grandes acontecimientos —respondió Moira con aspereza.

—Un rato muy agradable —dijo Siobhan—. Estamos conociendo a Michael un poco mejor. Hace grandes imitaciones. ¿Sabes, Michael?, deberías trabajar delante de la cámara. No sólo eres atractivo sino que tienes talento.

—¿Ah, sí? —dijo Danny, mirándolo.

—Puede imitar tu acento a la perfección —dijo Siobhan, y Moira quiso darle un puntapié por aquel comentario inocente. Michael había estado estupendo, sorprendiéndola incluso a ella con su dominio del acento bostoniano, la entonación del Bronx, la cadencia sureña y, apenas hacía un momento, el suave deje de Danny.

—Estoy especializado en rodajes —dijo Michael encogiéndose de hombros—. Nunca he querido ponerme delante de la cámara pero... gracias —sonrió a Siobhan—. Teníamos que dar clases de hablas y dialectos en la carrera.

—Me encantaría oír cómo me imitas —le dijo Danny a Michael. Éste protestó:

—No puedo hacerlo cuando me lo piden.

—Entonces, imita un poquito a la abuela Jon —lo apremió Siobhan.

Moira se arrimó un poco más a Michael, y este suspiró.

—Lo echaré todo a perder —dijo—. Está bien. Me gusta el té lo bastante fuerte para que se ponga en pie y atraviese la mesa él solito —dijo en imitación del acento cerrado de la abuela, pero fallando aquí y allá, como no lo había hecho antes—. ¿Veis por qué no puedo ponerme delante de las cámaras? —le dijo a Siobhan—. Cedo a las presiones.

—No, no —dijo Danny—. Has estado muy bien. Hasta yo habría creído que eras de la madre patria.

Michael sonrió junto a los demás, pero a Moira no le pareció que le hiciera mucha gracia.

—Mirad, aquí viene la cena —dijo Patrick, y rompió la tensión.

Sal ayudó al camarero y los sirvió a todos rápidamente.

—Delicioso —dijo Danny cuando probó un bocado—. Y seguro. No hay pasta negra en el plato, Siobhan.

—¿Pasta negra?

—Hecha con tinta de calamar —le dijo Sal, y le guiñó el ojo. Siobhan le sonrió.

—Sea lo que sea, es maravilloso. Mi marido no ha abandonado la mesa ni una sola vez para saludar a un compañero de negocios. Creo que voy a renegar de la bandera irlandesa y a hacerme italiana, Sal.

Sal tomó la mano de Siobhan.

—*Cara mia*, puedes hacerte italiana cuando quieras.

—Sal, suelta a mi mujer y compórtate antes de que tu esposa italiana salga de la cocina y te dé con la sartén.

Sal sonrió.

—Puede que acabe haciéndome mormón. ¿Qué me dices, Danny?

—Lo siento, Sal, pero algunos de nosotros no podemos dejar de ser irlandeses —respondió—. Pero, gracias a Dios, hasta en Irlanda abundan los restaurantes italianos —miró a

Michael sonriendo–. Buena imitación, Michael, muy buena. Eres mejor de lo que piensas.

–Sé en qué soy bueno –respondió.

–Y eres más que bueno, ¿verdad?

–Endiabladamente bueno –repuso Michael en tono sereno.

–Y yo –le dijo Danny–. Y yo.

Moira tenía la impresión de encontrarse entre dos boxeadores que estuvieran a punto de entablar un combate. Pero, por extraño que pareciera, no tenía la sensación de ser ella el trofeo.

Josh desvió la conversación a lo satisfecho que estaba por las filmaciones de aquel día, y alabó la idea de Moira de intentar concertar una entrevista con Jacob Brolin.

–Danny insistió, y Michael me dijo después que a él también le parecía oportuno –dijo Moira, con la esperanza de crear un ambiente de paz.

–Bueno, podemos intentarlo –dijo Josh y, acto seguido, consultó su reloj–. Tengo que irme. Las posibilidades de vivir una noche de pasión desenfrenada disminuyen con cada minuto que pasa. Los gemelos no paran quietos ni un minuto. Cuando dan las nueve, a Gina se le cierran los ojos de sueño.

–Pero merece la pena, ¿verdad? –dijo Moira.

–Sí, y te lo recordaré cuando por fin te decidas a procrear. Sólo que te desearé trillizos. Buenas noches a todos.

Josh se fue. Sal se pasó a ofrecer café. Danny declinó alegando que debía volver a la taberna.

–Dijiste que Katy estaba a gusto con los niños –le dijo Siobhan.

–Pero me preocupa Eamon y la clientela. Chrissie llamó diciendo que estaba indispuesta. Por lo visto, almorzó un taco que estaba en malas condiciones.

–Entonces, yo también debería volver –dijo Moira.

–Quédate y estate un rato con Michael, Siobhan y Patrick. Una cita doble con tu hermano y tu cuñada, ¿eh?

—sugirió—. Todavía tengo el monovolumen de tu padre, y vosotros cuatro cabéis en el coche de Patrick —se palpó el bolsillo para que las llaves tintinearan y se fue.

La primera persona en la que reparó Moira cuando entró en la taberna aquella noche fue el desconocido. El hombre que había pedido el mirlo. Sintió deseos de dirigirse en línea recta hacia él, pero había mucho jaleo en el bar, así que se apresuró a ayudar a su padre y soltó el bolso en una de las cajas de bebidas vacías.

—Ah, Moira, ¿qué tal la cena? —la saludó su padre con alegría.

—Bien, papá. Pero debería haber venido antes.

—Gracias, hija, pero sobrevivimos cuando tú y tus hermanos estáis por ahí viviendo vuestras vidas... como debe ser —añadió enseguida.

Moira se tomó un momento para darle un beso en la mejilla antes de empezar a llenar vasos. Vio que Seamus estaba en la barra con Liam. En cuanto tuvo un momento, se acercó a donde estaba.

—¿Te encuentras bien? —le preguntó.

—No podría estar mejor, Moira Kathleen —le aseguró el anciano—. Vamos, no te quedes mirando mi jarra de cerveza. He tomado una de verdad y otra de ésas sin alcohol.

—Me alegro, Seamus.

—Pasaré la noche cuidándome, Moira. Alternando la cerveza buena y la «sin». Despacio, por supuesto. No quiero que te preocupes por mí. Danny me ha dicho que te caíste cuando saliste a buscarme.

—Estoy bien. Danny no debería haber dicho nada.

—Bueno, es un buen chico. Se preocupa por los dos.

Moira forzó una sonrisa para Seamus; después, vio que su padre se estaba defendiendo bien en la barra. Cuando Colleen apareció pidiendo un mirlo, Moira le dijo a su hermana que prepararía el cóctel y lo entregaría ella misma.

—Es el hombre del rincón, ¿verdad?
—Sí, ¿cómo lo sabes?
—También pidió un mirlo anoche.

Moira no se molestó en usar una bandeja, ya que sólo se trataba de una copa. Sorteó las mesas hasta que alcanzó al hombre. Aquella noche llevaba un jersey marrón oscuro. Daba la impresión de tener estatura mediana, entre treinta y treinta y cinco años, ojos castaños y pelo oscuro bien cortado.

—Hola, y bienvenido a La Taberna de Kelly. No es la primera noche que viene, ¿verdad?

—Tienen una orquesta fantástica —le dijo. No sonreía; se limitó a observarla con gravedad.

—Hacía tiempo que no nos pedían un mirlo.

—Me lo recomendó un amigo —dijo con naturalidad—. ¿Es usted Moira Kelly?

—Sí.

—He visto su programa —no aclaró si le gustaba o no—. ¿Puede sentarse un momento?

Moira se sorprendió, y miró alrededor. Danny estaba detrás de la barra con su padre, y Colleen atendía las mesas. El local se había vaciado un poco y Patrick y Michael estaban sentados en un extremo de la barra, charlando.

—Supongo que sí —murmuró, y se sentó frente a él en el reservado.

—Tiene un local interesante —dijo el hombre. Sonrió, pero había algo de insinceridad en el gesto, pensó Moira—. Lleno de gente —prosiguió.

—Es una taberna —dijo Moira con rotundidad.

—Muy irlandesa.

—Es que es una taberna irlandesa.

—¿Alguna vez han tenido algún problema?

—¿Problema? —dijo Moira—. A ver, déjeme pensar. Una vez, un hombre se puso tozudo cuando mi padre le dijo que había bebido demasiado y que se negaba a servirle otra copa. Llamamos a la policía y lo acompañaron a la calle.

—¿Y el hombre de la orquesta, Jeff Dolan, no ha estado detenido en varias ocasiones?
—Cometió locuras cuando era joven. Se ha enderezado.
—Desconfíe siempre de las apariencias.
—Perdone, ¿cómo se llama?
—Kyle. Kyle Browne —dijo el hombre. Le sonrió y le tendió la mano. Moira la estrechó brevemente—. Sabe, los norteamericanos financian la mitad de los conflictos que hay en el mundo.
—En Irlanda del Norte, querrá decir.
Kyle Browne se encogió de hombros.
—A su padre le apasiona la política.
—¡Eso no es cierto!
—Y a su hermano.
—Es abogado, y ni siquiera vive en Boston.
—No conoce a toda su clientela.
—¿Insinúa —preguntó Moira, poniendo freno a su enojo— que el local de mi padre es una especie de puerto para el IRA y sus simpatizantes?
—No insinúo nada. ¿Qué me dice del amigo de la familia? El escritor. ¿Lo conoce bien? ¿Cree que podría estar tramando algo?
—¿Es usted policía? —preguntó Moira sin rodeos.
—Digamos que soy un amigo que está vigilando lo que pasa.
—Muy bien, usted vigile. Pero déjeme que le hable de mi padre. Es un hombre maravilloso. Vino a Norteamérica porque en mi familia había católicos y protestantes. Ya sabe: matrimonios, cuñados, cosas así. A mi padre no le hacían gracia los conflictos que podían surgir en casa, jamás ha creído justificable asesinar a otro hombre por sus creencias religiosas. Claro que, hoy por hoy, la cuestión religiosa es un problema político y económico. Sí, sería maravilloso tener una Irlanda unida, pero mi padre no cree que miles de personas que han nacido en Irlanda, y cuyas familias llevan viviendo en Irlanda cientos de años, deban ser fusiladas. No les guarda rencor a los ingleses por algo que un rey cruel hizo hace si-

glos, y entiende que los protestantes de Irlanda del Norte tengan miedo de lo que les ocurrirá cuando no formen parte del Reino Unido. Es ciudadano americano, católico y hombre de la República, pero tiene ideas moderadas y espera que con el tiempo, las negociaciones, y hombres honrados, se consiga la paz. ¿Contesta eso a sus preguntas sobre la taberna?

Se puso en pie con irritación y empezó a alejarse; después, regresó a la mesa, todavía furiosa.

—¿Ve a la pareja que está al final de la barra? Son ingleses, y se mudaron a nuestro barrio hará cosa de dos años. Les encanta venir aquí, y son siempre bien recibidos. Danny, mi buen amigo Danny, nació en Belfast. Como Peter Lacey, el tipo flacucho que está hablando ahora con mi padre. Es protestante. Bueno, lo era. Se casó con una hermosa joven judía y se convirtió. También es bien recibido. Y usted, Dios sabe de dónde es o qué religión practica, si es que practica alguna, y también es bien recibido en esta casa. Puede entrar y tomarse una copa cuando quiera... Y comer: servimos buena comida. Puede quedarse aquí sentado y vigilar todo lo que quiera, pero créame, está loco si busca aquí una conspiración.

Empezó a alejarse otra vez, pero el hombre la agarró de la mano, sonriendo.

—Eh, lo siento —dijo en voz baja.

—Sí, claro.

—Lo digo en serio. Lamento haberla disgustado. Es usted una mujer hermosa, y éste es un establecimiento magnífico. Detestaría que ocurriera algo malo aquí.

—No ocurrirá.

—¿Qué me dice del vejete de la barra?

—¿Seamus? —dijo Moira con incredulidad—. Es inofensivo. Totalmente. ¿No quiere acusar de nada a mi hermana? ¿O a mi madre, tal vez?

—No estoy acusando a nadie, sólo estoy observando.

—Muy bien. Como ya le he dicho, es un establecimiento público.

—La bebida es estupenda.

—Me alegro. Invita la casa.

Se desasió y se alejó, y se sorprendió al notar su propia agitación. Entró en la barra. El inglés, Roald Millar, levantó su copa.

—Por fin una buena camarera. Eh, Moira. ¿Cómo es que has tenido que irte para hacerte famosa? Te echamos de menos por aquí.

—Gracias, Roald. ¿Qué había en esa copa que estabas levantando?

—Sarah y yo estamos tomando Fosters.

Les sirvió dos cervezas más y se sobresaltó al oír a Danny a su espalda un momento después.

—A ese tipo le has puesto los puntos sobre las íes.

Moira se sonrojó.

—¿Me has oído?

—Casi todo. Intentaba parecer distante y ajetreado.

—¡Qué agallas! Mira que insinuar que mi padre...

Danny la interrumpió con un suspiro.

—No tiene por qué estar insinuando nada sobre tu padre. Hay muchas personas en esta taberna.

Moira giró en redondo y susurró en voz baja:

—¿Qué está pasando, Danny?

—No lo sé —Danny movió la cabeza—. Ojalá lo supiera. Pero ahora que le has parado los pies a ese tipo, sugiero que te alejes de él.

—Creo que es policía.

—Quizá. O quizá no. Pero no coquetees con él, ¿eh?

—Ya sabes que...

—Que estás enamorada. Ya. De Ojos de Ratón. También deberías mantenerte alejada de él.

—Si hiciera caso al hombre del rincón, sería de ti de quien debería alejarme.

—Pero tienes que guiarte por tu instinto, ¿no, Moira? Y sabes que yo jamás te haría nada malo.

—Si supieras la de veces que me has hecho sufrir...

—Lo siento, nunca fue mi intención. Créeme, ahora intento compensarte.

—Y yo lo siento, pero llegas demasiado tarde.

—¿De verdad? ¿De verdad llego tarde, Moira?

Miró hacia el final de la barra, donde Michael seguía hablando con Patrick. Los dos se habían enfrascado en una conversación con Liam y Seamus.

Michael alzó la vista, como si hubiera intuido que ella lo necesitaba. Sonrió y levantó su copa. «Estoy haciendo lo posible por participar en todo», parecía decir.

Moira le devolvió la sonrisa y miró a Danny.

—Sí, llegas demasiado tarde —le dijo en voz baja, y se dio la vuelta. Al hacerlo, sorprendió la mirada del hombre del rincón. Kyle Browne. Estaba frunciendo el ceño, como si...

La estuviera previniendo. ¿Contra qué? O... ¿contra quién?

Moira no sabía por qué, pero seguía preocupada por Seamus a pesar de que había estado bebiendo con moderación aquella noche. Su hermano estaba a su lado, detrás de la barra, cuando el local se vació definitivamente aquella noche. Hacía tiempo que Liam se había ido, como casi todo el mundo, pero Seamus seguía allí.

—¿Patrick?
—¿Sí?
—Hazme un favor.
—¿Cuál?
—Acompaña a Seamus a su casa.
—¿Por qué? Vive a tan solo dos manzanas de aquí.
—Por favor, sólo para complacerme.
—Sí, claro, saldré al frío gélido en plena noche sólo para complacerte.
—Entonces, se lo pediré a otro.
—No, Moira. Maldita sea, lo haré. Sólo me estaba metiendo contigo. ¿Sabes lo que es eso? Pero a ver, ¿por qué te preocupa el viejo Seamus?
—No lo sé —pasó de largo a su hermano y se dirigió al final de la barra, donde se encontraba Seamus—. Patrick va a acompañarte a casa esta noche.
—Vamos, Moira, he estado alternando la cerveza fuerte y la sin alcohol durante toda la noche.
—¿Y cuántas te has tomado en total?

—Sólo unas cuantas.

—Una decena, creo —saltó Colleen desde las mesas. Estaba recogiendo vasos y botellines.

—¿Una decena? Es increíble que todavía tengas riñones, Seamus —dijo Moira.

—Son riñones irlandeses. Los mejores —repuso Seamus.

—Te alabo por haber estado alternando las cervezas. La próxima vez, no tomes tantas. Yo no te las habría servido.

—Ah, pero ese es el truco, pequeña. Hay que pedir la buena a un camarero distinto cada vez.

—Debería darte vergüenza, Seamus —lo regañó Moira con firmeza.

—Está bien, pequeña, ya me voy.

—Con Patrick.

—Lo siento, Patrick —dijo Seamus con timidez.

—No te preocupes —respondió Patrick alegremente, aunque hizo una mueca a Moira sin que él se diera cuenta—. Vamos, pues.

Kyle Browne se había ido a eso de la una. Ya eran casi las dos. El día de San Patricio alargaba mucho la semana.

—Dile a papá que suba ya —le dijo Patrick a Moira en un suave susurro mientras seguía a Seamus a la puerta.

—De acuerdo —dijo Moira, pero Colleen ya estaba apremiando a su padre para que subiera a acostarse.

—Yo también debería irme, dejar que la familia cierre el bar —le dijo Michael a Moira en voz baja. Ella lo miró y vio la suave preocupación en sus ojos.

—Una de estas noches, iré a verte.

—Te estaré esperando.

—Mi padre se ha ido. ¿Me das un beso de buenas noches? —dijo mientras lo acompañaba a la puerta.

Michael la rodeó con un brazo, le levantó la barbilla con el pulgar y el índice y la besó en los labios con suavidad. Pero Moira se aferró a él, pidiendo más, convirtiendo el beso en una caricia larga e intensa, de las que la habrían excitado si le hubiera quedado un ápice de energía en el cuerpo. Michael se apartó cuando oyó preguntar a Colleen:

—¿Queréis que os dejemos solos?

Michael estaba mirando a Moira con intensidad, con curiosidad.

—¿Ha sido un beso? —le susurró—. ¿O una exhibición?

Moira sintió un escalofrío.

—Un beso —dijo con firmeza—. Y puede que una exhibición. Estoy dejando claras unas cuantas cosas. ¿Te... te parece bien?

—Por supuesto —le dio un rápido beso—. Son más de las dos. Mañana por la mañana todos estaremos tan cansados como tú.

—Gracias —murmuró.

—Buenas noches —dijo, y una ráfaga de viento frío se coló en la taberna cuando salió. Moira cerró la puerta y echó la llave. Cuando se dio la vuelta, Colleen y Danny la estaban mirando con fijeza. Danny aplaudió despacio.

—Podrías haberte ido con él. Yo puedo recoger con Danny —dijo Colleen.

—Pues... estupendo. Recoged vosotros dos. Yo me voy a la cama.

Entró detrás de la barra y en el despacho, pero se acordó de que había dejado el bolso en la caja. Volvió a salir al bar, pero no lo encontró donde lo había dejado.

—Oye, Colleen, ¿has movido mi bolso?

—No. No lo he visto.

—¿No lo dejarías en el restaurante? —dijo Danny.

—No, estoy segura. Entré, el local era un gallinero, me metí detrás de la barra y dejé el bolso en esta caja vacía.

—Papá o Patrick pueden haberlo recogido —sugirió Colleen.

—Puede —dijo Moira con el ceño fruncido, y empezó a mover botellas por si acaso lo había embutido en otra caja—. Maldita sea, no lo encuentro.

—Moira, tranquilízate. Estás moviendo las botellas de whisky añejo de papá. ¿Qué llevas en el bolso que...?

—Mi carné de identidad, mis credenciales, ¡todo! —dijo Moira.

—Iba a preguntarte qué tenías en el bolso que no pudiera esperar a mañana —dijo Colleen—. Estoy segura de que alguien lo ha cambiado de sitio, nada más.

Moira suspiró.

—Sí, supongo que tienes razón.

Danny la sujetó por los hombros.

—Eh, vete a la cama. Estás agotada. Sube y duerme un poco.

—Será lo mejor.

—Y no vuelvas a salir esta noche.

Ella lo miró con recelo.

—En serio. Por favor —dijo Danny con suavidad.

—No tenía pensado salir esta noche.

—Me alegro.

—Eso no impedirá que me acueste con él, Danny.

—Dudo que deba oír esta conversación —dijo Colleen, y empezó a tararear mientras seguía recogiendo mesas creando el mayor revuelo posible.

—Puede que no estés tan segura de querer hacerlo —dijo Danny, con una mano en el brazo de Moira—. Puede que sea por eso por lo que has hecho esa exhibición en la puerta.

—Y puede que esté muy, muy cansada.

—No estarías muy, muy cansada si estuvieras muy, muy segura. Pero, por favor, no salgas sola a altas horas de la noche.

—No voy a ir a ninguna parte, Danny. Salvo a la cama.

La soltó por fin. Unos ojos leonados se clavaron en los de ella. Moira no quería sentirse atraída por aquel rostro. ¡Ojalá hubieran solicitado la presencia de Danny en Tombuctú para dar una charla el día de San Patricio!

—Buenas noches —se despidió, y se dio la vuelta en dirección a la escalera interior.

—Eh, Patrick —dijo Seamus con timidez mientras caminaban por la calle.

—¿Sí?
—No tienes por qué hacer esto. No sé qué mosca le ha picado a tu hermana, pero ya sabes que tengo aguante para la cerveza.
—Seamus, nunca está de más tener compañía de camino a casa. Además –dijo con una sonrisa–, así puedo escaparme un rato.
—¿Escaparte para hacer qué, a estas horas de la noche? –preguntó Seamus.
—Bueno, he tenido asuntos que atender y no he estado en casa tanto como debería estos últimos días. Me gustaría ir al puerto a mirar mi barco.
—¿En mitad de la noche?
—Suena raro, ¿eh?
—Suena a excusa para hacer otra cosa –le dijo Seamus.
—¿Ah, sí? –dijo Patrick. Se detuvo y miró a Seamus con fijeza.
—Pero claro –se apresuró a decir Seamus–, eso es lo que estabas haciendo, otra cosa. Todo el mundo sabe que un hombre puede estar en una taberna a cualquier hora, sin beber, sólo hablando. Hablando. Ese es el quid de la cuestión –murmuró de repente–. No debería haber hablado tanto. O quizá más.
—¿Qué andas farfullando, Seamus?
—Nada, nada –Seamus miró a su acompañante de soslayo. Patrick Kelly era un hombre alto, delgado pero sólido. Tenía un rostro agradable. Todos los hijos de Eamon Kelly tenían rostros hermosos, seguramente, gracias a Katy Kelly. Aunque Eamon Kelly había sido un hombre apuesto en su juventud.
—¿Te encuentras bien? –preguntó Patrick.
—Sí, estoy bien. Ya soy mayorcito. ¿Sabías que solía boxear?
—Seguro que eras un fiera.
—Pues sí. Y sólo una pizca de la cerveza que me he tomado me ha bajado al estómago.
—Sigues siendo un rompecorazones, Seamus, estoy seguro.

—Soy un viejo cansado y preocupado, eso es lo que soy —masculló Seamus.

—¿Preocupado? ¿Por qué?

Seamus movió la cabeza y se preguntó si debía desnudar su alma o mantener la boca cerrada.

—Esos huérfanos a los que quieres ayudar, Patrick. ¿Qué hay en eso? ¿Necesitas dinero? Puedo donar un poco. En mis tiempos, necesitábamos benefactores y trabajos para poder venir a los Estados Unidos. Mi tío me protegió, y trabajé muy duro en el negocio de la pesca durante veinte años. Hice buenas inversiones.

—Seamus, acabo de comprometerme y no sé mucho, pero en cuanto averigüe un poco más, te lo contaré, ¿de acuerdo?

Seamus pensó que Patrick lo miraba de una forma un tanto extraña.

—Claro, claro —se apresuró a decir—. Bueno, ahí está mi casa. El viejo Kowalski vive en la planta baja. Un polaco simpático. Tiene a sus hijos siempre de visita, y no hace más que entrar y salir gente. No hace falta que entres conmigo, Patrick.

Seamus sentía las gotas de sudor en el bigote.

—¿No quieres que te ayude a subir las escaleras? —preguntó Patrick con vacilación.

—No, no. El día en que no pueda subir un solo tramo de escaleras... Bueno, me mudaré a un bajo, eso es lo que haré —metió la llave en la cerradura, abrió la puerta, se despidió de Patrick con la mano, y éste le devolvió el saludo y se dio la vuelta.

Seamus subió las escaleras de dos en dos.

—¿Lo ves? —se dijo—. Todavía estoy hecho un chaval cuando hace falta.

Al llegar a lo alto de la escalera, advirtió que, con las prisas por deshacerse de su acompañante y refugiarse en la soledad, no había cerrado con llave la puerta del portal. Preocupado, empezó a bajar la escalera.

Mientras descendía, se abrió la puerta de la calle; Seamus

oyó el crujido. Con ojos entornados, miró hacia el umbral. Las farolas reducían a su visitante a una silueta oscura, un hombre con sombrero y abrigo.

–Seamus, Seamus, Seamus. Debería darte vergüenza, Seamus –dijo una voz sonora, ronca, amenazadora, dotada de la suave cadencia de la madre patria.

Seamus supo instintivamente que sabía demasiado. Que hablaba demasiado.

Se dio la vuelta con el corazón desbocado. Su puerta no estaba muy lejos. Y todavía era un chiquillo.

Dio un traspié y perdió el equilibrio. Se cayó al suelo y se dio un golpe en la cabeza. Le dolían todos los huesos del cuerpo.

–Lo siento, viejo –dijo la voz con acento irlandés. Seamus oía los pasos que subían deprisa las escaleras–. Lo siento de veras. Pero no puedo correr el riesgo de que me delates. Nada debe interponerse en mi camino.

Seamus quería gritar. Había mentido. El viejo Kowalski estaba sordo como una tapia, y nunca se había casado, ni mucho menos tenido hijos. Aun así, Seamus quería gritar.

No pudo. Sintió las manos fuertes que lo aferraban. Al momento siguiente, se estaba cayendo. Primero voló; después, rodó y rodó.

Cuando aterrizó aquella vez, tuvo un instante de agonía. Un chasquido. Después, no hubo dolor. No hubo dolor en absoluto.

Moira entró en el cuarto de baño bostezando, se lavó la cara y los dientes, y se dio una ducha rápida. Envuelta en una toalla, regresó al dormitorio, donde se puso una camiseta con la imagen de un gato desaliñado que bostezaba y preguntaba: «¿Hay café?». Estaba a punto de meterse en la cama cuando creyó oír un golpe seco. Se quedó inmóvil y aguzó el oído. Silencio. Pero seguía convencida de haber oído un ruido en la taberna.

—Danny —murmuró. Tenía que ser Danny. ¿Qué andaría tramando?

Salió de su cuarto y cerró la puerta con suavidad. No se molestó en ponerse unas pantuflas ni una bata, recorrió el pasillo de puntillas, alerta. Creyó oír otra vez ruidos en la planta baja. ¿Habría salido a tomar una cerveza? Ya casi eran las tres y media de la madrugada.

Quizá su hermano hubiera regresado, y Danny y él estaban charlando.

Fuera lo que fuera, quería saber lo que era.

Abrió la puerta de la escalera de caracol y la cerró sin hacer ruido. Permaneció inmóvil un momento en el rellano, aguzando el oído. Voces, oía voces. Murmullos. ¿Gente hablando o una televisión encendida?

Despacio y en silencio, bajó la escalera maldiciendo porque hubiera una luz de emergencia en el despacho pero que la barra estuviera a oscuras. Cuando descendió el último peldaño, se quedó inmóvil. No lograba discernir lo que oía; debía de ser una radio o una televisión. Pasado un minuto, avanzó con cautela, percatándose sólo entonces de que el suelo estaba gélido y de que tenía los pies helados. Se le estaba poniendo la piel de gallina.

Salió del despacho y entró con sigilo en la barra. El ruido provenía del fondo de la taberna. Seguramente, del cuarto de Danny. La barra estaba vacía. Al menos, Danny y su hermano no estaban conspirando juntos.

Empezó a sortear las mesas hacia la habitación de invitados. No iba a llamar ni nada parecido; sólo quería asegurarse de que estaba oyendo el murmullo de una televisión. A medio camino hacia el fondo de la sala, sintió una corriente de aire. Se quedó inmóvil y miró a su alrededor. Estaba tan oscuro que no lograba distinguir la puerta. Debería haber podido verla, ya que había farolas en la calle, pero aquella noche no parecían alumbrar lo suficiente. Por fin, sus ojos se acostumbraron a la negrura y distinguió la puerta. Daba la impresión de estar cerrada, pero podía haberse quedado entreabierta. ¿Cómo era posible? Patrick jamás cometería el despiste de olvidarse de cerrarla al regresar.

Se abrazó y empezó a retroceder entre las mesas y a bordear la barra. Cuando llegó al extremo del mostrador, sin apartar la mirada de la puerta, tuvo una sensación completamente distinta, como si un fantasma le estuviera susurrando en la nuca, advirtiéndole que se detuviera, que se diera la vuelta. Moira se detuvo en seco y se volvió.

La puerta de la habitación de Danny estaba entreabierta; del interior salía un suave rayo de luz. No había estado abierta antes; Moira estaba segura. Habría reparado en la luz. De pronto, le pareció necesario alcanzar la puerta principal, asegurarse de que estaba cerrada con llave.

Se dio la vuelta. La oscuridad pareció espesarse ante ella, como si hubiera una nube negra en la sala. Caminando a ciegas, dio un paso al frente. Había algo en su camino. Tropezó y agitó los brazos, tratando de encontrar algo que frenara su caída. Ropa... ¿Un cuerpo? Alguien... alguien estaba bloqueando la luz.

Pero no encontró nada a lo que poder agarrarse. Agitó los brazos inútilmente y cayó, con los pies enredados en algo y las manos por delante para protegerse del impacto.

Cayó al suelo boca abajo, y se golpeó la frente con el linóleo verde de detrás de la barra. Sintió un estallido de dolor en la cabeza, pero parecía provenir de la coronilla y no de la frente. Primero intenso; después... sordo. La sala se oscureció aún más.

Cerró los ojos.

—Moira, ¿qué andas tramando ahora?

Parpadeó y comprendió que debía de haber perdido el conocimiento, aunque sólo hubiesen transcurrido unos minutos. Había una luz encendida detrás de la barra, y estaba en los brazos de un hombre. En los brazos de Danny. Ella seguía en el suelo, pero él la había incorporado y la estaba mirando a la cara.

—Danny —murmuró. Se lo quedó mirando, sin saber si estrecharlo o reunir fuerzas para salir huyendo, aterrada.

—¿A quién esperabas ver aquí abajo?

—¿Habías salido? —le preguntó.

—Un momento —Danny entornó los ojos—. ¿Por qué? ¿Qué haces aquí abajo? Con lo que llevas puesto, dudo que hayas bajado las escaleras para seducirme.

—Danny, maldita sea, ¿me has dado un golpe en la cabeza?

—¿Te has vuelto majareta?

—¿Quién estaba en tu habitación?

—Nadie que yo sepa —parecía tenso—. ¿Por qué?

—He oído ruidos. Voces.

—¿En mi cuarto?

—Sí.

—¿No sería la televisión?

Moira vaciló y lo miró a los ojos. A la luz tenue parecían de un dorado puro. Sus rasgos estaban en sombras, y ello realzaba las facciones delgadas y marcadas de su rostro. Había pasado mucho miedo. Allí, en el negocio de la familia. En una sala en la que había pasado media vida, en un lugar en el que nunca había estado asustada.

Había oído voces, había visto sombras, había tocado... algo. Había sentido el peligro en la nuca, en los huesos...

Y podría haber sido Danny.

Pero el miedo estaba desapareciendo, lo mismo que la oscuridad había desaparecido alrededor de la barra.

—Moira, ¿qué pasa? Has dicho que habías oído voces.

Moira suspiró, se incorporó y se frotó la coronilla. No parecía haber chichón.

—Puede que fuera la tele —reconoció—. Pensé que la puerta principal estaba abierta... Después, me pareció ver abierta la puerta de tu cuarto. Hacía frío, y creí que Patrick había vuelto y había olvidado echar la llave.

—No pensarías ir al hotel de tu cariñito, ¿no? —bromeó.

—¿Descalza y en camiseta? —replicó Moira.

—Ah, reservas los pies descalzos y las camisetas para mí. Qué tierno.

Moira frunció el ceño.

—Me he dado un golpe en la cabeza y me he desmayado.

—Te has dado un golpe en la frente —dijo Danny al inclinarse hacia ella—. Pobrecita. Espera —se levantó, se adentró en la barra, buscó un paño limpio y lo llenó de hielo. Al volver junto a ella, Moira intentó levantarse—. No, podrías marearte, no intentes ponerte en pie. Oye, ¿has bebido mucho esta noche?

—¡No! —replicó con indignación—. Dos copas de vino en la cena. Danny, podría haber jurado que había alguien delante cuando me caí. ¿Estabas... estabas aquí?

—No, y la puerta principal estaba cerrada con llave cuando entré —se puso en cuclillas y le acercó el hielo en la sien. Ella se estremeció—. El suelo debe de estar helado. Sujeta el paño.

Moira obedeció automáticamente. Tenía frío, y el hielo, aunque le calmaba la molestia de la frente, le producía escalofríos. Advirtió que Danny se disponía a levantarla en brazos.

—Danny —murmuró, sin soltar el hielo y pasándole el brazo libre por el cuello para no caerse.

—Estás congelada —dijo él con voz ronca. Avanzó con Moira en brazos hacia el fondo de la sala, sorteando las mesas con mucha más fluidez que ella. Claro que, en aquellos momentos, había luz. Danny cambió de postura para poder abrir la puerta de su cuarto, que estaba cerrada pero sin la llave echada.

—¡Eh! —protestó Moira.

—No voy a seducirte ni nada parecido. Sólo quiero hacerte entrar en calor —le aseguró.

Se detuvo en el umbral con ella en brazos. Danny olía bien. Era la fragancia sutil del aftershave que a Moira siempre le había gustado.

Advirtió que Danny estaba recorriendo la habitación con la mirada; la suite se componía de una cama de matrimonio, dos cómodas, un mueble de televisión y un cuarto de baño. La televisión estaba encendida: las noticias de la CNN.

—Todo parece estar en su sitio —murmuró Danny.

—Sería la tele lo que oí —dijo Moira.

Él permanecía inmóvil, mirando alrededor. No parecía afectarlo el peso de Moira. Pese a estar delgado, Danny era sólido como una roca. Una máquina de puro músculo.

—Danny, ya puedes soltarme.

—Sí. Vamos a cubrirte con una manta.

Sosteniéndola sin esfuerzo aparente con un solo brazo, retiró la colcha y la colocó sobre la cama. La cubrió de inmediato.

—Danny...

—¿Estás mejor?

—Un poco. Tengo que volver a mi cuarto. Deben de haber sido imaginaciones mías.

—Déjame que eche un vistazo. No te quites el hielo de la cabeza.

La dejó en la cama, y Moira se quedó mirando la televisión. El volumen estaba bajo, pero oía perfectamente todas las palabras. Se preguntó por qué le habrían parecido tan extrañas y confusas antes las voces. ¿Porque la puerta estaba cerrada?

Danny apareció de nuevo en el dormitorio con un objeto en la mano. El bolso negro de punto de Moira.

—Mi bolso —se incorporó—. ¿Dónde estaba?

—Al final de la barra. Debiste de tropezarte con él.

Moira frunció el ceño mientras él se lo acercaba.

—Danny, sé muy bien que yo no lo puse ahí. Y, de haber sido así, ¿por qué no lo visteis Colleen o tú mientras recogíais?

Danny se encogió de hombros.

—Puede que estuviera oculto detrás de la barra —se quitó

el abrigo, lo colgó en el gancho que había junto a la puerta, se quitó el jersey y se sentó en la cama, junto a ella–. Echa un vistazo –le dijo–. Mira a ver si falta algo.

–¿Crees que alguien me robó el bolso y lo devolvió?

Danny lo negó con la cabeza, con la mirada puesta en el bolso y una media sonrisa de pesar.

–Creo que alguien lo sacó de la caja, pensó en dártelo, se paseó con él por ahí, lo dejó junto a la barra y lo olvidó. Pero puesto que parece haber cambiado misteriosamente de sitio, deberías echar un vistazo. Además, quiero ver si tienes un chichón en la frente –le quitó el paño lleno de hielo de la mano y la miró con gravedad–. No hay chichón. Ni siquiera una magulladura.

–Me alegro –murmuró.

–¿Te duele la cabeza?

–Apenas.

–¿Quieres una aspirina?

–¿Para mi herida imaginaria?

–Yo no he dicho que tuvieras una herida imaginaria –se puso en pie, desapareció en el interior del cuarto de baño y regresó con dos aspirinas y un vaso de plástico lleno de agua. Moira aceptó las pastillas.

–No me siento tan mal –murmuró–. Aunque debería. Estoy convencida de que perdí el conocimiento.

Danny no la estaba escuchando, sino viendo las noticias. El periodista explicaba la ruta que seguiría el desfile el día de San Patricio.

De pronto, Danny la estaba mirando. Alargó la mano y le retiró un mechón de pelo de la cara.

Estaba cerca, muy cálido. Sus dedos eran pura magia.

–¿Sabes? Eres muy hermosa.

–No deberías estar seduciéndome –murmuró Moira.

–No te estoy seduciendo. Intento peinarte.

–Qué romántico.

–No me puedo permitir ser romántico, ya que no puedo seducirte, ¿recuerdas? Claro que ese picardías es muy excitante. ¿Estás segura de que no bajaste con la intención expresa de seducirme tú a mí?

—Danny...

—Ya sabes, la encantadora heroína en apuros, caída en el suelo. El héroe fuerte y callado que la levanta en brazos y todo eso.

—¿Desde cuándo eres un tipo callado?

—En eso tienes razón.

Seguía deslizando los dedos por sus cabellos. Y, en algún momento, se tumbó junto a ella. Cuando Moira cerró los ojos, inspiró su olor. La asaltó una marea de recuerdos físicos: imágenes, sensaciones, el sonido de su voz, el tono ronco, el ligero acento irlandés. Hasta podía recordar el sabor de sus labios sobre los de ella, su piel bajo la leve presión de sus besos, y más. ¿Cuánto tiempo había pasado? ¿Cómo era posible que le pareciera natural estar tumbada junto a Danny, tocarlo, saborear su piel, inspirar su aroma, y mucho más?

—¿Sabes? Incluso vestida así, eres increíblemente hermosa —le dijo Danny con suavidad.

—Eso es una frase hecha.

—Lo digo en serio.

—Te falta objetividad. Ya sabes, como eres un viejo amigo de la familia...

—Antiguo, no viejo. No vas a casarte con él.

—¿Con Michael?

—¿Hace falta que lo preguntes?

—Puede que sí.

Danny movió la cabeza.

—Estás aquí, conmigo. No te has arriesgado a salir de noche para reunirte con él.

—Sinceramente, Danny, si no me caso con él, soy una idiota. Está haciendo todo lo que está en su mano para acercarse a mi familia. Sabe lo que es importante para mí. Y se preocupa. No intenta salvar el mundo, o destruirlo, o lo que sea que tú haces. Es norteamericano —Danny seguía deslizando los dedos por sus cabellos. Parecía haberse instalado cómodamente junto a ella, e irradiaba un calor sorprendente–. Tiene los pies en la tierra –prosiguió, aunque le estaba costando horrores concentrarse en lo que decía. Danny le estaba sonriendo, escuchándola. Su cara estaba muy cerca. Su aroma y su calor se filtraban dentro de ella, la inundaban. Magia irlandesa–. Atractivo –alcanzó a decir–. Endiabladamente atractivo. Fiable. Sólido.

Danny jugó entre sus dedos con un mechón de pelo rojo, regocijado.

–Fiable, sólido. ¡Qué palabras para describir una relación apasionada!

–Deberías oír a mis amigas divorciadas. Elegirían fiable antes que excitante con los ojos cerrados.

Danny movió la cabeza.

–Es posible que algunas de tus amigas necesiten hombres fiables y dignos de confianza. Pero tú, además, necesitas un hombre excitante.

–Michael es... –empezó a decir.

Danny unió sus labios a los de ella con mucha suavidad. Después, se apartó unos milímetros.

–Una caricia de amigo, no una maniobra de seducción –le aseguró, acariciándole la mejilla con su susurro–. ¿Michael es...?

–Mmm... Excitante y fiable...

En aquella ocasión, unió su boca a la de ella con más firmeza. El beso la hizo entreabrir los labios, y el calor húmedo se propagó por su cuerpo. Estaba en los brazos de Danny, con la camiseta y la colcha enredadas, y el beso prosiguió, húmedo, entrecortado. La lengua de Danny acariciaba todas las zonas erógenas de su cuerpo. Moira no protestó; lo asombroso fue que no protestó. Toda su ética, todos sus principios sobre lo bueno y lo malo se desvanecieron. Deslizó las yemas de los dedos por su rostro viril, los hundió en su pelo. Danny se apartó.

–Esto ha sido un beso de verdad –murmuró.

—¿Cómo? Mmm... Como el que le di a...
—Michael —le recordó.
Sin saber cómo, Danny estaba sobre ella. Moira sentía la camiseta enredada en torno a su cintura.
—Michael —corroboró.
—No, no. Con Michael fue una actuación. Conmigo, un beso. Permíteme. Volveré a demostrarte cuál es la diferencia.
—No deberías estar violándome —le recordó.
—Esto no es una violación —susurró—. Eres libre para irte, ¿sabes?
—¿Contigo encima de mí?
—Bueno, no pienso ponértelo fácil.

Podría haberlo apartado de un empujón, pero era más fácil convencerse de que Danny le estaba cortando el paso. Moira permaneció inmóvil, mirándolo a los ojos. Cuando la volvió a besar, Moira deslizó las manos entre sus cuerpos, pero no hizo intento de empujarlo. Al ponerse de costado, con las bocas todavía fundidas en el beso, se sorprendió cerrando los dedos en torno a los botones de la camisa de Danny. Tocó su piel desnuda, tan familiar... El vello rubio rojizo que le hacía cosquillas en la mano, los músculos firmes que había debajo. Un segundo más tarde, Danny estaba medio incorporado, quitándose la camisa. Después, bajó las manos sobre ella y la camiseta acabó en el suelo. Cuando volvió a abrazarla, Moira fue consciente al instante de todo su cuerpo: musculatura, tensión, calor. Le encantaba acariciarle el tórax, besarle el cuello y la clavícula, sentir su mano en la nuca. Danny se quitó las botas, y Moira sintió la caricia de su pie en la pantorrilla. Después, Danny fue deslizando la mano por los muslos de ella hasta tocar las delicadas braguitas que llevaba; cerró la boca sobre su pecho y siguió bajando hacia el centro de su feminidad.

Danny sabía hacer cosas con la lengua que desafiaban la seda. Si había existido un momento para resistirse, era aquél. Moira pronunció su nombre, pero no fue más que un susurro; estaba moviendo las caderas, arqueando la espalda bajo las caricias eróticas y líquidas de Danny. La lava hervía en su interior, hasta que se produjo la erupción y fluyó como una cascada. Estuvo a punto de chillar por la intensidad del orgasmo, se mordió el labio, se estremeció entre sus brazos y dejó que aquel clímax volátil la recorriera.

Apenas se percató de los movimientos de Danny, ni de que sus vaqueros aterrizaron en el suelo, con el resto de la ropa, ni de la presión entre sus piernas cuando se instaló sobre y dentro de ella. Moira entrelazó los dedos en la espalda de Danny, enganchó las piernas en torno a sus caderas. Lo había olvidado; no, nunca lo había olvidado. Danny hacía el amor como vivía, con pasión, con vehemencia, con electricidad. La llenó con su presencia física, la enardeció de nuevo aunque se había quedado saciada, penetrándola despacio, dando, arrebatando, para después encontrar un ritmo frenético como el trueno. Despertó un ansia en ella que era una dulce agonía, hasta que hundió los dientes con suavidad en el hombro de él y sintió de nuevo el clímax, un placer eufórico que la envolvió como una manta de miel.

Danny se dejó caer junto a ella, con la piel bañada en una fina capa de sudor. Sabía cómo seguir abrazando a una mujer después del sexo para prolongar el calor: deslizaba los dedos por el pelo de Moira, desenredando los mechones húmedos. Saciada, recuperando el aliento, Moira recibió un bombardeo de pensamientos, los mismos que su mente había bloqueado momentos antes. Era una mala persona. Si había existido la posibilidad de que aquello ocurriera, debería haber sido sincera con Michael. Claro que no debería haber existido tal posibilidad; era una mujer madura, hecha y derecha, y estaba... menos enamorada de lo que había querido creer. Aun así, lo que había hecho seguía estando mal, muy mal.

—Tengo que irme —murmuró.

—¿Eso es lo único que se te ocurre decir?

—Tengo que irme ya.

Danny retiró los brazos. Sus ojos de color ámbar estaban en sombra.

—¿Qué esperabas? —susurró Moira.

—No sé. Algo así como: ¿En qué estaría pensando fingiendo estar tan enamorada de otro hombre cuando aquí está Danny y somos tan buenos juntos?

—No hay duda de que eres bueno —murmuró Moira con un ápice de amargura—. Estoy aquí.

—Bueno, ya me conoces. No sólo quiero ser bueno, quiero ser el mejor.

Moira no le dijo que lo había conseguido.

—¿Y yo debería pasarme la vida esperando a que te decidas a visitar mi país?

—Tienes razón —dijo Danny—. No soy justo.

Moira había dicho que debía irse, pero seguía tumbada a su lado, reacia a marcharse. Empezó a acariciarle el abdomen a Danny con los nudillos.

—Ahora estás siendo perversa —le informó—. Eso sí que es injusto si piensas marcharte.

—Te mantienes en forma —le dijo Moira—. Es curioso, siendo escritor y conferenciante.

—Es para poder seducirte durante esos momentos en los que estamos en el mismo país.

—No te hagas el gracioso. Estoy hablando en serio.

—No deberías casarte con Michael.

—Por lo que se ve —murmuró Moira—, es él quien no debería casarse conmigo.

—Te has embarcado en un viaje de culpabilidad equivocada.

—Sí, claro. Él está en una habitación de hotel a la que yo no dejo de decir que iré, pero no debería sentirme culpable por estar en tu cama y no en la suya.

—Michael no te conviene.

—¿Porque está aquí cuando tú te dignas a visitarnos?

Danny lo negó con la cabeza; la miraba con intensidad.

—Porque tiene ojos de ratón.

—Por Dios, Danny, deja eso —casi logró incorporarse en ese momento, pero tenían las piernas entrelazadas—. Tengo que irme —dijo con suavidad.

—¿Para qué? ¿Para que subas corriendo las escaleras, te ahogues en un mar de culpabilidad y decidas resarcir a Michael corriendo a su hotel y arrojándote en sus brazos? ¿Confesándole, o no, lo ocurrido y compensándole con otra actuación?

—¡No! —protestó con enojo—. Jamás haría nada semejante. No soy así, y lo sabes.

—Cierto, eres demasiado católica. Necesitarías una larga ducha caliente para lavar tu pecado y todo eso.

—Maldita sea, Danny, si Michael y yo hubiéramos pasado un rato juntos en las últimas semanas...

—Ajá —murmuró.

—¿Cómo que ajá?

—Eso no es amor —le dijo—. Si vienes a mí sólo porque no has estado con él... Lo siento, no estás enamorada de Michael.

—Hay amor y hay sexo —dijo con pedantería.

—Sí, y es mucho más agradable cuando se combinan.

—¿Ah, sí? Pues en todos estos años, jamás se me pasó por la cabeza que regresarías algún día y me confesarías tu amor por mí. Un amor eterno e incondicional, etcétera, etcétera —añadió con ironía.

—Yo no he dicho que el amor deba dominar cada segundo de tu vida, ni que deba hacerte comportarte de forma irresponsable, ni que deba anteponerse a todo lo demás, como las obligaciones, la vida, etcétera, etcétera.

—Nunca entiendo lo que dices, Danny. O lo que quieres decir. Puede que eso sea parte de nuestro problema.

—¿Lo ves? Reconoces que tenemos un problema y, por tanto, que hay un nosotros.

—Danny, «tú» eres el problema.

—Y voy a serlo aún más si sigues haciéndome cosquillas en las costillas.

Moira cerró los dedos.

—No te estaba pidiendo que pararas.

—Danny, no debería estar aquí y, desde luego, no debería quedarme.

—Pero el pecado ya ha ocurrido —dijo, y se movió hasta inmovilizarla sobre el colchón—. Y, ¿sabes?, te quiero de verdad.

—Danny, creo que me tienes cariño.

Danny gimió con suavidad, y bajó la cabeza. Sus cabellos le rozaron los senos. Moira se preguntó cómo algo tan sencillo podía resultar tan erótico.

—El pecado ya se ha cometido —repitió con suavidad.

—Creo que es peor cuando se peca dos veces. Sobre todo, cuando uno no debería haber caído en la tentación la primera vez.

—De eso se trata. Has caído en la tentación. Así que como ya has pecado, al menos, a tu modo de entender, deberías ser coherente hasta el final. Todo en la vida hay que hacerlo con pasión, con entrega, hasta el final —elevó los ojos hacia ella, un ámbar resplandeciente.

—Danny —murmuró—. Si me quedo un rato, no pensarás que...

—¿Qué?

—Que significa que...

—No te preocupes, no voy a pensar nada. Es más fácil, más cómodo, acudir al hombre que hay en la casa y no al que está fuera. No es nada personal. Necesitas sexo, sólo sexo, y oye, estoy encantado de complacerte —habló con sarcasmo, pero con una nota subyacente de amargura que amortiguó el enojo que habían avivado aquellas palabras.

—No, Danny, yo... —sintió la presión de sus labios en la garganta, en la clavícula—. Lo que has dicho es una grosería. Debería... pegarte —susurró.

—Jamás recurras a la violencia —murmuró Danny junto a su pecho—. Y no puedes pegarme. Eso significaría que uno de nosotros se está tomando esto... en serio.

Le recorrió el cuerpo con la mano. Sus dedos le acariciaban la piel. Encontraron su objetivo. Se movieron con destreza y precisión sutil. Danny era su propio aliento, cálido, cercano. Inspirar a Danny era demasiado fácil, demasiado natural, tan vibrante como la vida...

—Maldito seas, Danny —murmuró.

—Mi nombre... Qué íntimo y personal —le dijo—. Sería una grosería no devolverte el gesto.

Su caricia la recorrió de pies a cabeza. Muy íntima, muy personal.

—Danny... —gimió.

—Siempre he preferido la acción a las palabras.

11

Horas después, antes del alba, Moira se levantó con intención de irse. Rescató su camiseta del montón de ropa tirada junto a la cama. Danny estaba durmiendo. O eso había creído, hasta que se volvió y lo sorprendió completamente despierto, observándola. Luego, se incorporó sobre un codo.

—Cuéntamelo otra vez. ¿Por qué bajaste aquí anoche, exactamente?

—¿Cómo? —preguntó Moira, sin comprender.

—¿Qué hacías aquí anoche? Me preguntaste si había salido, dijiste que alguien podía haber estado en mi habitación. Y pensaste que había alguien en el local... incluso insinuaste que yo podía haberte dado un golpe en la cabeza. ¿Qué te impulsó a bajar? Dudo que pensaras ir al hotel a reunirte con Michael así vestida.

—Oí un ruido.

—¿Un ruido? ¿Desde tu habitación?

—Sí.

—¿Y pensaste que provenía de aquí? ¿Qué clase de ruido?

—No sé... Unos golpes, como si... como si alguien estuviera moviendo muebles o se le hubiera caído algo. No lo sé, pero oí un ruido.

—¿Estás segura?

—Últimamente no estoy segura de nada —le dijo.

Danny se levantó de la cama y caminó hacia ella desnudo; la agarró por los hombros.

–Hasta el final, Moira. Recuérdalo, hasta el final. Guíate por tu instinto. Pasión, compromiso. Deshazte de Ojos de Ratón hoy mismo.

–No te atrevas a decirle una sola palabra ni a intentar decidir por mí sobre mi futuro.

–No hace falta que decida por ti, te conozco. Tú misma decidiste anoche. En cuanto a Ojos de Ratón, mi amor, pienso dejar que combatas tus demonios tú sola.

–Puede que no me haya decidido todavía, que no seas tan bueno como crees –elevó la barbilla para mirarlo a los ojos.

–Moira, sea lo que sea lo que estás pensando, ten cuidado. Cuando oigas ruidos en mitad de la noche, no deberías salir a husmear.

–Esta es la casa de mis padres y el negocio de mis padres –le recordó–. Me crié aquí, aprendiendo a limpiar mesas desde que era niña. ¿Por qué habría de darme miedo vagar por la casa de mi padre, aunque sea en mitad de la noche?

Danny se la quedó mirando, sopesando la pregunta.

–Porque hay maldad en el mundo, Moira, por eso. Cuando eras pequeña, tus padres te enseñaron a recelar de los desconocidos. Piensa en el Estrangulador de Boston, en Jack el Destripador.

–Claro. Pero ninguno de los dos tiene las llaves del local de mi padre.

–Sí, pero tu hermano está aquí, yo también, y tus compañeros de trabajo. Las puertas se pueden quedar abiertas.

–Danny, ¿por qué no me cuentas la verdad de una vez?

–¿Sobre qué?

–Sobre lo que está pasando.

–No estoy al tanto de lo que pueda estar pasando.

Se lo quedó mirando un momento, con más objetividad que horas antes. Danny estaba en excelente forma física; parecía haber salido de una revista de artes marciales. Una vez más, se extrañó de que un conferenciante y escritor cuidara tanto su físico.

—Está bien, Danny —murmuró. Se dio la vuelta y echó a andar hacia la puerta.

—Moira.

—¿Qué?

—¿Sabes? Tú sí que me estás ocultando cosas a mí.

—¿Ah, sí?

—Como lo que de verdad pasó en la calle antes de anoche.

—Me resbalé.

—La confianza es una vía de doble circulación.

—Cierto.

—¿Y?

—No veo ningún coche acercándose a mí, Danny. Ninguno que venga a mi encuentro.

Se dio la vuelta. Danny la agarró del brazo.

—Moira, escúchame. Si oyes algo extraño, es importante que me lo digas.

—Lo recordaré —bajó la vista a la mano con la que la asía, y sintió una ligera inquietud—. Tengo que subir, Danny.

La soltó. Moira salió de su cuarto, cerró la puerta sin hacer ruido, atravesó el local y subió la escalera de espiral. Cuando entró en la vivienda, cerró con llave la puerta. Todavía era pronto. Una vez en su cuarto, se duchó y se vistió; después, se sentó y se quedó mirando el teléfono, vacilando. Entró en el salón y buscó el periódico del domingo. Había un artículo sobre Jacob Brolin en el que hablaba de su llegada a la ciudad y mencionaba el hotel en el que se estaba alojando.

Entró en la cocina, donde su madre, envuelta en un albornoz, acababa de levantarse para preparar el desayuno.

—Mamá —dijo, y se acercó por detrás para rodearle la cintura con los brazos.

—Moira, cariño. Todavía es muy pronto.

—Sí.

—¿Qué tienes previsto para hoy?

—Bueno, esta noche ayudaré a papá en la taberna, eso es seguro.

Katy se dio la vuelta y tomó el rostro de Moira entre las manos.

—Vosotros no sois responsables de la taberna.

—Pero es divertido, y me gusta ayudar a papá. Y estamos haciendo un programa sensacional, en serio.

—Entonces, me alegro. Puesto que te manipulé un poco para que vinieras a casa...

—Papá parece gozar de una salud excelente —comentó Moira con una sonrisa. Katy se encogió de hombros.

—Es cierto que le hicieron varias pruebas —suspiró—. Estaba preocupada por lo mucho que trabaja, pero el médico me dijo que el trabajo le sentaría bien.

—Sabes quién trabaja demasiado, ¿no?

—¿Quién? —preguntó Katy.

—Tú.

—Qué va.

—Siempre estás cocinando.

—Cuando sólo estamos tu padre y yo, sólo tengo que preparar la avena por la mañana. Y no le hago el desayuno porque sea un tirano, sino porque me encanta hacérselo, y me encanta ser su mujer y vuestra madre. Me gusta mi vida tal como es.

—Lo sé, mamá, pero hoy... —Moira se interrumpió; se sentía un poco culpable. Su madre estaba defendiendo su deseo de ser ama de casa, confesando su manipulación, y ella también estaba manipulándola un poco—. Mamá, sigo pensando que no hay trabajo más duro que el tuyo. El café está listo, y es lo que todos necesitamos nada más levantarnos. Ahora, quiero que te vistas; esta mañana, voy a invitarte a desayunar.

—¡Moira! Los niños están aquí, tu hermana, tu hermano...

—No quiero ofender a nadie, pero la abuela sabe cocinar, Danny también, y Siobhan y Colleen están aquí... por no mencionar que a Patrick no le vendría mal hacer pinitos en la cocina. Tengo el antojo de escaparme con mi madre, de tenerte toda para mí.

—Pero Moira...

—Por favor.
—Iré a decírselo a tu padre.
—Podemos dejarle una nota.
—Moira, de todas formas, tengo que vestirme.
—Tienes razón. Pero date prisa, por favor.
Katy obedeció, sonrojándose como una colegiala. Moira no sabía si sentía placer o culpabilidad por que su plan hubiera hecho tan feliz a su madre.

Jacob Brolin se estaba alojando cerca del Acuario de Nueva Inglaterra, a las afueras de la Pequeña Italia. Moira se inventó una mentirijilla al decirle a Katy que había oído hablar del restaurante del hotel y que tenía fama de servir unos huevos al plato excelentes.
—Sabes, Moira Kathleen —dijo Katy mientras se sentaban—. Yo sé hacer huevos al plato, sólo tenías que decirme que te apetecían.
—Ya lo sé, mamá. Pero quería estar a solas contigo.
Moira paseó la mirada por el comedor, preguntándose si Brolin y sus colaboradores bajarían a desayunar. Era una locura. Seguramente, pediría que le subieran el desayuno a su habitación.
Advirtió que su madre había dejado la carta sobre la mesa y que la miraba con recelo por encima de sus lentes de lectura.
—Moira Kathleen.
—¿Sí, mamá?
—En esta carta no hay huevos al plato.
—¡No puede ser!
—No eres lo bastante buena actriz para tu madre, hija.
—No, mamá, pensé que...
—No me ofendas tomándome por estúpida, hija. ¿Qué hacemos aquí?
—Está bien, mamá —Moira se inclinó hacia delante—. Esperaba que nos tropezáramos con Jacob Brolin en su hotel.

—¿Por qué no has intentado llamarlo?

—No pertenezco a las cadenas nacionales, ni a las cadenas principales de televisión por cable, mamá —dijo Moira—. Además... quería hacerlo sola.

—Está bien —dijo Katy—. Pero ¿por qué no me pediste simplemente que te ayudara?

—No he pasado ningún rato a solas contigo, mamá —dijo Moira con intensidad, prestándole a su madre toda su atención.

Se presentó el camarero deseándoles los buenos días y preguntándoles si necesitaban más tiempo para decidir.

—En absoluto —dijo Katy—. Unas tortitas con sirope de fresa, café y zumo de naranja. ¿Moira?

—Huevos revueltos con queso y jamón, café y zumo, por favor —le dijo al camarero. Cuando este se fue, se inclinó hacia su madre—. Mamá, de verdad, necesitaba hablar contigo a solas —y era cierto; no había querido afrontar sola su confusión respecto a lo ocurrido durante la noche. Y tampoco quería estar en la casa si Michael y Josh se presentaban a una hora temprana con ideas para la grabación del día.

—¿Te ocurre algo, Moira? —preguntó su madre. Moira le dio un apretón en la mano.

—Estoy un poco confusa, mamá, nada más.

—¿Danny?

—¿Tanto se nota?

—No, tu actitud hacia él raya en la grosería.

—Mamá, Michael te gusta, ¿verdad?

—Se está esforzando mucho. Y es muy apuesto. Seguramente, más que Danny, aunque siento debilidad por ese muchacho irlandés. Dices que es digno de confianza y trabajador, y que le gusta el teatro y la música, y un buen partido de fútbol.

—Sí. Está dispuesto a probar cualquier cosa. Es educado y caballeroso, y trabaja en el mismo negocio que yo —Moira guardó silencio cuando el camarero se presentó con los zumos y los cafés. Cuando se alejó, Katy se inclinó hacia ella.

—Hablas como si os hubierais conocido a través de una agencia matrimonial.

—Pero no es así, mamá. Me divierto con él. A mí también me gusta el teatro. Es un compañero estupendo.

—También lo es un perro labrador.

—No, Michael es muy simpático... Me divierto mucho con él —dijo sin convicción.

—¿Y? —la apremió Katy. Después, movió la cabeza—. Estás yéndote por las ramas, hija. Muy bien, empezaré yo. Tu padre es un compañero magnífico, pero puedo decirte con franqueza que... que también me parece excitante.

—¿Qué? —exclamó Moira, sobresaltada.

—Bueno, no nací ayer. Y quiero pensar que he inculcado valores morales a mis hijos, pero la compatibilidad sexual no tiene nada de malo.

—Caramba, mamá —dijo Moira, pero cerró la boca cuando les sirvieron la comida.

—No está mal este sitio. Son rápidos y eficientes —dijo Katy.

—Me alegro de que te guste, a pesar de todo.

—Hasta el momento, sí —admitió Katy, mientras cortaba una tortita—. Ya que estamos hablando, sigamos. No te espantes porque me guste tu padre. Todavía no estamos decrépitos. Sinceramente, hija, ¿de dónde creéis que habéis salido tú y tus hermanos? Sé que a los hijos no les gusta pensar que sus padres...

—No, sé muy bien de dónde hemos salido, es que...

—No pretendo que me cuentes más que lo imprescindible, hija —se adelantó Katy—. Nada de detalles. Sólo intento comprender tu dilema.

—Los dos me atraen —dijo Moira, y bajó la voz—. ¿Soy muy mala por eso, mamá?

—Querida niña, adoro a tu padre, y hemos tenido un matrimonio sólido. No, no ardemos de pasión como cuando éramos niños, pero estamos a gusto juntos, y todavía tenemos nuestros momentos. Ninguna vida es un continuo de emoción hora tras hora, siempre está la rutina por medio. Pero tenemos nuestros ratos de intimidad, y los valoramos. Y eso es lo que nos ha mantenido juntos cuando hemos discrepado y discutido. Es la naturaleza humana, hija. Puede atraerte más de un hombre. Pero cuando te comprometes es cuando debe ser real. Y ahí está tu hombre.

−¿Cómo?

−Ahí está tu hombre, Brolin. Acaba de entrar con esos cuatro gorilas. Disimula.

A pesar de la petición de su madre, Moira volvió la cabeza de inmediato.

−Te había pedido que disimularas −protestó Katy.

−Lo siento −Moira tomó el vaso de zumo y bebió un poco tratando de parecer natural−. Mamá, debo hacerlo, ¿no?

−Hace ya tiempo que diriges el programa. ¿Cómo has abordado a otras celebridades?

−Hasta hace poco, era Josh quien llamaba. Últimamente, lo hacía Michael. Y solemos centrarnos en gente corriente, aunque maravillosa.

−¿No tienes miedo?

−Es que no sé cómo abordarlo.

Katy dejó las gafas y la servilleta sobre la mesa y se puso en pie.

−Entonces, discúlpame un momento.

−Mamá −protestó Moira, pero su madre ya se estaba acercando a la mesa. Moira advirtió que, a pesar de lo inofensiva que parecía su madre, los hombres que estaban con Brolin se habían puesto en pie de inmediato. Moira se levantó para seguir a su madre, dispuesta a protegerla con fiereza si surgía la necesidad.

−Disculpen −dijo Katy con educación−. Jacob, soy Kathleen Kelly. ¿Te acuerdas de mí?

Brolin se levantó con una enorme sonrisa. Era un hombre corpulento. No sólo alto, sino fuerte. Con pelo de color acero, ojos de un azul profundo. Un rostro lleno de carácter, arrugado como el de un sabueso, pero muy agradable.

—¡Kathleen! —exclamó, y pasó delante de sus guardaespaldas para tomar las manos de Katy.

—Entonces, ¿te acuerdas?

—Pues claro, ¿cómo iba a olvidarte?

Moira estaba petrificada a unos pasos por detrás de su madre.

—Sabía que vivías en Boston, por supuesto. Pensaba pasarme por la taberna... después de San Patricio.

—¿De verdad?

—Por supuesto. Me dijeron que te habías casado con Eamon Kelly y que habíais venido a vivir aquí. En la isla conocen vuestra taberna. Dios mío, no has cambiado nada.

—Bueno, eres muy amable, pero han pasado más de treinta años.

—Sigo pensando que no has cambiado nada.

—Vamos, Jacob. Los dos estamos un poco más... cansados —dijo Katy, y rió. Moira estaba estupefacta. ¿Estaría coqueteando su madre? No, en realidad, no, pero...

—Katy, ¿has venido aquí a buscarme? —preguntó Brolin. Ella lo negó con la cabeza.

—Estaba desayunando con mi hija. Me gustaría que la conocieras. A decir verdad, Moira estaba pensando en llamarte.

—¿Ah, sí? —Brolin miró detrás de Katy y vio a Moira. Sonrió de oreja a oreja—. Vaya, es igual que tú, Katy —avanzó para tomar las manos de Moira entre las suyas y darle un beso en cada mejilla—. A ver, hija, ¿por qué querías llamarme?

—Bueno... me gustaría hacerle algunas preguntas para un magazine de viajes, señor Brolin —le dijo—. Intentamos reflejar la magia del día de San Patricio en los Estados Unidos. A decir verdad, nos hemos centrado en el viejo adagio de que todo el mundo es irlandés el día de San Patricio —guardó silencio, sin saber si estaría balbuciendo. Estaba tan sorprendida... ¿Conocía su padre también a Brolin? En ese caso, ¿no lo habría mencionado cuando Seamus y Liam habían estado hablando de él con tanta admiración?

Brolin miró a uno de los hombres corpulentos que estaban a su lado.

—Podemos hacer un hueco, ¿verdad? Lo haremos. Llámanos mañana al hotel y fijaremos una cita. ¿Queréis sentaros con nosotros?

—Lo siento, tenemos que irnos ya —dijo Katy—. Pero Jacob, nos encantará tenerte como invitado cuando cumplas con tus compromisos en la ciudad.

—Me encantará visitaros a ti, a Eamon y a tu familia.

—Entonces, hasta pronto, Jacob —Katy sonrió a los guardaespaldas—. Por favor, disculpen la interrupción.

Jacob Brolin besó a Katy en la mejilla y Katy agarró a Moira del brazo.

—Es hora de irnos, creo —murmuró, y empezó a salir del comedor.

—No te olvides de llamar, Moira —dijo Brolin. Moira se dio la vuelta.

—Gracias.

—Vamos, rápido —la apremió su madre.

—No he terminado de desayunar.

—Te haré unos huevos a la plancha. Es hora de irse.

—¡Mamá! Sería muy bochornoso que no pagáramos la cuenta.

—Ah, sí, claro —dijo Katy, y permaneció de pie junto a la mesa mientras Moira llamaba al camarero y dejaba el dinero.

Una vez en la calle, Moira miró a su madre.

—No... No tenía ni idea de que lo conocías.

—En realidad, no lo conozco. Nos presentaron hace muchos años.

—¿Fue tu...?

—¿El qué?

—No sé. ¿Como un gran amor en tu vida hace tiempo?

Katy movió la cabeza con impaciencia.

—Te burlas de mí, hija.

—No, mamá.

—Los jóvenes siempre piensan que son los primeros en descubrir el sexo y la pasión, pero hace siglos que existen, Moira —echó a andar por la calle hacia la estación de metro.

—Mamá, iba a decirte que estaba impresionada...

—Pues no lo estés.

—Mamá, es un hombre muy importante.

—Es un hombre como cualquier otro. Lo que pasa es que conoce a fondo las dos caras del problema.

—Pero ¿cómo lo conociste? Pensaba que éramos de Dublín. Y tú nunca has estado metida en política.

Katy la miró con pura exasperación.

—Moira, ¿sabes por qué vinimos a los Estados Unidos?

—Papá quería abrir una taberna en Norteamérica. En casa la economía no iba muy bien, y había leído sobre este país toda su vida. Era un sueño y un nuevo comienzo.

—Todo eso es cierto. Pero nos casamos y nos fuimos cuando asesinaron a una prima por parte de mi padre. Debería haber sabido a lo que se enfrentaba: era un miembro activo de un grupo violento; infligió su parte de violencia y la recibió a cambio. Eso es lo que tu padre no podía soportar, una vida en la que a los niños se los enseñaba a odiar. Era muy joven cuando la mataron, Moira: veintiún años. Yo quería venganza, pero tu padre tuvo el valor de decir que no y marcharse. Y ha vivido con ese valor todos los días de su vida, enseñándoos que el color, la raza o la religión de un hombre no importan, sólo su valía. Brolin también aprendió ese compromiso. No siempre ha sido un santo, pero la tragedia lo hizo escarmentar. He seguido su trayectoria desde lejos, y es una de las pocas personas que hay en el poder que saben que, aunque no se puedan borrar décadas o siglos de lucha, de opresión en ambos bandos, y de asesinatos a sangre fría, uno puede esforzarse por crear un nuevo mundo en el que los hombres y las mujeres hablen en lugar de disparar.

Moira se acercó a su madre y la abrazó.

—Sabía que eras lista, pero ignoraba lo sabia e increíblemente maravillosa que eres. Perdóname por no haberme dado cuenta antes.

Katy se apartó y le dio una palmadita en la mejilla.

—Hay elecciones difíciles en la vida, hija, siempre, para todos. Tú lo sabes mejor que nadie, ¿no? ¿Qué sientes, Moira? Pensar no es malo pero, normalmente, lo que sientes es mucho más importante.

Moira vaciló y clavó la mirada en su madre.

—Mamá, no sé lo que siento. ¿Me paso la vida persiguiendo un sueño emocionante y ardiente o confío en alguien que está aquí, a mi lado, con todas las virtudes que quiero? No hay que despreciar la compatibilidad. Si tuviera sentido común, apostaría por un hombre fiable, igual que...

—¿Igual que yo? —sugirió Katy; después, movió la cabeza, sonriendo—. Lo has entendido mal. Tu padre fue el sueño emocionante, el que tenía las ideas, los proyectos, el que me apartó de todo lo conocido y querido. Dijo que íbamos a venir a Norteamérica aunque le fuera la vida en ello. Las decisiones nunca son fáciles, ni claras. Admiro a otros hombres, pero quiero a tu padre. Él fue mi apuesta, y lo arriesgué todo. Me dejé guiar por mi intuición, y por mi corazón —se dio la vuelta y siguió andando hacia la taquilla—. Y ahora, volvamos a casa, ¿eh? Tus socios deben de haberte llamado.

Katy se alejaba con su paso enérgico acostumbrado. Moira la siguió.

Era una mañana extraña. Había conseguido lo que se había propuesto... y mucho más.

Moira se sorprendió al ver lo tarde que se había hecho cuando regresaron. Colleen estaba terminando de limpiar la cocina, pero un chillido procedente del salón reveló que la casa no estaba vacía. Katy Kelly miró a Colleen y enarcó una ceja.

—Gina está en el salón con la abuela, Siobhan y todos los niños —le explicó su hija—. Molly y Shannon están fascinadas. Quieren que Siobhan tenga gemelos para poder jugar con bebés a todas horas.

—Dios mío, ¡lo último que necesita Siobhan son gemelos! —exclamó Katy, y se dirigió al salón.

—¿Dónde están los demás? —preguntó Moira.

—Papá está abajo, abriendo el bar. Dice que los lunes suelen ser tranquilos, pero como falta poco para San Patricio... —se encogió de hombros.

—¿Y Patrick?

—¿Quién sabe? Ha salido.

—¿Y Danny y Josh? Porque dudo que Gina haya venido sola.

—Josh está abajo con papá, echándole una mano. Y Michael y Danny han salido... juntos.

—¿Cómo? —dijo Moira con incredulidad. Sintió un escalofrío y gotas de sudor en la frente—. ¿Que Danny y Michael han salido juntos?

Colleen la miró con acritud.

—Tú te has ido esta mañana sin dejar ninguna pista sobre vuestro plan de rodaje para hoy. Josh le recordó a Michael que ibais a poner un fondo musical a las fachadas de las tabernas más célebres de Boston. Danny mencionó que conocía todas las tabernas de la ciudad, desde la más prestigiosa a la más mugrienta. Así que se fueron juntos... en el coche de papá, por cierto. ¿Qué te pasa? Te has quedado blanca.

—Nada —dijo Moira, demasiado deprisa—, no me pasa nada. Es que no me los imagino llevándose bien.

Colleen entornó los ojos, soltó el paño que había estado usando y se acercó a Moira.

—No le has dicho a Michael que hace tiempo tuviste una aventura con el viejo amigo de la familia, ¿eh?

—Colleen...

—No se lo has dicho, ¿verdad?

—No importaba. Los dos sabemos que ha habido otras personas en nuestras vidas —dijo Moira—. No hemos sentido la necesidad de dar nombres, fechas ni números de matrícula.

Colleen rió con suavidad.

—Pues no, no era necesario, si él ha salido con alguna chica en Los Ángeles o en Ohio. Pero lo has traído a casa cuando Danny está aquí, de visita.

—Pensé que no tenía importancia, de verdad.

—Pero, ahora, están juntos y tú no le has llegado a decir que... ¡Ahí va! —exclamó Colleen, mirándola con mucha atención.

—¿Qué pasa?

—Por eso no estabas anoche en tu cuarto.

—¿Qué?

—Estabas con Danny.

—Colleen, ¿quieres callarte?

—Si no me mientes...

—¿Cómo sabías que no estaba en mi cuarto?

—No podía dormir, así que fui a ver si te apetecía un té y que charláramos un rato. Dios mío...

—Colleen, basta ya, por favor.

—Pensaba que estabas realmente enamorada de Michael. Claro que también dudaba que hubieras superado tu amor por Danny. Puedes ser tan obstinada... Claro que Danny va y viene, y Michael es un bombón pero... Tienes que elegir tú, por supuesto. Aunque yo en tu lugar... En fin, sinceramente, el sexo es tan importante en una relación...

Moira oyó pasos acercándose desde el salón. Le cubrió la boca a Colleen con la mano.

—Por favor...

Colleen se apartó y miró hacia el salón.

—Quienquiera que fuera, se lo ha pensado mejor.

—Colleen, voy a bajar a ayudar a papá. Cúbreme con mamá, la abuela y Gina, ¿quieres?

—Claro, claro. Les diré que tenías que hablar con Josh —Colleen percibió la desolación de su hermana, le puso las manos en los hombros y le dio un beso en la mejilla—. No te preocupes, todo saldrá bien.

—Pero no está bien. Michael es muy bueno y honrado, y confía en mí...

—Y puede que ahora, si decides que es el hombre apropiado, lo hagas sin vacilar. Moira, no te has convertido en la prostituta del barrio —Colleen la miró con fijeza y movió la cabeza—. Oye, ya te mortificas tú sola bastante —suspiró—. Conociste a Michael justo después de Navidad, ¿verdad?

Moira asintió.

—Y, conociéndote, lo viste un millón de veces antes de hacer nada.

—No, salimos una docena de veces en enero; después, a principios de febrero...

—Está bien, no quiero tantos detalles, al menos, ahora —dijo Colleen—. ¿Y cuándo fue la última vez que saliste de verdad en los últimos... bueno, los años que sean desde que estuviste con Danny la última vez?

Moira movió la cabeza.
—¿Nadie? —exclamó Colleen.
—Salía...
—Pero has sobrevivido sin... ¿sin acostarte con nadie? Dios mío, ¡y yo que pensaba que eras muy discreta! Moira, no seas tan dura contigo misma. Créeme, según las costumbres actuales, eres casi una monja. Por favor, no te preocupes demasiado.
—No estoy preocupada, sino confundida. Quiero a Michael, y supongo que siempre he querido a Danny. Pero debería haberme... contenido.
—Así que no te llevó a rastras a la cama, ¿eh? ¿Estabas bebiendo?
—No, pero ahora sí que necesito una copa.
—Te comprendo. Eh, hermanita, estoy aquí, ¿vale? —Colleen le dio otro fuerte abrazo—. Cuando sea, para lo que sea. Estoy aquí.
—Gracias. Voy a tomarme ese whisky.

Su padre y Josh estaban detrás de la barra, haciendo inventario de las botellas y reponiéndolas.
—Buenos días —la saludó Josh.
—Bienvenida, hija.
—Hola, papá. Hola, Josh. Oye, Josh, ¿cuánto hace que... que se han ido los chicos? ¿Vamos a filmar hoy las fachadas de otras tabernas?
—Iban a llamar al equipo por el camino —dijo Josh—. No nos necesitan para esto. Claro que no es trabajo de Dan, pero fue él quien quiso ayudar. Y conoce todas las tabernas irlandesas de Boston.
—Cierto —murmuró Moira, y entró detrás de la barra para servirse un whisky. Su padre y Josh la miraron con fijeza, y Moira sonrió con timidez a su padre—. He pasado una mala noche. No podía dormir.
Se tomó la copa de un solo trago. Le abrasó la garganta.

Justo lo que necesitaba; casi como un bofetón en la cara. No había duda de que la culpabilidad la estaba royendo.

Oyó un ruido en el fondo del local y volvió la cabeza. Quizá estuvieran equivocados y Danny siguiera en su cuarto.

Pero no era Danny, sino Jeff Dolan. Estaba colocando los instrumentos y haciendo pruebas de sonido.

—Hola, Jeff —lo saludó—. ¿Necesitas ayuda? —se alejó de la barra deprisa, consciente de que su padre y Josh la estaban observando con demasiada atención... y que los dos la conocían demasiado bien.

—Claro, Moira —dijo Jeff—. Aunque ya casi he terminado. Iba a salir a tomar algo y a dar un paseo, antes de empezar. Va a ser un día largo para ser lunes. Al menos, para mí. No solemos tocar los lunes, ¿sabes? Enchufa ese amplificador, ¿quieres?

—Claro —dijo, y obedeció.

Jeff la miró de soslayo, con un brillo curioso en sus ojos castaños.

—¿Estás bien?

—Por supuesto.

—Anoche te vi hablando con ese tipo.

—¿Qué tipo?

—El que estaba sentado en el rincón, bebiendo un mirlo —sonrió—. Oí lo que le decías. Me habría acercado a aplaudir pero... ¿Es un poli?

—Dio esa impresión.

—¿Ah, sí? Me sorprendió que no viniera al escenario a esposarme.

—Yo creía que tenías un historial impecable últimamente.

—Y así es —dijo Jeff, y se agachó para enderezar unos cables—. Pero es imposible limpiar un historial.

—Jeff —dijo Moira en voz baja—. ¿Está pasando algo aquí?

—No —respondió con demasiada rapidez.

—Mientes.

—No. En serio. Eh, ¿qué haces que no estás trabajando?

—Los chicos han salido a filmar fachadas de tabernas irlandesas.
—Ah.
—Jeff...
—¿Quieres tomarte un sándwich conmigo?
—Puedo subir y prepararte algo. Y los cocineros ya deben de estar preparando el almuerzo.
—No, ¿quieres salir a tomar algo conmigo? —insistió.
—Ah... claro —dijo. Jeff quería hablar con ella, pero no en la taberna—. Iré por mi bolso.
—Tu padre nos paga bien. Puedo invitarte a un refresco y a un sándwich.
—Está bien, gracias.
Se acercaron a la barra.
—Papá, Josh, vuelvo enseguida. Jeff quiere tomarse un tentempié.
Eamon alzó la vista de la lista de provisiones y frunció el ceño.
—Jeff, puedes comer lo que quieras aquí.
—Gracias, Eamon. Se me ha antojado uno de esos sándwiches de Zeno's, al final de la calle.
—Y a mí me apetece un capuchino —añadió Moira—. Volvemos enseguida.
—No te des prisa. Josh está demostrando ser un tabernero excelente —dijo su padre.
—Por si acaso el negocio de la televisión se va a pique —respondió Josh. Pero la conocía bien, y la observaba como si sospechara algo.
Cuando estaban saliendo por la puerta, Moira oyó a su padre maldecir; se había dado un cabezazo con el mostrador en su intento de levantarse deprisa.
—¡Moira!
—¿Qué pasa, papá?
—No te separes de Jeff.
Lo miró, sorprendida.
—Papá, es de día.

—Acaban de dar la noticia. Han encontrado a otra chica muerta.

—Dice la verdad —afirmó Josh mientras le pasaba una botella de tequila a Eamon.

—¿Otra prostituta? —preguntó Moira.

—Una chica irlandesa.

—Papá, soy norteamericana, no irlandesa. Y Jeff hará de chulo para que pueda convertirme en prostituta, ¿de acuerdo?

—¡Moira Kathleen!

—Papá, lo siento. Es horrible, de verdad. Pero, por favor, no te preocupes. No me iré con desconocidos. Me pegaré a Jeff como una lapa.

—Eamon, la protegeré con mi vida, te lo juro —lo tranquilizó Jeff.

Eamon asintió.

—Entonces, adelante. Pero no tardéis.

—No, Eamon —dijo Jeff.

Salieron a la calle.

—Es horrible —murmuró Moira.

—¿Las chicas asesinadas?

—Sí. Pero no he visto las noticias.

—Tu padre tenía la tele encendida antes de que bajaras. Gracias a Dios, ya no conozco a nadie de ese mundillo.

—¿Ya no?

Jeff se encogió de hombros.

—En mis días locos, conocí a varias prostitutas. Bueno, ya sabes que traficaba con drogas. Diablos, hasta me detuvieron por vandalismo y atraco a mano armada, aunque no era yo quien empuñaba el arma. Tu padre me ayudó a reformarme. Tomo una cerveza de vez en cuando. Nada de drogas ni pistolas. Sí, un poco de nicotina —se sacó una cajetilla de la chaqueta y encendió un cigarrillo mientras caminaban—. Por eso me puso nervioso el poli de la otra noche.

—Estás nervioso por algo más, ¿no?

Jeff movió el cigarrillo en el aire.

—Rumores, Moira. Nada más que rumores.
—¿Sobre qué?
Jeff se encogió de hombros y dio una calada antes de contestar.
—Jacob Brolin.
—¿Qué pasa con él? —se puso tensa, y rezó para que no tuviera nada que ver con su madre.
—Bueno, es un pez gordo. Y un político moderado. Y hay mucha gente cansada de los derramamientos de sangre y los actos violentos en Irlanda del Norte. Pero también hace décadas que existe un grupo que sigue creyendo que sólo la violencia tiene el poder de cambiar cualquier cosa. Y has de recordar que la República de Irlanda se ganó con violencia.
—Jeff, por favor, no sé de qué me hablas.
—Moira, no seas lerda. De un asesinato.
Moira se quedó petrificada en la acera.
—¿De un asesinato?
—Moira, podría haber una docena de lunáticos en la calle dispuestos a realizar un acto violento, bien porque son unos psicópatas hijos de perra o porque no creen en la moderación ni en la negociación.
—¿Y qué tiene eso que ver con nosotros? Si es tan obvio, Brolin debe de saberlo. Se pasea con... —se interrumpió y volvió empezar—. Seguro que se pasea con un guardaespaldas. Y que tiene protección policial.
—Por supuesto, por supuesto. No estoy metido en nada, te lo juro. Pero he oído rumores de que «mirlo» o «mirlos» es una especie de contraseña, y la taberna el lugar en que ciertas personas pueden reunirse.
Moira profirió una exclamación de sorpresa y lo miró horrorizada.
—¡Eso es abominable! Y no puede ser cierto. Hay que contárselo a la policía.
—Por lo que se ve, ya lo saben. De ahí que tu hombre pidiera un mirlo anoche.
Moira exhaló un largo suspiro.

—Rumores. ¿Dónde los has oído, Jeff?
—Moira...
—Necesito saberlo.
—Ahí está Zeno's.
—Jeff, necesito saberlo.
Jeff suspiró hondo.
—Seamus. Seamus dijo que había oído a gente susurrando la otra noche. Estaba oscuro... después de cerrar. No sabía lo que estaba pasando, y tenía miedo. Lo comentó en la taberna, pensando que estaba más protegido rodeado de amigos. Le dije que mantuviera la boca cerrada.
—Jeff, deberías contarle a la policía lo que sabes.
—¿Y qué es lo que sé? ¿Que Seamus, que está medio sordo, oyó murmullos? La banda se llama Los Mirlos. Servimos un cóctel que se llama mirlo. Y la policía sabe que podría haber chiflados en la ciudad. ¿Qué podría decirles que no supieran ya? Me detendrían por inventarme una conspiración.
—Jeff...
—Tu padre tiene razón, Moira —dijo en el umbral de la sandwichería—. Recela de los desconocidos, incluso en la taberna. Después de tantos años, ya me he familiarizado con los clientes, con los que vienen a almorzar, o a cenar, a tomarse unas copas o sólo a escuchar música. Pero, últimamente, he visto a mucha gente nueva.
—Siempre hay gente nueva en la taberna.
—Sí, pero créeme, hay más de lo normal. Apuesto a que hasta los hombres de Brolin están aquí. Créeme, tanto los radicales como los moderados o los chiflados tienen excelentes sistemas de inteligencia. Moira, créeme. Mantente al margen de esto por completo.
—Es el local de mi padre.
—No va a ocurrir nada en el local de tu padre. Y no hay nada que podamos decirle a Brolin que él ya no sepa.
—Si son todos tan listos, ¿cómo es que han asesinado a tantas personas a lo largo de los años?

—Porque hay muchos que ven su bando como una causa justa y verdadera y están dispuestos a morir por ella. Tienes que mantener la boca cerrada, y Seamus también. La ignorancia es garantía de vida. Oye, empiezan a mirarme raro porque hace rato que he abierto la puerta; tenemos que entrar. Y no te diré ni una sola palabra de esto delante de nadie, ¿entendido? Ahora dime, ¿qué sándwich te apetece?

Cuando regresó a la taberna con Jeff, su padre había salido. Chrissie estaba trabajando en la barra. Patrick y Josh estaban sentados en una de las primeras mesas, bebiendo café y charlando con un hombre rubio de unos cuarenta y cinco años, bien vestido, con sus largas piernas extendidas con naturalidad por debajo de la mesa.

El desconocido vio a Moira entrar por la puerta. Se puso en pie, y Patrick y Josh lo imitaron.

—Moira, creo que todavía no conoces a Andrew McGahey. Trabaja con el grupo de Organizaciones Benéficas Educativas en favor de los niños irlandeses. Andrew, mi hermana Moira. Y ya conoces a Jeff Dolan, ¿no? —dijo Patrick.

—Moira, encantado de conocerte —dijo McGahey. Su acento no era irlandés, sino neoyorquino. Estrechó la mano de Jeff—. Por supuesto que conozco a Jeff. He escuchado varias veces a Los Mirlos. Un grupo magnífico.

—Gracias —dijo Jeff.

—¿Os apetece un café? —les preguntó Patrick.

Moira levantó su taza. No se había olvidado de comprar el capuchino que se le había antojado.

—Yo estoy bien —dijo Jeff.

—Moira, ¿tenías algún otro plan para hoy? —preguntó Josh.

—¿Cómo?

—Planes. Para el programa. Michael ha llamado diciendo que están filmando las fachadas de las tabernas sin problema. ¿Querías grabar algo más hoy?

Se había olvidado de su propio programa.

—No, hoy no. Pero —se apresuró a añadir— creo que podré conseguir una entrevista con Brolin. Tengo que llamar a su equipo esta tarde para concertar la cita.

—Una entrevista con Brolin —dijo Josh con admiración.

—Creo que sí —murmuró Moira.

—No me lo habías dicho —la regañó Jeff.

—Ni a mí —comentó Patrick.

—Es que ha sido hace nada. Esta mañana —murmuró Moira con incomodidad. No mencionó a su madre, no por quitarle el mérito sino porque no sabía si Katy quería que la gente supiera que, como mínimo, había sido amiga de Brolin en Irlanda.

—Estupendo —dijo Josh—. Si hemos acabado por hoy, me gustaría ir con Gina a visitar la ciudad.

—Oye, gracias por la ayuda —repuso Patrick.

—De nada —respondió Josh, y se despidió con la mano.

—¿Dónde está papá? —preguntó Moira.

—No lo sé —dijo Patrick con el ceño fruncido—. Recibió una llamada, nos pidió que nos ocupáramos del local y salió disparado —su hermano parecía compungido—. Le pregunté si pasaba algo, y me ofrecí a acompañarlo; se había quedado blanco. Pero me dijo que me necesitaba aquí.

—Qué extraño. ¿Seguro que estaba bien?

—No, no estaba bien. Pero no podía darle un puñetazo y obligarlo a que confesara lo que ocurría. Lo hará cuando le parezca. Por cierto, Andrew ha venido hoy expresamente para conocerte.

—¿Ah, sí? —miró al hombre rubio, y éste sonrió. Tenía un encanto maduro, era alto y atractivo, con un solo hoyuelo. Parecía refinado.

—Desearía que pudiera ayudarnos con su programa.

—Ah —murmuró Moira—. ¿Cómo?

—Sacándonos en él.

—Claro. ¿Ahora? ¿Para este programa?

—No, todavía estamos en fase de creación. Su hermano

ha estado haciendo los trámites legales. Espero poder convencer a Jeff y a su grupo para que nos graben un CD cuyos beneficios vayan destinados a la causa. En cuanto todo esté en marcha, iremos a las emisoras de radio y a los periódicos, pero con su magazine... En fin, sería bonito conmover los corazones de los viajeros de Norteamérica. Suelen tener dinero.

—¿Y cuál es exactamente el propósito de su organización?

—Moira, pareces un inquisidor —murmuró Patrick.

—Necesito saberlo —le dijo a su hermano. No sabía por qué, pero estaba siendo grosera—. Quiero asegurarme de que intenta enseñar a los niños arte y literatura, lengua y matemáticas, informática. Que no dirige una escuela para la fabricación y el empleo de armas.

—Moira —dijo Patrick con enojo.

—No pasa nada —repuso Andrew, sonriendo. Entrelazó las manos sobre la mesa y miró a Moira con sinceridad—. Hubo muchos conflictos en los años setenta y principios de los ochenta, incluso en los noventa. ¿Sabía que la mitad de la población irlandesa no llega a los cincuenta años? Los malos tiempos dieron pie a la emigración. Y a muchos huérfanos, o a niños con un solo progenitor. Mucha pobreza. Irlanda está levantando cabeza, tanto en el Norte como en la República, pero todavía tenemos una generación en edad escolar que se ha criado con muy pocos recursos. Jóvenes con poca educación y escasos recursos. Confiamos en poder ayudarlos.

—Y no está mal que nosotros, que hemos prosperado en los Estados Unidos, colaboremos un poco —dijo Patrick.

—Tú eres norteamericano —le recordó Moira a su hermano.

—Yo también, he nacido y me he criado en Nueva York —dijo Andrew—. Pero soy de la primera generación, igual que usted. Mis padres hablaron durante muchos años de esta idea, y por fin he comprendido que tenían razón. De todas formas, gracias por escucharme. Y le agradezco su ayuda, sea cual sea.

—Como le he dicho, estoy más que dispuesta a ver lo que está haciendo.

—Y será un placer enseñárselo... en su debido momento —sonrió a Moira y se volvió hacia su hermano—. Oye, Patrick, creo que es la hora del cóctel. Me gustaría probar la especialidad de la casa. Uno de esos... mirlos.

Moira pensó que la estaba mirando a ella mientras lo decía.

«Un mirlo. Claro. Hacía años que no les pedían ninguno, pero qué narices, se estaba haciendo popular».

—Marchando un mirlo. Tú siéntate, Patrick. Yo le prepararé la copa. Creo que me estoy convirtiendo en una experta.

Se estaba levantando cuando se abrió la puerta de la taberna. Moira volvió la cabeza. Su padre estaba en el umbral, con el rostro ceniciento.

—¡Papá! —exclamó, alarmada, y corrió hacia él. Eamon no protestó, pero tampoco pareció darse cuenta de que su hija lo había agarrado del brazo—. Papá, ¿te encuentras bien? —preguntó—. ¿Qué pasa?

Todos estaban de pie mirando a Eamon.

—Necesito una silla —murmuró.

Patrick corrió a ayudarla y, entre los dos, guiaron a su padre hasta una mesa. Andrew se apartó al instante para dejar que Eamon se instalara en la silla.

—¿Necesitas tu medicina? —preguntó Moira, angustiada—. ¿Es tu corazón?

—Mi corazón está bien, pequeña.

—Llamaré a mamá.

—No, todavía no —dijo con un ademán.

—Te traeré un whisky —se ofreció Patrick.

—Eso sí que lo necesito.

—Papá, por favor, ¿qué pasa?

Patrick le sirvió el whisky y Eamon se lo llevó a los labios y lo apuró de un solo trago. Dejó el vaso en la mesa y se quedó mirándolo. Después, alzó la vista al grupo de cuatro personas que lo rodeaba.

—Seamus ha muerto —anunció en voz baja.

La noticia de Eamon fue recibida con incredulidad.
—¡Muerto! —exclamó Moira.
Seamus, ¿muerto? No. Seamus, un amigo tan bueno, un hombre que había estado en sus vidas como uno más de la familia, muerto. No siguió negándolo; sabía, por el semblante de su padre, que era cierto. Sintió el escozor de las lágrimas. ¿Qué le había pasado? ¿No habían prestado suficiente atención a su salud? ¿Había estado enfermo?

Entonces, una oleada de temor y sospecha inundó su dolor. Miró a su hermano con ojos acusadores.

—Patrick, anoche te dije que lo acompañaras a casa.
—Lo acompañé a casa, hasta la puerta —se defendió Patrick, que miraba a su padre con fijeza—. Estaba bien. Desde luego, no estaba borracho y... y estaba bien.
—¿Cómo ha ocurrido? —preguntó Jeff.
Eamon movió la cabeza mirando a su hija.
—No le eches la culpa a tu hermano, Moira. Estoy seguro de que Patrick hizo lo que le pediste. Según parece, Seamus murió tratando de ayudar a otra persona. Fue muy extraño. Su vecino, el anciano que vive en la planta baja, debió de sufrir un ataque al corazón y ser consciente de ello. Lo encontraron delante de su puerta, también muerto. La mejor hipótesis que ha podido formular la policía es que el señor Kowalski debió de salir pidiendo auxilio y Seamus... Seamus se cayó por la escalera al acudir en su ayuda —Ea-

mon guardó silencio un momento–. Se rompió el cuello. Dicen que la muerte fue instantánea, que no sufrió –enterró la cabeza entre las manos–. Estaban allí tumbados, los dos. Si el mensajero no hubiera necesitado una firma, podrían haber seguido allí... bueno, hasta que uno de nosotros hubiese ido a averiguar por qué no se pasaba esta noche por aquí.

–¿Los encontró un mensajero? –preguntó Patrick con voz extraña. Eamon asintió.

–Los vio a través de la puerta de cristal y llamó a la policía. La policía se presentó y llamó al forense. Al parecer, murieron de madrugada. Me llamaron después de... de investigar y llevarse los cuerpos. Seamus era un hombre organizado, tenía todos sus papeles en orden. Tenía mi nombre y mi número en su cartera y junto a su teléfono. Soy el albacea de Seamus; no tenía familia. Nosotros éramos su familia. La taberna era su hogar. Aquí, en Norteamérica.

–Kowalski tenía familia –dijo Patrick en tono inexpresivo.

–No, tampoco. Al igual que Seamus, nunca se casó. Eso me dijo la policía. Tiene un sobrino-nieto en algún rincón de Colorado.

–Qué raro –murmuró Patrick–. Puede que Seamus estuviera más bebido de lo que pensaba. Me dijo que Kowalski tenía hijos y que no hacía más que entrar y salir gente.

–No –repuso Eamon, con el ceño ligeramente fruncido–. Según la policía, no. Estuve con ellos un rato, contestando las preguntas que podía sobre Seamus.

–Les dijiste que Seamus estuvo aquí anoche, ¿verdad? –preguntó Jeff Dolan.

–Bueno, por supuesto. Pero no sabía que lo acompañaste anoche a su casa, Patrick. Me alegro. Tuvo amigos a su lado hasta el final.

–Lo dejé en la puerta de la casa... en la calle –dijo Patrick–. Creo que estaba un poco contrariado. No creía necesitar un acompañante, había estado bebiendo con mesura. Le pedí que me dejara acompañarlo hasta su puerta, pero no hacía más que insistir en que se encontraba bien.

Eamon le puso una mano a su hijo en el hombro.

—Y, seguramente, lo estaba en ese momento. Lo que debes recordar, Patrick, es que estuviste con él. Os quería, hijos —suspiró y miró alrededor—. Quería este lugar. Pasó aquí su última noche. Éramos su familia, y estaremos con él hasta el final. Tendrá el funeral que quería. No sé qué pasará con Kowalski; el sobrino-nieto vendrá a llevarse su cuerpo. Tendrán que hacer una autopsia a los dos hombres, siempre la hacen en situaciones como ésta, pero podremos hacer el velatorio el miércoles por la noche y celebrar el funeral el jueves por la mañana. En el día de San Patricio. Eso le habría gustado. Tenía mucha fe en Dios, y le encantaba la fiesta de San Patricio.

Todos permanecieron sentados en silencio, mirando a Eamon, sin saber qué decir. Moira temía mirar a su hermano; no sabía lo que iba a ver en su semblante. Seguían llenándosele los ojos de lágrimas. Recordó las veces que había discutido con Seamus, arguyendo que eran norteamericanos, que debían olvidar y dejar de revivir el levantamiento de Pascua. Lo veía sentado en la banqueta de la barra, diciéndole que podía con otra Guinness. Recordó los días en que era una niña, cuando Seamus raras veces se presentaba en la taberna sin unas chocolatinas para ellos.

Y, aun así, a pesar de lo que decía su padre, había algo en la muerte de Seamus que no encajaba. Estaba dolida y furiosa... y recelosa.

—Bueno —dijo Eamon—, tendré que subir y decírselo a Katy y a la abuela. A Colleen y a Siobhan —miró a Moira como si le hubiera leído el pensamiento—. Y a los niños —añadió—. A Seamus le encantaba cuando venían. Decía que podía volver a llenarse la chaqueta de dulces y ver cómo se les iluminaban los ojos. Debería haber tenido su propia familia; habría sido un buen padre —movió la cabeza. Después, paseó la mirada por el local. Había un hombre solo en la barra y una pareja en el fondo, tomando un almuerzo tardío–. Y la vida sigue –dijo Eamon–. Esto estará abarrotado esta noche. Sin Seamus. Aun así, será a la antigua manera irlandesa. La muerte es una transición, y la plenitud de la vida de un hombre ha de celebrarse cuando acaba.

–Papá –dijo Moira–. Tú sube a ver a mamá y a la abuela y nosotros nos las arreglaremos aquí.

–Hija...

–Tiene razón, papá –dijo Patrick–. Pasa la noche descansando un poco. Con mamá. Puedes hablar de celebrar la vida de un hombre todo lo que quieras, pero sabemos cómo te sientes. Has perdido a uno de tus mejores amigos. Mañana tendrás que organizar su funeral.

–Flannery's –dijo Eamon, asintiendo–. Ahí es donde Seamus quería que se celebrara su velatorio. Escogió el féretro, compró la sepultura. No me ha dejado más asuntos pendientes que el de asistir al funeral.

–Te acompañaré arriba, papá –dijo Patrick.

–Puedo subir solo.

–Déjame que te acompañe –insistió.

Antes de que ninguno de ellos pudiera moverse, la puerta de la taberna se abrió otra vez y dejó entrar una racha de viento. Danny y Michael estaban en el umbral, a contraluz, Danny con un brazo sobre los hombros de Michael.

–Buenas noches a todos –dijo Danny con voz de estar un poco bebido–. Nos hemos dejado caer por varias tabernas. Pero Moira, de verdad, no he emborrachado a Michael.

El grupo de la mesa se los quedó mirando. Los dos hombres fruncieron el ceño.

–Hemos hecho un buen trabajo, creo –dijo Michael–. Josh y tú tendréis que ver la cinta, claro. Y sí que entramos en algunos locales, pero... –se interrumpió al ver que estaba claramente disgustada–. ¿Llegamos tarde? ¿Nos hemos perdido algo?

Danny se puso serio al instante, completamente sobrio.
—¿Qué pasa? ¿Qué ha ocurrido? —preguntó.
—Seamus ha muerto —dijo Moira.
—Dios mío —murmuró Danny—. ¿Qué ha pasado?
—¿Seamus? —murmuró Michael.
—El amigo de mi padre, séptima banqueta de la barra, te lo presenté —dijo Patrick rápidamente.
Danny se fue derecho a Eamon y se arrodilló junto a él.
—Eamon, lo siento mucho. ¿Te encuentras bien?
—Sí, hijo. Estoy bien, gracias. Había vivido una vida plena, una buena vida. Podría haber durado más pero... al menos, se valía solo a su edad. Pero no importa lo viejo que sea un cuerpo. Cuando falta, se lo echa de menos. Queda un vacío, ¿sabes?
—Sí, Eamon —Danny tenía el ceño fruncido—. ¿Es que su cuerpo dejó de funcionar? No sabía cuántos años tenía, pero parecía gozar de buena salud.
—Yo se lo explicaré —dijo Moira, poniéndose en pie—. Patrick iba a llevar a papá arriba. Hay que decírselo a mamá, a la abuela y a los demás.
—Vamos, papá —dijo Patrick en voz baja.
Eamon se puso en pie. Moira sintió nuevamente el escozor de las lágrimas mientras miraba a su padre. Parecía haber envejecido de repente. La pérdida volvió a afectarla, y se aferró al respaldo de la silla. Eamon se detuvo de improviso, y volvió la cabeza.
—¿Danny?
—¿Sí, Eamon?
—Harás de anfitrión esta noche en mi lugar, ¿eh? Serán los clientes de siempre, y ya sabes cómo funciona esto. Y esta noche habrá que consolar a los amigos de Seamus.
—Yo me ocuparé de todo, Eamon. Te lo prometo —dijo Danny.
Patrick y Eamon desaparecieron por la puerta interior. Danny clavó su mirada en Moira.
—¿Qué ha pasado? —preguntó. Moira lo miró con atención.

—Según la policía, el hombre que vivía en la planta baja...
—¿Kowalski? —intervino Danny.
—Sí. Al parecer, empezó a sufrir un ataque al corazón. Quizá hubiera oído a Seamus entrar. Lo llamó. Seamus tropezó en la escalera con las prisas por acudir en su ayuda. A Kowalski lo encontraron muerto de un ataque al corazón; Seamus estaba al pie de la escalera con el cuello roto.

Danny bajó la vista un largo momento. Moira vio que estaba aferrándose al respaldo de la silla que su padre acababa de desocupar. Tenía los nudillos tan blancos como ella.

—¿Cuándo ocurrió?
—De madrugada.

Danny seguía sin mirarla. Moira no podía verle los ojos y, cuando por fin alzó la vista, su expresión era impenetrable. De pronto, apartó la silla y echó a andar hacia la puerta.

—¿Adónde vas, Dan? —preguntó Jeff.
—Acabas de decirle a mi padre que hoy serías tú el anfitrión —le dijo Moira. Danny se detuvo, de espaldas a ella. Después, se dio la vuelta.

—Y aquí estaré. Volveré dentro de una hora —echó a andar una vez más; después, giró en redondo y regresó a la mesa. Andrew McGahey había estado sentado, incómodo y callado, presenciándolo todo. Danny se detuvo justo delante de él—. ¿Quién diablos es usted? —inquirió.

—¡Danny! —exclamó Moira, horrorizada.
—Andrew McGahey, de las Organizaciones Benéficas Educativas de Irlanda —dijo McGahey con rotundidad. No le tendió la mano a Danny.

—Ah —dijo Danny. Se lo quedó mirando un momento más; después, salió de la taberna dando largas zancadas.

Moira se sorprendió disculpándose ante el desconocido de quien tanto había desconfiado.

—Lo siento mucho, señor McGahey —dijo—. Éste no es el local de Danny, no tenía motivos para ser tan grosero.

—Quería al viejo Seamus —dijo Jeff en voz baja.
—No pasa nada y, por favor, llámame Andrew —dijo Mc-

Gahey–. Es hora de irme. Transmítale mi pésame a su padre y al resto de la familia, y dígale a Patrick que hablaremos en otro momento –tomó la mano de Moira y ella dejó que se la estrechara. Se despidió del resto con una inclinación de cabeza y salió de la taberna.

Moira sintió las manos de Michael en los hombros, fuertes, reconfortantes. Ni siquiera experimentó culpabilidad, todavía estaba estupefacta. Le dirigió una débil sonrisa, pero se apartó y echó a andar hacia la puerta de la taberna. A través del cristal de la parte superior, por encima de las letras grabadas, podía ver la calle.

Danny no se había ido muy lejos. Estaba justo enfrente, recorriendo la calle con la mirada, desde la puerta de la taberna hasta la esquina en la que Seamus habría tenido que girar para ir a su casa. Mientras Moira lo observaba, Andrew McGahey caminaba hacia él. Danny se lo quedó mirando mientras el hombre se acercaba. Intercambiaron unas palabras y, después, echaron a andar en direcciones opuestas, McGahey hacia la derecha, Danny hacia la esquina. Moira no podía ver muy bien adónde iba Danny sin abrir la puerta, pero no hacía falta. Sabía que se dirigía a la casa de Seamus.

Sintió la presencia de Michael otra vez a su espalda.

–Dime qué puedo hacer –dijo en voz baja, y la hizo girarse hacia él. Moira prorrumpió en llanto. Las lágrimas que había estado conteniendo fluyeron libremente por sus mejillas. Michael la abrazó con suavidad–. Tranquila, tranquila –le dijo–. Parece que dejó este mundo de una forma muy noble. Tuvo una buena vida.

–Nos ha dejado –dijo Moira junto a su pecho. Michael, una roca sólida, a su lado. Entonces, sintió la traición en su corazón. Estaba allí con ella, mientras que Danny salía corriendo hacia alguna parte. Y Seamus...

Seamus con sus extraños susurros. Jeff diciéndole que el silencio era garantía de vida. Mirlos. Políticos. Planes de asesinato. Seamus, Seamus, Seamus...

Seamus había tenido miedo. Había hablado y estaba muerto. Había acudido en auxilio de un amigo, un amigo que había muerto de un ataque al corazón. Había tropezado y caído.

¿O no?

«Seamus, si aquí está pasando algo, si lo que creemos es una mentira, te prometo que no descansaremos hasta no descubrir la verdad».

—Os ha dejado, y es natural que llores —la consoló Michael—. Has perdido a un viejo amigo. Cariño, no sabes cuánto lo siento. Eh, no sé mucho sobre bares, pero esto está muy vacío. Entra en el despacho, o sube a ver a tus padres.

Moira se apartó y lo miró. Le puso la mano en la mejilla y movió la cabeza. Michael. No se merecía... Pero eso tendría que esperar. Seamus se había ido. Las lágrimas volvieron a nublarle los ojos. Michael tenía razón; necesitaba un poco de tiempo para reponerse, pero vio a Chrissie en la barra, hablando con Jeff, con la cabeza gacha y llorando de forma audible, y sus lágrimas empezaron a secarse. La sospecha se intensificó y, con ella, una sensación de indignación y un anhelo de saber la verdad. Fuese cual fuese.

—No, Michael —dijo—. Gracias por preocuparte, pero le dije a mi padre que nos las arreglaríamos solos.

—¿Sabes?, podríais colgar un letrero en la puerta que dijera «Cierre por fallecimiento en la familia» —sugirió Michael.

—No puedo —dijo Moira, y se apartó un poco más moviendo la cabeza—. No es el estilo de mi padre. Ni de los irlandeses. Los amigos de Seamus, sus compañeros de copas, estarán aquí esta noche. Necesitarán sus cervezas, y hablar de él. Estoy bien, de verdad. Y gracias. ¿Te importaría ver si necesita algo la pareja del fondo? Voy a decirle a Chrissie que se tome unos minutos. Hoy tocará la orquesta, así que Jeff no podrá ayudar. Ahora mismo no hay mucho jaleo, de lo cual, me alegro.

Michael asintió, como si comprendiera que su manera de superar lo ocurrido era mantenerse activa.

—Estaré aquí —le aseguró.

—Eres realmente increíble —dijo Moira.

—Gracias —empezó a darse la vuelta, pero se volvió de nuevo hacia ella—. Este no es el momento —comentó—. Pero recuérdame que tengo que decirte una cosa.

—Claro.

Michael se alejó. Moira entró en la barra, abrazó a Chrissie y lloró con ella un minuto. Después, la envió al despacho y le ofreció que se tomara la noche libre. Chrissie se negó. El miércoles por la tarde se celebraría el velatorio, pero aquella noche todo el mundo sabría que Seamus había fallecido, y ella quería estar allí.

En cuanto Moira le dijo a Chrissie que se tomara unos minutos, el local comenzó a llenarse: un grupo de las oficinas del final de la calle, los asiduos a la cena. Justo cuando empezaba a pensar que no podría ocuparse ella sola de la barra y de la sala, y que Michael no conocía muy bien el oficio, vio a su hermano bajar con Colleen. Detrás de la barra, Colleen la abrazó con fuerza un momento; las palabras sobraban. Después, su hermana salió a ocuparse de las mesas con Patrick. Cuando la taberna estaba abarrotándose de verdad, apareció Danny. Llevaba un lazo verde, y envolvió la banqueta de Seamus; después, colocó un rosario sobre el lazo. Liam apareció justo cuando terminaba. Danny le pasó un brazo por los hombros y empezó a hablar con él.

El bueno de Liam se echó a llorar, y las lágrimas resbalaron por sus arrugadas mejillas. Ocupó su banqueta, junto al asiento vacío de Seamus. Había otros asiduos, como Sal, el inglés Roald y su mujer. Danny habló un momento con Jeff, después, subió al pequeño escenario, donde se habían reunido los demás músicos. Tomó el micrófono de manos de Jeff y pidió a todos que guardaran silencio. Se dirigió tanto a los que sólo se pasaban por allí como a los que consideraban la taberna como un segundo hogar. Les dijo que Seamus ya no estaba con ellos y describió su premura por ayudar a un amigo y su consiguiente fallecimiento en el intento. Habló de él como hombre y amigo, después, dijo que la casa serviría una ronda en su honor. Esperaba que todos dedicaran una oración y un brindis a Seamus, que había oído el aullido de la *banshee* y había ido al encuentro del Señor en quien tanta fe tenía.

Bajó de la tarima y la orquesta tocó el himno *Amazing Grace* en su honor mientras Moira y los demás servían pintas para la oración y el brindis.

Mientras se ocupaba sirviendo cervezas detrás de la barra, Moira advirtió que Kyle Browne, aquella noche luciendo un jersey malva, estaba en la mesa del rincón que había ocupado la primera vez que lo había visto. Decidió servirle su cerveza.

Le dijo a Chrissie que saldría un momento de la barra, y Chrissie asintió. Moira se acercó a Kyle Browne.

—¿Conocía a Seamus? —le preguntó mientras dejaba el vaso sobre la mesa.

—No, pero lamento mucho que haya muerto.

—Gracias. Bueno, ¿qué ha visto?

—¿Hasta ahora? Ya le he dicho que estoy vigilando.

—He oído que éste no es un buen lugar para hablar —le dijo Moira.

—¿Ah, sí?

—Seamus se iba de la lengua algunas veces.

—¿En serio? ¿Y qué decía? —le preguntó Browne, inclinándose hacia delante, haciendo como si aceptara la cerveza.

—La verdad es que estaba pensando en acercarme a la comisaría —dijo Moira—. Y preguntar por mi amigo Seamus yo misma.

—Estupendo —dijo Browne. Se recostó en su asiento sin dejar de mirarla—. Allí estaré.

Moira asintió y se alejó de él preguntándose si habría perdido el juicio. ¿Acababa de insinuar a un agente de policía que había un asesino en la taberna de su padre? No, no sólo lo había insinuado.

Otra vez detrás de la barra, se sorprendió estremeciéndose. Patrick había acompañado a Seamus a su casa, de modo que había sido el último en verlo con vida. Salvo, si sus sospechas eran ciertas, el asesino, y quizá, Kowalski. Aunque, seguramente, había oído el ruido que había hecho Seamus al caer, había salido a mirar y había sufrido un ataque al corazón al ver el cadáver. Si acudía a la policía, ¿sería equivalente a sugerir que su hermano había provocado lo ocurrido? ¿Que se las había arreglado para provocar el infarto del señor Kowalski y de empujar a Seamus escaleras abajo? A fin de cuentas, su hermano estaba allí mismo, mientras que el asesino podía ser únicamente fruto de su imaginación. ¿A no ser que Patrick...? No. No pensaría en ello.

Sintió unos brazos que la rodeaban desde atrás. Michael.

—¿Estás bien? —le preguntó con suavidad.

—Sí. Y tú estás atendiendo las mesas de maravilla —le dijo.

—No sé. No he comido, pero el puré de patatas y la bechamel que he tenido que lamerme de la muñeca estaban deliciosos.

—Me alegro —repuso Moira, y vio a una mujer de una mesa agitando la tarjeta de crédito en una mano y mirando a Michael—. Creo que te llaman.

—Sí, eso parece. Le llevaré la cuenta.

Michael se alejó. Moira vio a Liam sentado, contemplando su vaso vacío. Se acercó, le quitó el vaso y se lo llenó. Liam bebía despacio. Le seguía gustando la cerveza caliente.

—¿Estás bien? —le preguntó. El anciano asintió.

—¿Con quién voy a discutir ahora? —preguntó con voz lastimera.

—Con papá. Siempre está dispuesto a discutir —le aseguró Moira, y le tocó la cara—. Cuídate mucho, ¿me oyes? Te necesitamos.

Liam asintió. Levantó la copa.

—Por Seamus.

—Por Seamus —brindó Moira.

Cuando se dio la vuelta, Josh estaba detrás de la barra, esperando a que lo viera para darle un abrazo.

—¿Estás bien? —le preguntó.

—Sí —dijo Moira.

—Te traigo una nota de tu madre. Y otra cosa. Moira, no quiero presionarte, y menos en estos momentos, pero ¿qué piensas hacer? Podemos hacer un programa con lo que ya hemos filmado.

—No, no... Creo que podemos hacer mucho más. Mañana por la mañana, quiero ayudar a mi padre, asegurarme de que todo está en orden. El velatorio tendrá lugar el miércoles por la noche, y el entierro el jueves por la mañana. Y todavía tengo que hablar con el equipo de Brolin sobre esa entrevista.

—Está bien. Mañana necesitas estar con tu padre. Luego, ya me dirás lo que quieres filmar.

—También es tu programa, Josh.

—El programa es mío, pero no este episodio. Éste es todo tuyo, y va a ser magnífico. Voy a irme ya. Pero si me necesitas, no tienes más que llamarme.

—¿Sabes, Josh? Eres el mejor hombre de mi vida. Menos mal que no llegamos a intimar.

Josh sonrió y le dio un beso en la mejilla.

—Buenas noches.

Cuando se fue, advirtió que todavía sostenía en la mano la nota que su madre le había enviado. La abrió deprisa.

Han llamado los colaboradores de Brolin. En lugar de telefonear, debes pasarte mañana por la tarde para hablar con él de lo que piensas hacer.
Un abrazo,
Mamá

—¿Qué tal?

Jeff Dolan se había acercado a la barra. La orquesta estaba descansando. Sin saber por qué, Moira arrugó la nota y, a pesar de las advertencias de su padre sobre las viejas cañerías, la echó por el desagüe en la pila que estaba al lado de los grifos de cerveza.

—Bien, ¿y tú?

—También bien.

—¿Jeff?

—¿Qué?

—¿Crees que Seamus hablaba demasiado?

Jeff palideció.

—Se cayó por la escalera tratando de ayudar a un amigo. Nunca lo sabremos. ¿Puedo tomarme una pinta? Ha sido una noche endiablada.

—Por supuesto.

Le sirvió una cerveza.

Michael se acercó a ella y soltó un paño. Desplegó una sonrisa de pesar.

—Todo está controlado. El local se está vaciando. Deberías irte a la cama.

—No tardaré —le dijo. Michael suspiró.

—Moira, ojalá pudiera hacer algo por ti. No soy de la familia.

—No, Michael, no es eso.

—Claro que sí. Necesitas a tu familia. Y a tus amigos —añadió en un tono extraño—. Voy a volver al hotel... A no ser que quieras que me quede.

—Michael, ya has hecho mucho.

—Y haré más. Me gustaría abrazarte y consolarte, pero tengo la impresión de que quieres estar sola.

—Estoy bien, de verdad. Trabajar me sienta bien.

—Lo entiendo. Pero te abrazaré y te consolaré, ¿sabes?

—Una taberna es un lugar distinto, Michael. Esto se me da bien. Recoger vasos y fregarlos me ayudará.

—Josh me ha dicho que ha hablado contigo. Ya sabes dónde encontrarme. Esperaré a recibir noticias tuyas.

—Gracias —dijo Moira en voz baja.

—¿Quieres acompañarme a la puerta?

—Claro.

Salió de la barra y dejó que Michael le pasara un brazo por los hombros mientras caminaban hacia la puerta. Allí se detuvo para besarla con suavidad en los labios. Ella frunció el ceño de improviso.

—¿Qué era lo que querías decirme?

—Mañana —contestó.

—Ahora. Puedes decírmelo ahora.

Michael vaciló mirando el local.

—No sé...

—Me pondré el abrigo. Saldremos fuera.

Moira descolgó el abrigo del gancho que había junto a la puerta y salió a la calle con él. Hacía menos frío que los días anteriores, y no había hielo en la acera. Quizá la primavera estuviera realmente en camino.

—¿Qué es?

—Sigo pensando que no debería decírtelo ahora.

—¿Por qué? ¿De qué se trata?

—Puede que ya lo sepas, pero... He hecho unas averiguaciones sobre tu amigo Danny.

—¿Cómo?

—Lo siento, no he podido evitarlo.

—¿Unas averiguaciones?

—Tengo recursos. Me da vergüenza reconocerlo, pero estaba celoso y preocupado. Me parece un poco... peligroso y, en fin, no sabía si lo conocías de verdad.

—¿En qué sentido? —le preguntó Moira.

—Bueno, nació en Belfast...

—Eso ya lo sé.

—¿Pero sabías que se crió con el tío que lo traía aquí todo el tiempo?

—Sus padres murieron.

—No sólo eso. Su padre fue asesinado por un militar británico fuera de servicio. Tenía una hermana pequeña que murió en el tiroteo. Su madre falleció un año después, en plena guerra de pedruscos entre facciones rivales.

Moira lo miró con fijeza. No, no sabía en qué circunstancias habían fallecido los padres de Danny y, desde luego, ignoraba que su pasado hubiera sido tan amargo y violento.

–Dios mío –murmuró.

–Moira, te lo digo porque lo que le pasó fue horrible pero, también porque... Bueno, mis fuentes me dicen que ha estado involucrado en algunos grupos radicales de Irlanda del Norte. Sólo quiero que tengas cuidado. Mantente alejada de él lo más que puedas.

–Tú has pasado el día con él –replicó Moira.

–Bueno –dijo con pesar–, si no puedo estar contigo, prefiero vigilarlo.

Moira se humedeció los labios y asintió. Había sido un día muy extraño. Y triste. De pronto, quería un té con whisky y varias horas de sueño para poder olvidarlo todo.

–Moira, siento haber hecho o dicho algo que te haya disgustado. Sólo quiero que tengas cuidado. La puerta de lo alto de la escalera se cierra con llave, ¿verdad?

–Sí –murmuró. No le dijo a Michael que Danny tenía la llave de todas las cerraduras de la casa.

–Tu amigo podría no ser más que un tipo estupendo con un pasado un poco turbio –dijo Michael–, pero ciérrate bien esta noche. Protégete. Eres muy valiosa, sobre todo para mí.

Moira volvió a asentir. Intentó no pensar en la honradez de Michael y en su propia traición con el hombre de quien quería protegerla.

–Vuelve a entrar antes de que me vaya –la apremió. Ella asintió y entró. Mientras caminaba hacia la barra, se preguntó si Michael se habría dado cuenta de que estaba demasiado estupefacta, cansada o aturdida para darle siquiera otro abrazo de buenas noches.

Cuando entró detrás de la barra, se quedó atónita al ver a su abuela sentada a la izquierda de la banqueta vacía de Seamus.

–He venido a tomar una copa, pequeña. Esta noche necesito una –le dijo, y levantó su cóctel–. Un mirlo. ¿Me acompañas?

—Por supuesto. Dame un segundo.

Moira se preparó la bebida y regresó con su abuela. Unieron sus copas.

—Por Seamus —dijo la abuela. A Moira la sobresaltó el volumen de su voz. Grave y sonora. Alcanzó todos los oídos de la taberna—. Por Seamus y por todos los hombres de paz. Y al diablo con todos aquellos capaces de matar a hombres, mujeres y niños inocentes por una causa, sea cual sea.

Bebió de la copa. La taberna entera estaba en silencio, observándola. Entonces, Jeff Dolan exclamó:

—¡Por Seamus y por los irlandeses! ¡Y por un futuro en paz!

—¡Salud! —exclamó alguien. Por toda la taberna se elevaron vasos.

La abuela de Moira dejó su copa sobre la barra.

—Buenas noches —le dijo a Moira en voz baja, y se dirigió hacia la escalera interior. Patrick se acercó a su hermana.

—¿A qué ha venido eso? —murmuró con preocupación—. ¿Crees que esto la ha... trastornado un poco?

—Está sufriendo —respondió Moira.

—Sí —dijo Patrick—. ¿Quieres subir a acostarte? Entre Colleen, Danny y yo podemos cerrar. Esta noche has estado trabajando mucho. Debe de haber sido un día muy largo.

Estaba a punto de contradecirlo, decidida a aguantar hasta el final, pero cambió de idea.

—Gracias, Patrick.

Recorrió la barra y siguió los pasos de su abuela escaleras arriba. Cuando alcanzó el rellano, vaciló, sin saber si cerrar la puerta con llave cuando sus dos hermanos seguían en el bar. Los dos tenían copias aunque, seguramente, no las llevaban encima. Claro que, ¿de quién quería protegerse? ¿De su hermano... o de Danny?

Entró en su cuarto, se lavó la cara y los dientes mecánicamente y se arrastró hasta la cama. Su mente trabajaba a mil por hora. Estaba agotada, pero no podría conciliar el sueño.

Se metió entre las sábanas. Seamus estaba muerto. Su madre había conocido a Jacob Brolin en su juventud. La familia entera de Danny había fallecido de una muerte trágica. Ella se había acostado con él. Jeff le había dicho que podía estar cociéndose algo en la taberna. Seamus estaba muerto. Había hablado. Su abuela había bajado al bar y había pronunciado un extraño discurso...

Saltó de la cama y corrió al dormitorio de su abuela. Llamó a la puerta con suavidad.

—¿Sí?

—Soy yo, abuela, Moira.

—Pasa.

La abuela Jon estaba despierta, echada en la cama, viendo la televisión con el volumen quitado. Moira se acercó a ella y se sentó en el borde de la cama.

—Ha sido todo un brindis el que has hecho en el bar —le dijo. Su abuela se encogió de hombros.

—Aunque sea vieja, me gusta expresar mis opiniones de vez en cuando.

—¿Te preocupa algo? —le preguntó Moira—. ¿Ocurre algo?

—Estoy triste. Hemos perdido a un viejo amigo. Y puede que esté un poco preocupada. Están ocurriendo muchas cosas últimamente.

Moira se la quedó mirando. Después, cambió de tema.

—Imagino que sabes que mamá conoció a Jacob Brolin.

—Por supuesto —asintió su abuela.

—¿Qué crees que pasa?

La abuela Jon movió la cabeza.

—No es más que una sensación en mis viejos huesos, pequeña. Y supongo que una historia llena de violencia que no quiero que se repita. Me enfurece porque Irlanda es un país maravilloso. Ah, Moira, tú has estado allí. ¿Hay algo mejor que un día de verano en Connemara? El viento soplando sobre la hierba... por toda la isla. En el norte, la Calzada del Gigante, esas rocas antiguas elevándose como extrañas pisadas arrojadas desde el cielo. Quiero volver a casa y ver los prados ondulantes y verdes, tan preciosos... Es un lugar mágico. Necesito volver allí.

—Has vuelto muchas veces.

—Lo sé, pero me entra morriña. Amo este país, y estoy orgullosa de ser norteamericana. Pero quiero volver a ver las bellezas de mi juventud.

—Entonces, proyectaremos un viaje —dijo Moira con desenfado.

—Ya veremos. Primero, sobrevivamos a los próximos días, ¿eh?

Moira asintió y abrazó a su abuela.

—Te quiero mucho.

—Lo sé, Moira. Yo también te quiero. Muchísimo. Todos estamos muy, muy orgullosos de ti, ¿sabes? Y de Patrick, y también de Colleen, por supuesto.

—¿Puedo preguntarte una cosa?

—Hija mía, en la vida podemos preguntar lo que queramos. Que obtengamos la respuesta o no, eso ya...

Moira sonrió.

—¿Me contarías la verdad sobre Danny?

—¿Qué verdad es esa?

—No sabía que asesinaron a sus padres.

La abuela Jon guardó silencio un minuto.

—¿Quién te lo ha dicho?

—Prefiero no decirlo. ¿Es cierto?

—Sí, los mataron ante sus propios ojos.

—¿Por qué nunca me lo habíais dicho?

—Danny nunca habla de eso. Imagino que es un tema doloroso para él. A pesar de los años transcurridos.

—Pero es importante, es algo que podría...

—¿Qué?

—Bueno, podría volver a alguien...

—¿Loco? ¿Es eso lo que intentas decir?

—No, loco, no. Sólo... radical.

—A algunas personas, tal vez —la abuela Jon se encogió de hombros—. Pero Danny se crió viajando por el mundo. Expresa sus sentimientos en lo que escribe.

Moira comprendió que su abuela no iba a hablar mal de

Daniel O'Hara. Aun así, había averiguado lo que necesitaba saber. Michael había dicho la verdad.

—Abuela... puede que no sea un buen momento para pronunciar discursos. Aunque sólo sea un brindis por un viejo amigo.

—Soy una anciana, pequeña, y puedo decir lo que pienso cuando me parece. Privilegio de la edad.

—Todavía no eres tan vieja.

—Sí, cariño, lo soy.

—Seamus era viejo, pero eso no es razón para que lo hayamos perdido.

—Ah, Moira, lamentas profundamente su muerte, lo sé. Todos estamos igual.

—No es sólo eso —murmuró.

—Tienes una sensación en tus jóvenes huesos, ¿eh? Entonces, prometo comportarme y guardarme mis sentimientos si tú haces lo mismo.

—Discreción es mi apellido —le prometió Moira.

—Entonces, dame un beso y vete a dormir.

Moira le dio un beso a su abuela y se levantó a regañadientes. Se sentía tentada a pedirle que le hiciera un hueco en la cama.

Se dirigió a la puerta extrañándose de la sensación profunda de miedo que la poseía. Decidió no asustar a su abuela, pero no pensaba marcharse. Se sentaría un rato justo delante de su puerta.

Abrió y cerró la puerta en silencio y estuvo a punto de chillar cuando tropezó con un bulto que había en el pasillo. Un cuerpo, un hombre. ¿De rodillas, sentado, en cuclillas? Daba igual. Mientras el grito se formaba en su garganta, el hombre se incorporó veloz y, antes de que el sonido de terror le desgarrara los pulmones, le tapó la boca a Moira con una mano.

14

—Silencio.

Estaba temblando en sus brazos, pero no necesitaba oír su voz para saber que era Danny. Había percibido su fragancia.

—Moira, soy yo, Dan. No grites.

Reprimió el chillido pero siguió temblando. Danny. El hombre que tan bien había conocido y que nunca había llegado a conocer de verdad. Danny la soltó, y ella se obligó a no salir corriendo por el pasillo.

—¿Qué haces aquí? —susurró con furia.

—Montar guardia.

¿Él estaba montando guardia?

—¿Por qué? —le preguntó.

—No lo sé —dijo con rotundidad—. Bueno, no muy bien. ¿Qué haces tú aquí?

—Vivo aquí.

—¿En el cuarto de tu abuela?

—Es mi abuela.

—Ya. Pero ¿qué haces aquí ahora? —insistió Danny.

Moira estaba irritada, pero también decidida a mantenerse firme.

—Montar guardia.

Danny guardó silencio.

En el pasillo en sombras, Moira ni siquiera soñaba con descifrar su expresión.

—Puedes irte a la cama, Moira —dijo a continuación—. Pienso quedarme aquí un rato.

Moira se mordió el labio, preguntándose si no sería el lobo quien se ofrecía a cuidar de las ovejas. Estaban en la casa de la familia. Sus padres y su hermano estaban durmiendo al final del pasillo. La casa estaba llena de gente; Danny no podía estar planeando nada. Entonces, ¿por qué estaba preocupada?

—Pienso quedarme aquí. Tú puedes irte a la cama, si quieres —le dijo.

Sintió la mirada de Danny en las sombras. De pronto, la agarró de la mano.

—Muy bien. Éste es mi sitio, junto a la pared, y éste es el tuyo —se sentó con obstinación, y Moira se acomodó a su lado con rigidez. Estaban lo bastante cerca para tocarse, y ella no sabía si tener miedo o no, si chillar o no.

—En serio, puedes irte —empezó a decir Moira.

—No pienso moverme de aquí.

—Yo tampoco.

—Entonces, tendremos que estar juntos, ¿no? —le dijo.

Y eso hicieron.

Pasaron los minutos. En algún momento, Moira debió de quedarse dormida. Se despertó con sobresalto, sin saber por qué, sin acordarse ni siquiera de dónde estaba. Después, lo recordó. Le dolía el cuello. Se había quedado dormida con la cabeza apoyada en el hombro de Danny, y éste se estaba incorporando, alerta, en tensión, escuchando las sombras.

Moira se estiró sin hacer ruido, tan tensa como él, aunque no oía nada. Danny se inclinó hacia ella.

—¿Está toda tu familia acostada? —murmuró. Moira asintió; después, comprendió que no lo sabía con seguridad.

Danny se puso en pie, sigiloso como una serpiente. Moira lo imitó. Para gran horror suyo, le crujió la rodilla. Danny no le prestó atención, sino que siguió avanzando por el pasillo hacia la entrada. Descalza, Moira lo siguió de puntillas. Danny se detuvo de golpe, giró en redondo, frunció el ceño con severidad y le indicó que retrocediera. Ella lo miró con indignación.

Danny se dio la vuelta de nuevo, y Moira vio cómo se relajaba visiblemente. Se volvió hacia ella.

—Ya da igual. Se han ido.

—¿Quién se ha ido? —le preguntó.

—Ojalá lo supiera.

—Yo no he oído nada.

—Estabas dormida.

—Bueno, ¿qué has oído?

—Algo... en la puerta principal.

—¿Como qué?

—Como... una llave en una cerradura.

—Ah —dijo Moira. Danny estaba mintiendo. Su familia tenía llaves de la puerta principal, y él también. Nadie más. Consultó su reloj, eran poco más de las cinco de la mañana.

—Mamá se levantará dentro de poco —le dijo, mirándolo con fijeza. Él le devolvió el escrutinio con la mandíbula apretada.

—¿Y a ti qué te pasa ahora?

—A mí no me pasa nada —respondió Moira, confiando en no parecer nerviosa—. Mi madre se despierta muy temprano. Puedes irte ya. Echaré la llave en cuanto salgas.

—¿No quieres que esté en tu casa? —era más una afirmación que una pregunta.

—Danny, ha sido un día muy duro. Tienes razón, no quiero que estés aquí arriba.

—Está bien, ya casi ha amanecido, y la amenaza ha pasado.

—¿Qué amenaza? Puede que tú seas la única amenaza que hay aquí.

Estaban a la entrada del pasillo, Danny frente a ella. Moira se sentía como un perro salchicha haciendo de doberman, pero había empezado aquella conversación y no podía echarse atrás.

—¿Yo soy una amenaza?

—Sí, creo que sí.

Pensó que Danny le replicaría. Hasta temió que se pusiera furioso y la atacara. En aquella ocasión, estaba dispuesta a chillar antes de que la tocara.

Pero no se acercó. Se dio la vuelta y se dirigió a la escalera interior, por la que desapareció sin ni siquiera volver la cabeza.

Moira se quedó en el pasillo, temblando, durante largos momentos. ¿De verdad habría oído Danny algo? ¿Correría peligro su abuela sólo por decir lo que pensaba? Y, maldición, ¿sería Danny no una bala perdida sino un arma adiestrada y preparada para matar?

Echó a andar hacia su habitación, pero vaciló. Se detuvo ante la puerta de Colleen y giró el pomo sin hacer ruido. Su hermana estaba profundamente dormida.

Ante la puerta del dormitorio principal, en el que Patrick dormía con su familia, se detuvo un poco más. ¿Qué explicación podría darles si los despertaba? ¿«Lo siento, Siobhan, sólo estaba asegurándome de que mi hermano estaba contigo»?

Aun así, debía cerciorarse. Probó a girar el pomo, confiando en que no hubieran echado la llave. Claro que si estaba cerrada, sería una señal de que Patrick se encontraba dentro.

El pomo se movió y Moira asomó la cabeza. Escrutó las sombras. Había una luz de emergencia en el cuarto de baño, pero la cama estaba en sombras. La luz era para los niños, que dormían en la habitación contigua.

Sin embargo, pasado un momento, pudo discernir la cama. Sólo había un cuerpo en ella.

Permaneció allí de pie, sintiéndose helada y petrificada. Después, cerró la puerta rápidamente, temiendo que Siobhan se despertara en cualquier momento. Recorrió el pasillo hasta la cocina, y estaba a punto de encender la luz cuando oyó una llave girando en la cerradura de la puerta que comunicaba con la taberna.

Se quedó inmóvil junto al frigorífico. El corazón le latía

con tanta fuerza en el pecho que estaba convencida de que el sonido la delataría.

Si Danny había regresado, pensaba chillar. Iba a despertar a toda la casa y a decirles que tenían que sacar a Daniel O'Hara de su hogar.

Pero no era Danny. Mientras escrutaba en silencio las sombras, vio entrar a su hermano en la casa, con los zapatos en la mano. Cerró la puerta sin hacer ruido; echó la llave y empezó a andar hacia el pasillo.

—Cuánto has tardado en recoger, ¿eh? —dijo Moira en voz baja desde las sombras. Patrick giró en redondo, blanco como la pared, y se la quedó mirando.

—Maldita sea, Moira, ¿qué mosca te ha picado? ¿Es que quieres despertar a todo el mundo?

—¿Dónde has estado?

—¿Es que ahora eres mi madre?

—¿Dónde has estado?

—¿Por qué no hablas un poco más alto para que mi mujer pueda hacerme esa pregunta y tengamos una pelea de verdad?

—Patrick, te he preguntado...

Su hermano se acercó a ella en la oscuridad.

—He salido con unos amigos, Moira.

—¿El día en que Seamus ha muerto?

—Sí. Es una costumbre irlandesa, ¿sabes? He salido con unos amigos de Seamus. Ahora, si tienes alguna otra pregunta, ¿qué tal si la escribes en un papel? Voy a intentar dormir unas horas.

La dejó de pie en la cocina y se alejó por el pasillo. Moira estaba furiosa y asustada al mismo tiempo. Quería a su hermano, pero ¿dónde diablos se había metido?

Sintió un agotamiento súbito. Y eran más de las cinco. Quizá unas horas de sueño la harían verlo todo mejor.

Avanzó por el pasillo, pero no entró en su cuarto, sino en el de su abuela. Cerró la puerta y se acomodó con cuidado junto a ella. Apoyó la cabeza en la colcha pensando que no podría dormir, pero estaba tan exhausta que se le cerraron los ojos.

Se despertó al oír los gritos de pánico de su madre.

—¡Eamon! ¡Moira no está en casa!

Había dormido con la cabeza a los pies de la cama. Se sentó, y vio que su abuela se estaba incorporando y la miraba con sorpresa. Desplegó una sonrisa de disculpa y salió corriendo al pasillo, donde su madre estaba en pie, con lágrimas en los ojos.

—Estoy aquí, mamá, estoy aquí.

—Moira, cariño —dijo Katy, y la abrazó—. Lo siento. Iba a despertarte para que acompañaras a tu padre a Flannery's. No quería husmear, pero cuando vi que no estabas... Y están ocurriendo tantas cosas últimamente...

—Estoy aquí, es que... Bueno, decidí dormir con la abuela.

Katy se apartó y asintió, como si lo comprendiera.

—Pero quiero ir con papá a Flannery's. Me daré una ducha rápida y podremos irnos.

Cuando regresaron, ya se habían levantado todos. Siobhan les estaba poniendo los abrigos a los niños.

—Vamos a bajar a comprar unas flores para Seamus. Brian cree que debemos escogerle una corona especial.

—¿Dónde está Patrick? —preguntó Moira.

—En la ducha. Ya nos alcanzará... si quiere.

—Oye, bajaré contigo —dijo Moira. Siobhan frunció el ceño pero no protestó. Cuando salieron a la calle, su cuñada la miró con fijeza.

—¿Querías salir de casa sin que tu padre se preocupara porque no llevaras guardaespaldas?

—No —protestó Moira, pero Siobhan seguía mirándola—. Está bien, puede que sí. Pero no lo he hecho a propósito; habrá sido mi subconsciente. Te acompañaré a la floristería; después, tengo que hacer unos recados.

Mientras caminaban, Siobhan dejó que los niños se adelantaran un poco.

—Tienes que estar un poco agobiada. Antes incluso de que Seamus sufriera el accidente, tu padre ya estaba muy preocupado por los asesinatos. Sinceramente, no veo qué peligro puede haber. No digo que nadie merezca morir, pero si es cierto que un asesino en serie anda suelto por la ciudad, sus víctimas son prostitutas.

—Lo sé, y creo que papá también.

Siobhan la miraba con curiosidad.

—¿Te han presentado a Andrew McGahey?

—Sí, ayer.

—¿Y?

—¿Y qué?

Siobhan se encogió de hombros.

—Me parece... un adulador.

—¿Un adulador?

—No me fío de él.

—¿En serio?

—Sí, nos dio una cinta sobre los huérfanos irlandeses... pero él también es rico, y no he tenido noticia de que haya contribuido de ninguna manera a su organización. Ha viajado muchas veces a Irlanda, pero todavía no sé cómo se mantiene, aparte de gastando el dinero de sus padres.

—No hablamos lo bastante para formarme un criterio sobre él —dijo Moira. Siobhan se encogió de hombros.

—Puede que esté equivocada, pero es un adulador. No sé, quizá cuando lo vea haciendo algo de verdad, cambie de idea. Hasta el momento, lo único que lo apasiona es la pesca. Le gusta el barco de Patrick.

—Estoy de acuerdo en una cosa: tendremos que verlo actuar —murmuró Moira. Las palabras de Siobhan la turbaban; era evidente que su hermano y su cuñada estaban atravesando una crisis matrimonial. Quería a su cuñada, y lamentaba mucho verla sufrir.

Y desconfiaba de su propio hermano.

—Puede que nos estemos haciendo viejas y desconfiemos de todos, como nuestros padres —murmuró Moira.

Entraron en la floristería. Siobhan era una madre magnífica, se mantuvo paciente y callada mientras los niños explicaban lo que querían para Seamus. Moira escogió un ramo para el funeral. Cuando terminaron, ya era casi mediodía.

—¿Adónde vas? —preguntó Siobhan.

—Bueno... —vaciló. «A la comisaría, porque no me fío de la gente que vive en nuestra propia casa». No podía decir eso, y tampoco quería acusar a su hermano de nada. Sólo deseaba poner voz a sus preocupaciones—. Tengo que preparar algunas cosas para el programa —mintió.

—Yo tardaré un rato en volver. Hay una boca de metro al final de la calle y voy a llevar a los niños a ver a mis padres.

—Estupendo. Salúdalos de mi parte —dijo Moira.

—Lo haré.

Se despidieron y se alejaron en direcciones opuestas. Mientras caminaba, Moira se preguntó si estaría haciendo lo correcto. Y se sorprendió volviendo la cabeza mientras se dirigía a la comisaría. ¿Qué pensaba, que había ojos siguiéndola a todas partes?

Vio a un hombre delante de la comisaría, reclinado en la pared, fumando un cigarrillo. Cuando la vio, tiró la colilla al suelo y echó a andar hacia ella. Llevaba un traje sencillo y un abrigo. Era Kyle Browne.

—Dudo que quiera entrar ahí dentro —le dijo cuando ella se acercó a la puerta.

—¿Por qué?

—Creo que deberíamos pasear, tomarnos un café, charlar. Pero no conviene que la vean en una comisaría.

Moira vaciló, pero hizo ademán de pasar de largo.

—Yo creo que debo entrar.

—Como quiera.

Siguió avanzando; Kyle Browne no la detuvo. Llegó hasta el umbral y él siguió sin hacer ademán alguno de detenerla. Moira se dio la vuelta y regresó a donde él aguardaba.

—No sé qué sentido tiene esto. Como si la gente no supiera que es policía.

—No soy policía, exactamente.

—¿Qué es, entonces, exactamente?

—De otra agencia —dijo, y profirió un sonido impaciente—. Se trata de un conflicto internacional, como bien sabrá.

—¿Es usted del FBI?

Browne ya había echado a andar.

—Entre en esa comisaría —le dijo—, y los nombres que leerá en las insignias serán O'Leary, Shaunnessy, O'Casey, y puede que un Lorenzo, un Giovanni o una Astrella. Sí, la policía local está vigilando.

—Quería hablarle a alguien de Seamus —murmuró Moira.

—Acaba de llegar el informe de la autopsia. Cuello roto. Kowalski murió de un ataque al corazón. La hipótesis de la policía se ha confirmado.

—Entonces, ¿fue una muerte natural?

—Si un cuello roto se puede considerar natural...

—Le repito que mi padre...

—Apuesto a que su padre está impoluto —dijo Kyle con impaciencia.

—Entonces, ¿qué...?

—Ahí hay una cafetería. Entremos.

Era un local estrecho, con mesas en el fondo. Kyle se dirigió al rincón más alejado. Se sentaron y le pidieron dos cafés a una camarera poco habladora.

Kyle Browne no volvió a abrir la boca hasta que no les llevaron los cafés.

—Bueno, ¿qué es lo que sabe? —le preguntó a Moira.

—Seguro que mucho menos que usted. Quería entrar y hablar con alguien para asegurarme de que lo que le pasó a Seamus fue de verdad un accidente.

—¿Por qué? ¿Qué hacía Seamus?

—¿Hacer? Nada. Pero hablaba.

—¿Y qué decía?

—Que había oído susurros en la taberna, rumores de una conspiración o algo así. Un plan de atacar a Brolin cuando estuviera en la ciudad. Y, al parecer, la contraseña era mirlo. Usted pidió un mirlo.

—Quería ver qué reacción provocaba la palabra.

—Es una copa y también el nombre de la orquesta.

—Lo sé. No es una mala contraseña; bastante inocente. Bueno, ¿quién está implicado?

—Habla como si yo lo supiera.

—Debe de saber algo. Su hermano ha estado tomando parte en muchas reuniones políticas antiunionistas.

—Quiere educar a huérfanos, eso no es anti nada –murmuró Moira con ánimo protector–. Y, sinceramente, ¿no le parece todo bastante absurdo? Cualquier chiflado podría sacar una pistola en un desfile...

—Pero tendría que estar lo bastante cerca. E imagino que el que pulse el gatillo no querrá que lo condenen a muerte.

—No hay pena de muerte en el estado de Massachusetts.

—Sí, si es un delito federal –repuso Kyle con impaciencia–. Pero doy por hecho que nuestro hombre no quiere que lo atrapen.

—¿Cómo? ¿Haciendo que parezca un accidente? ¿Como si alguien se rompe el cuello al caerse por las escaleras?

Kyle se encogió de hombros.

—Entonces, ¿para qué necesitarían un arma?

—¿Un arma?

—No... No lo sé. Es algo que oí.

—Tiene que pensar. ¿Quién lo dijo?

—No... No lo sé. Estaba delante de la taberna; había gente susurrando. No llegué a verles la cara, estaban en sombras.

—Piense. ¿Y las voces?

—Eran meros susurros.

—Vamos, debió de reconocer algo.

—No.

—¿La vieron?

—Bueno... Sí, supongo que sí. Creo que uno de ellos pasó junto a mí y me empujó.

—¿Y no vio nada, no sintió nada, no oyó nada más?

—Sí. Sentí dolor cuando aterricé sobre el hielo.

—¿Y luego?

—Luego, un amigo me estaba levantando.

—¿Un amigo? ¿Qué amigo?

—Dan O'Hara.

—¿Y lo vio salir de la taberna para ayudarla?

—No... —no sabía de dónde había aparecido Danny aquella noche. Browne seguía observándola.

—Su amigo tiene un pasado turbio.

—Lo sé...

—¿Sabe que asesinaron a su padre?

—¿Está detrás de mi hermano o de Danny? ¿O de otra persona de la taberna?

—A su músico también lo vigilo.

—Bueno, eso es lo que ha estado haciendo, ¿no? Vigilar.

—Señorita Kelly, creo que no lo entiende. Puede correr un grave peligro; es importante que me cuente todo lo que descubra, absolutamente todo.

Kyle tenía la mirada clavada en la puerta. Moira se sentía en desventaja; no podía ver lo que hacía. Se volvió. Habían entrado dos agentes uniformados en la cafetería. Cuando se volvió hacia Kyle, este levantó una mano como si los saludara.

Moira bajó la cabeza; tenía el estómago encogido. Había tantas cosas que no sabía de Danny... Y se había acostado con él. Había caído en el patrón de anhelo y familiaridad física y mental.

—Tiene que protegerse —dijo Kyle—. No se aparte de aquellas personas que conoce de otras esferas de su vida: su socio, su amante de Nueva York.

—¿Y mi familia? —preguntó con voz inexpresiva.

—Su familia estará ocupada con la muerte de su amigo.

—Cierto, pero... la taberna sigue abierta. Después del velatorio de mañana, estará abarrotada de gente.

—Estaré allí. Estará a salvo.

—¿Tanto como Seamus?

—Mire, esto es lo único que tiene que hacer. Mantenga la boca cerrada. Haga como si no supiera nada. Por el amor de Dios, no husmee. Manténgase completamente al margen. Pero si oye algo, cualquier cosa, venga a verme. No haga evidente que busca a la policía. Sería como agitar un capote rojo delante de un toro.

—¿Qué pretende que haga? ¿Que me encierre en mi habitación?

—Haga su vida normal. Manténgase al margen. Y cuéntemelo todo.

—Ya le he dicho lo que sé.

—No, no lo ha hecho.

—¿Ah, no?

—No me ha dicho que fue su hermano el último en ver vivo a Seamus.

—Lo acompañó a su casa. Seamus entró solo.

—Eso dice él.

—¿Cómo lo sabe?

—En eso consiste mi trabajo, en saber. Y soy bueno en lo que hago. Ahora, siga adelante con su vida. Y mantenga la boca cerrada, a no ser que hable conmigo.

—Debería estar filmando en la zona.

—Ahora mismo, no filme ni dentro ni en los alrededores de la taberna —Kyle Browne se levantó de la mesa, dando por terminada la conversación—. ¿Quiere que la acompañe?

—No, gracias, estamos en pleno día y tengo que hacer unos recados.

Salieron juntos del café. Kyle saludó con la mano a los policías que estaban en la parte delantera, y estos le devolvieron el saludo.

Kyle la observaba mientras ella se alejaba calle abajo. Al llegar a la esquina, tomó la bocacalle sin saber muy bien adónde iba. En realidad, no tenía ningún recado que hacer, sólo estaba haciendo tiempo. Tenía el corazón encogido y estaba asustada.

Entonces, lo supo. Por muy implacable que fuera Kyle Browne en su trabajo, Seamus había muerto. Y, aunque pareciera un accidente, no significaba que lo fuera.

Entró en una farmacia y fingió leer frascos de remedios contra el resfriado. Compró uno sin dejar de mirar a su alrededor. Su siguiente parada fue una zapatería, después una tienda de ropa. Compró una blusa sin dejar de observar a la gente. Por fin, se dirigió a donde se había propuesto ir.

—¿Dónde está Moira? —le preguntó Dan a Eamon, que estaba detrás de la barra repasando el inventario otra vez. Dan había dado por hecho que estaría protegida aquella mañana, en Flannery's con su padre.

—Salió con Siobhan y los niños.

—¿Adónde?

—A comprar flores. Claro que —dijo Eamon con el ceño fruncido— hace ya rato de eso. Creo que Siobhan iba a llevar a los niños a casa de sus padres.

—¿Y crees que Moira fue con ella?

—Puede ser.

—Llamaré a casa de tus consuegros para averiguarlo —dijo Dan.

Pero Moira no estaba con su cuñada.

—¿La necesitas para algo? —preguntó Eamon.

—No, en realidad, no. Sólo quería saber si podía echarle una mano.

Eamon movió la cabeza.

—Bueno, podría estar con ese amigo suyo.

—Cierto —dijo Dan, y sintió que se le formaba un nudo en el estómago—. ¿Qué opinas de él, Eamon?

—Es atractivo.

—Ya.

—Muy inteligente.
—Ya.
—Parece dispuesto a hacer cualquier cosa por ella.
—Ya.
—Y...
—¿Y?
—Es norteamericano. No viene y se va cada vez que consigue despertar su interés.
—Eamon, sabes que la quiero. Pero ni mi corazón ni mi mente estaban tranquilos.
—Bueno, así es la vida, ¿no?
—¿Crees que la he perdido?
—Verás... Es una buena hija, pero no me ha dicho lo que siente. Pero la cosa promete. Ese hombre trabaja en la televisión. Para ella, con ella. La mima, la lleva a sitios. Como se suele decir, ¿qué puede no gustar?
—Sí, Eamon, creo que tienes razón –dijo Dan, y se dio la vuelta. Necesitaba salir de allí.
—¿Danny?
—¿Sí?
—Todavía hay algo en sus ojos cuando te mira. Saltan chispas cuando os veo discutiendo.
—Gracias, Eamon.
Dan salió por la puerta.

Moira dio un rodeo hasta la estación de metro. Una vez allí, compró el billete preguntándose si se habría vuelto paranoica. Intentaba escudriñar el gentío, pero era imposible. Raras veces había visto el metro tan abarrotado durante el día.

Cuando salió a la calle, estaba convencida de que no la habían seguido. Avanzó con paso enérgico.

Al llegar al hotel, entró en el servicio de señoras y esperó unos minutos; después, buscó un teléfono interior.

Temía que le pusieran objeciones para hablar con Jacob

Brolin, pero la operadora la pasó enseguida con su habitación, y contestó una voz masculina muy profesional y con acento muy cerrado.

–Soy Moira Kelly. El señor Brolin dijo que podía pasarme a verlo hoy.

El hombre le pidió que esperara un momento, después, le preguntó si se encontraba en el hotel y si podía subir directamente a la habitación. Brolin tenía una cita con miembros del ayuntamiento, pero le encantaría verla.

Moira se dirigió al ascensor.

Estaba sentado en una silla, en el vestíbulo, observándola. Ella no lo vio, por supuesto, porque ocultó su rostro tras el periódico.

Cuando ella desapareció, bajó el diario.

Era perfecto. Todo iba de acuerdo con lo planeado.

Uno de los gigantes que habían acompañado a Brolin en el restaurante abrió la puerta de la suite.

–Buenas tardes, señorita Kelly, y bienvenida. El señor Brolin la recibirá en el estudio. ¿Quiere un té o un café?

–Nada, gracias.

–Tonterías, tienes que tomar un poco de té –le dijo Brolin desde el umbral del estudio–. Una reunión de irlandeses de la madre patria y la nueva patria... Hay que tomar té.

Moira sonrió y se encogió de hombros.

–Como quiera –se acercó a Brolin sonriendo y le tendió la mano. Él se la estrechó y la besó en las mejillas.

–En realidad, soy adicto al café, pero todo el mundo imagina a los irlandeses tomando té. Allá por donde voy, sirven té en mi honor.

La condujo al interior del estudio y le señaló un cómodo sofá.

—Y ahora, ¿te parece bien que comentemos lo que quieres que haga en tu programa?

—Me gustaría que dijera e hiciera lo que le parezca —contestó Moira, y se interrumpió al ver al gigante entrar con la bandeja del té.

—Gracias, Peter —dijo Brolin.

—De nada, señor.

Peter se marchó, y Moira se inclinó hacia delante.

—En realidad, señor Brolin, no he venido a verlo por el programa.

—¿Ah, no? —Brolin enarcó una ceja y desplegó una enorme sonrisa—. No llegué a conocer a tu padre, pero conozco a muchas personas que sí. Por lo que sé, es un hombre extraordinario. No llegué a tener una aventura con tu madre, si es eso lo que has venido a averiguar.

Moira se lo quedó mirando un momento.

—¡No! No he venido a interrogarlo sobre mi madre, señor Brolin.

—Ah. Bueno, no ha sido un momento muy brillante para un político, ¿eh? Ofrecer información cuando no me la pedían.

—Señor Brolin...

—Si tienes la amabilidad de llamarme Jacob, estaré encantado de llamarte Moira.

Moira asintió e inspiró.

—Jacob, quiero que sepas que estás en peligro.

Una leve sonrisa afloró en sus labios.

—¿Sabes? He estado en peligro desde que nací.

No lo dijo con condescendencia; simplemente le estaba recordando que conocía su trabajo y su vida. Jacob vio la angustia en su rostro y supo que estaba sinceramente preocupada.

—Es extraño, pero la paz es un camino peligroso para algunas personas. Pero te agradezco mucho, de verdad, que hayas venido aquí para decírmelo.

—Señor Brolin... Jacob, temo que pueda estar ocurriendo

algo en la taberna de mi padre. Corren rumores de que es un... lugar de encuentros, supongo, para gente que piensa asesinarte durante tu estancia en Boston.

Brolin dejó la taza de té en la mesa y se inclinó hacia delante con las manos unidas, escuchando atentamente.

—¿Qué es lo que has oído?

—Puedo contarte lo que he deducido... pero me temo que todo es muy vago. Tenemos una orquesta muy buena que toca música irlandesa. Música pop también, pero casi todo es música irlandesa. Se llaman Los Mirlos. También tenemos un cóctel llamado mirlo. Mi padre lo inventó hace años, aunque no había oído a nadie pedirlo en mucho tiempo. Al parecer, «mirlo» o «mirlos» era la contraseña para la gente que se reunía en el bar. Mi padre tenía un buen amigo que murió antes de anoche. Se cayó por las escaleras al tratar de ayudar a su vecino de la planta baja o, al menos, eso piensa la policía, ya que los encontraron a los dos muertos.

—¿Y les han hecho la autopsia?

—Sí —dijo Moira, un poco frustrada—. Y el señor Kowalski, el vecino de abajo, murió de un ataque al corazón. Seamus se rompió el cuello.

Brolin guardó silencio.

—Pero, verás, Seamus había estado mascullando que había oído rumores extraños en la taberna sobre la palabra mirlo la noche antes de morir.

—Entiendo.

—Creo sinceramente que alguien, y temo que pueda ser alguien que conozco, pueda estar involucrado en un plan para asesinarte. Y no soy la única que lo piensa. Hay un hombre del FBI que ha estado frecuentando la taberna y observando a la gente.

—¿Un hombre del FBI, dices?

—He hablado con él.

—¿Y qué te ha dicho?

—Que me ande con mucho cuidado. Que no me separe de mis amigos no irlandeses.

—Eso es difícil, cuando tu padre es el dueño de la taberna.
—Sí.
—¿Así que ese hombre te ha dicho que tuvieras cuidado y has venido a verme a mí?
—Pensé que debías saberlo. No tengo pruebas sólidas, por supuesto, pero... pensé que debía ponerte sobre aviso. Quizá no deberías participar en el desfile.

La sonrisa de Brolin se intensificó.

—Seguramente haya muchas personas paseándose por Boston ahora mismo a las que les gustaría asesinarme.
—Lo sé.

Se recostó en el sofá, todavía mirándola con una media sonrisa.

—Eres una mujer muy valiente.
—Qué va.
—Has venido a verme.
—Sí, pero todo el mundo sabe que quiero entrevistarte para mi programa.
—Cierto —Brolin volvió a inclinarse hacia delante—. Moira, coincido con lo que te ha dicho ese hombre del FBI. Debes andarte con mucho ojo. No te separes de tu familia y amigos, manteneos siempre en grupo. Y no reveles tus dudas sobre la muerte del amigo de tu padre. Y... —vaciló, pero sólo un momento—. Nos han hablado de los rumores. De hecho, hay varias posibles zonas de peligro en la ciudad. Es parte de mi profesión. A los irlandeses nos gusta el dramatismo. ¿Qué puede ser más llamativo que un irlandés asesinado el día de San Patricio? Creo que la situación sería provechosa para las personas que siguen pensando que el terrorismo es la única manera. Como es natural, hemos investigado los rumores, y estamos vigilando la taberna de tu padre. Aunque los hombres como yo siempre somos vulnerables, tengo mucho respaldo, y la amistad del gobierno. Una vez más, te agradezco sinceramente que hayas venido a prevenirme. Ahora, quiero que hagas como si no supieras nada y te preocupes de tu se-

guridad personal. Debes comportarte como si todo fuera completamente normal. ¿Lo harás por mí?

Moira asintió; no se sentía más tranquila, sino más fría. Brolin había tenido noticia de una conspiración... que se estaba urdiendo en el bar de su padre.

—¿Cuándo es el funeral del amigo de tu padre? —preguntó Brolin.

—El jueves por la mañana.

—¿A qué hora?

—A las nueve. Estaremos en el cementerio a eso de las diez.

—Ah. El desfile comienza a las once —reflexionó Brolin—. ¿Te parecería bien que hiciéramos la entrevista después del desfile? Creo que bajo de la carroza a la una de la tarde.

—Me encantaría entrevistarte cuando tengas tiempo.

—Estás frunciendo el ceño, Moira. Temes que no viva lo bastante el día de San Patricio para estar un rato contigo.

—¡Ni hablar! Tienes que vivir.

—Lo haré —le prometió—. Lo haré —se puso en pie—. Ven, vamos a acompañarte abajo y a simular que de lo único que hemos hablado es de la entrevista. La haremos en la taberna. En cuanto me libere de mis obligaciones, me pasaré por allí.

—El local estará abarrotado —dijo Moira con preocupación.

—Y yo estaré encantado de ser el centro de atención en una genuina taberna irlandesa de Norteamérica —repuso Jacob—. Créeme, sobreviviremos. Y brindaremos por Irlanda, y por Norteamérica.

Moira se puso en pie y Brolin le estrechó la mano.

El hombre alto y rubio estaba en el salón de la suite, con las gafas puestas, leyendo una especie de informe.

—Peter, vamos a acompañar a la señorita Kelly al vestíbulo —le dijo Brolin.

—Será un placer —le aseguró Peter; dejó a un lado el informe y se levantó.

Al hacerlo, Moira advirtió que llevaba una pistola en una

funda bajo la chaqueta. Brolin estaba bien protegido, pero se preguntó si habría fortaleza y armas suficientes para detener a un hombre decidido a asesinarlo, sobre todo si, como ella temía, estaba dispuesto a morir en el intento.

Peter les abrió la puerta y salió primero al pasillo. Brolin hablaba con naturalidad sobre el tiempo. Era extraño que hubiese hecho tanto frío, que hubiese nevado tanto aquel invierno y que, de repente, estuviera subiendo la temperatura, casi como si los cielos estuvieran adelantando la primavera sólo para el día de San Patricio.

—Mañana se espera una máxima de quince grados —dijo Brolin mientras entraban en el ascensor y pulsaba el botón.

—Sería estupendo —dijo Moira con naturalidad—. Hemos tenido un invierno muy duro. Incluso en Manhattan había nieve apilada en las aceras.

Al salir al vestíbulo caminaron juntos hacia el centro. Brolin la besó en las mejillas.

—Será maravilloso charlar ante las cámaras con una joven tan hermosa —dijo con voz sonora, para que quien quisiera pudiera oírlo—. Conozco unas viejas leyendas que podré contar a tus espectadores. Y también algunas anécdotas nuevas, por supuesto.

—Muchas gracias por haberme recibido, y por acceder a realizar la entrevista —dijo Moira.

Le dio las gracias a Peter y se despidió; después, echó a andar hacia las puertas del vestíbulo. No le hacía falta mirar para saber que Brolin y su guardaespaldas estaban viendo cómo salía a la calle.

Mientras bajaba los peldaños de la boca de metro, Moira daba vueltas a la conversación mantenida con Brolin. «Así que ya lo sabían». Había varias posibles zonas de peligro, pero la Taberna de Kelly era una de ellas, y lo sabían.

No podía hacer nada; todo el mundo estaba prevenido. Los irlandeses estaban vigilando, el gobierno norteamericano y la policía, también. Había hecho todo lo posible. Lo único que le quedaba por hacer era velar por su propia vida.

Y rezar para que su hermano no fuera un terrorista.
Y Danny...
Debía hacer una vida normal. Trabajar, comportarse como si no supiera nada, como si no sospechara nada, ayudar a su padre en la taberna. Aquella noche, la noche siguiente, después del velatorio... Moira estaba absorta en sus pensamientos, y no se percató del hombre que la seguía a las entrañas de la estación.

15

Mientras bajaba rápidamente las escaleras hacia la vía, Moira se extrañó nuevamente de la cantidad de viajeros. Encontró un hueco justo detrás de la línea gastada que separaba el andén de la vía, ansiosa por subirse al tren. Mientras esperaba, la llamaron la atención unos rápidos movimientos en la vía: eran ratas que corrían frenéticamente de un lado a otro. Se preguntó cuántas de ellas morirían aplastadas o electrocutadas. No puedo evitar sentir lástima por aquellas criaturas, aunque su especie fuese portadora de muchas enfermedades.

Oyó a lo lejos el tren que se avecinaba. El gentío empezó a moverse hacia delante.

De pronto, no parecía un movimiento natural. La estaban empujando.

—Vaya, perdone —se disculpó un hombre grueso al caer sobre ella.

—¡Eh! —exclamó una mujer que estaba al lado de Moira.

Moira intentó escurrirse entre ambos, advirtiendo que estaba peligrosamente cerca del borde del andén.

—¿Quién diablos está empujando? —preguntó otro hombre airadamente. Pero, mientras hablaba, se produjo otro choque cuando alguien de atrás intentó avanzar empujando a todo el mundo.

—¡No empujen! —gritó la mujer.

Otro fuerte empellón impulsó a Moira hacia delante. Se

aferró al abrigo del hombre que estaba a su derecha para no caer a la vía, pero se quedó tumbada con medio cuerpo colgando.

Volvió a ver a las ratas. Correteaban enloquecidas.

Por supuesto; se acercaba el tren. Al intentar levantarse, vio el morro del vehículo que se abalanzaba hacia ella a velocidad pasmosa.

—¡Apártense! —gritó alguien desde atrás con furiosa autoridad. Moira intentaba recuperar el equilibrio con desesperación.

—¡Dios mío! —susurró la mujer que estaba a su lado. El hombre grueso intentaba agarrarla por las piernas para ayudarla a volver al andén.

—¡Apártense! —volvió a oír Moira, y sintió otras manos que la sujetaron y la levantaron sobre el andén.

El tren pasó silbando delante de ella, chirriando por la frenada. Moira sintió el viento que levantaba, tan próximo que era como estar ante un torbellino. El pelo se le enredó delante de los ojos. Se lo apartó, parpadeando, y se volvió hacia las manos que seguían sosteniéndola con fuerza.

—¡Danny! —exclamó, atónita. Tenía el pelo tan alborotado como ella. Su semblante estaba sombrío y tenso, y apretaba los dientes.

—¿Se encuentra bien? —preguntó el hombre grueso, y le puso la mano en el brazo. A pesar de aquel roce con la muerte, todavía había gente empujando para subir al tren.

—Sí, sí.

—Deberían prohibirte salir a la calle —masculló Danny.

—No se enfade con ella por la mala educación de otras personas —exclamó la mujer.

Danny no parecía reparar en la gente que los rodeaba o los rozaba para subir al tren, ni en el hombre y la mujer que la habían ayudado y la estaban defendiendo.

—Podrías haberte matado —le dijo a Moira.

—Usted podría haberla matado —dijo el hombre grueso. Danny se volvió hacia él y lo miró con fijeza. Al hombre no debió de gustarle lo que vio, porque se apresuró a subir al tren, y la mujer lo imitó.

Moira estaba demasiado trémula para moverse, para hacer otra cosa que mirar a Danny. ¿Qué diablos estaba haciendo allí? Había resbalado en el hielo y él había aparecido. Había tropezado, o la habían empujado, en la taberna, y él también había aparecido. Y allí, en el metro, de repente...

¿Cómo podía un hombre orquestar tantas apariciones oportunas?

—Moira, ¿estás bien? —la pregunta no parecía estar formulada con preocupación; seguía enfadado. Quizá no hubiera querido que estuviera bien. Se apartó.

—Sí, gracias, estoy bien. Pero con ganas de apartarme de este andén.

—Salgamos y tomemos un taxi.

Salieron de la estación. Moira intentaba controlar los temblores y no delatarse. Danny la estaba agarrando nuevamente del brazo, y ella quería gritar y desasirse. Pero eso no sería comportarse con normalidad. Debía de notar que estaba temblando, pero no importaba. El tren podría haberla decapitado. O rebanado por la mitad. Era normal que estuviera temblando.

Salieron a la calle. El sol brillaba con fuerza. Danny seguía agarrándola del brazo; movió la cabeza con contrariedad.

—Jesús, María y José —murmuró—. ¿Dónde estaban los empleados del metro? Debería haber alguien controlando a los viajeros.

Moira lo miró.

—Ocurrió en cuestión de segundos. Y era imposible saber quién había empezado a empujar.

Danny no contestó sino que la asió del codo y la arrastró por la calle principal.

—Lo más fácil será acercarse al acuario a tomar un taxi.

—¿Danny?

—¿Qué?

—¿Qué diablos hacías en la estación de metro?
—Buscarte.
—¿Por qué?
—Estaba preocupado por ti.
—¿Por qué?
—Eso debería ser obvio.
—¿Porque crees que corro peligro? ¿Ya no es sólo que deba cerrar el pico y no hablar en gaélico, sino que crees que corro peligro de verdad?
—Últimamente estás teniendo toda clase de contratiempos.
—Todos ellos perfectamente justificables, por supuesto. Un resbalón en el hielo, un tropezón con mi propio bolso, que había perdido y no había visto junto a la barra... Y ahora... un gentío en el metro.
—Podrías haberte matado.
—Sí, esta vez, sí. Pero estabas allí para salvarme. Resulta increíble.

Danny la miró de soslayo.

—¿Crees que te empujaría a la vía?
—Yo no he dicho eso. Sólo he dicho que es increíble que estuvieras ahí. ¿Cómo se te ocurrió buscarme en la estación?
—Bueno, veamos. Nadie sabía dónde estabas, pero tu madre había comentado esta mañana que Brolin quería hablar contigo sobre la entrevista. Ése es su hotel —lo señaló.
—¿Cómo lo sabes?
—Leo los periódicos. La ciudad entera sabe dónde se aloja. No me hacía falta ser Sherlock Holmes. Y a ti, tampoco.
—Has aparecido en el momento oportuno.
—A Dios gracias. Ese gordo os habría hecho caer a los dos a la vía en su caballeroso intento de levantarte.
—Oye, era un desconocido que intentaba salvarme.
—Cierto, un buen hombre. Pero también un incompetente.

Se estaban acercando al acuario y, como Danny había sugerido, había taxis de sobra. Empezó a llamar a uno, pero vaciló.

—¿Quieres volver o prefieres tomarte una copa antes en alguna parte?

—No —se apresuró a decir Moira—. Tengo que volver. Tengo que ayudar a mi padre. Ha sido una mañana bastante difícil para él, ha estado ultimando los preparativos para el funeral de Seamus.

Danny alzó una mano y detuvo un taxi. Moira entró primero, él la siguió. Una vez en el interior del vehículo, los dos guardaron silencio.

Moira sentía con fuerza la presencia de Danny. Seguía pareciéndole el hombre que había conocido durante muchos años: alto, erguido, imponente con su chaquetón de cuero, el pelo echado hacia atrás, el rostro un poco tenso y la mirada enigmática dirigida hacia los transeúntes. Vio su mano apoyada en el asiento, entre ambos. Tenía dedos largos, uñas limpias y cortas. Manos poderosas. Se sintió tentada a alargar el brazo y acariciarla. Se mordió el labio. Lo conocía demasiado bien en ese aspecto. Sus hombros aparecían amplios bajo el abrigo. Tenía una complexión fuerte, fibrosa, sin un átomo de grasa bajo la piel. Tenía una mandíbula fuerte y rasgos impactantes, y aquellos ojos de color avellana, ámbar, dorado... En el interior del taxi, podía inspirar la fragancia de su colonia. Sabía lo que se escondía bajo la ropa; el problema era que no había llegado a conocer al hombre que se escondía bajo la piel. Se le helaba la sangre al imaginar lo que debía sentir en las noches solitarias. Había visto cómo mataban a su padre y a su hermana; debía de albergar un pozo de amargura en su corazón, de ansiar venganza. ¿Hasta dónde sería capaz de llegar?

Danny volvió la cabeza y la miró de improviso, como si le estuviera leyendo el pensamiento.

—Ojalá confiaras en mí —dijo en voz baja.

—Y confío en ti.

—Mientes muy mal, Moira. Desde siempre.
—Está pasando algo, Danny, y los dos lo sabemos.
—¿No es una pena que no sepamos nada más?
—Yo creo que tú sí sabes más.
—Y yo creo que hay muchas cosas que tú no me cuentas.
—No hay nada que pueda decirte, Danny.

Danny volvió a mirar por la ventanilla. Varios minutos después, el coche se detuvo delante de la taberna. Danny pagó al taxista y los dos se apearon.

—Gracias —dijo Moira, y se volvió hacia la puerta.
—¿Por el trayecto en taxi o por rescatarte de una muerte segura? —preguntó con ironía.
—Por las dos cosas —murmuró Moira, y se refugió en la taberna.

Las mesas estaban todavía medio llenas con los últimos clientes del almuerzo. Liam se encontraba en su banqueta, con Eamon apoyado en la barra justo enfrente. Sonrieron y saludaron a Moira con la mano al verla entrar. Moira seguía pensando que su padre parecía muy triste, y envejecido. Iba a echar mucho de menos a Seamus.

—Hola, papá.
—Hola, hija. ¿Va todo bien?

Moira asintió, se acercó a él y lo abrazó.

—¿Y tú? ¿Qué tal estás?
—Bien. ¿Sabes?, hay que seguir viviendo.
—¿Seguro que estás bien?
—Estoy donde debo estar, trabajando. Y con amigos. Mis amigos, los amigos de Seamus.
—Moira Kathleen —dijo Liam—, ¿es que no lo sabes? Así velaban a los muertos antiguamente los irlandeses. Se sentaban con el fallecido, junto al féretro, levantando jarras de cerveza y charlando. El velatorio y el funeral nunca han sido para los muertos, sino para los que se quedan atrás.
—Por supuesto, Liam.

—Deberíamos celebrar dos noches de velatorio, Eamon —sugirió el anciano.

—Seamus me dijo lo que quería, y lo escribió. Estoy cumpliendo sus deseos, Liam, nada más —volvió a mirar a Moira—. Si tienes trabajo que hacer, hija, no te entretengas.

—Papá, quiero estar aquí contigo esta noche, esto estará hasta los topes —repuso Moira—. Mañana habrá que montar y entregar la cinta del programa, y coordinar con Michael y Josh la grabación en directo del desfile.

—Ha llamado dos veces —dijo Eamon.

—¿Quién?

—Michael. Será mejor que lo llames.

—¿Puedo usar tu mesa?

—Pues claro.

Moira entró en el despacho de su padre y se sentó detrás del escritorio. No sabía si lo que estaba haciendo estaba bien... quizá sería mejor distanciarse un poco de la taberna. Pero necesitaba estar allí, con su padre, con los amigos de Seamus. Aunque también estuviera Danny. Y Patrick...

Daba la impresión que nadie sabía nunca dónde estaba Patrick.

Moira llamó a Michael al hotel. No estaba en su habitación, pero tampoco lo imaginaba sentado, esperándola. Marcó el número de su móvil y lo localizó.

—Hola, preciosidad. Te estaba buscando.

—Ya sabías que iba a ir a Flannery's con papá, y tenía algunas cosas que hacer. También he ido a ver a Jacob Brolin. Vendrá a la taberna después del desfile para que lo entreviste aquí.

—¡Magnífico! Sabía que lo conseguirías.

—Estoy encantada, pero no podremos sacar la entrevista en la emisión original, porque tenemos que enviar la cinta mañana si queremos que aparezca con la retransmisión en vivo. Tendrán que incluir a Brolin en la reemisión de la noche.

—Seguro que no importa. Bueno, dime. ¿Qué planes tienes para hoy?

—Quería quedarme aquí a ayudar a mi padre.

—¿Estás segura?

—Sí, si a Josh y a ti no os importa que os deje a cargo la edición de la cinta.

—No tienes que ocuparte de los detalles técnicos, eres el talento de la compañía. Además, Josh está pendiente de todo. Y —le recordó en tono desenfadado— me tienes a mí.

—Y yo he abusado de vosotros.

—Me encanta cuando abusas de mí, ¿sabes?

Estaba bromeando. Moira cerró los dedos en torno al auricular, ahogándose en los remordimientos. Michael no sabía que lo había engañado, y con un hombre que podía estar planeando un asesinato.

—Moira, ¿te pasa algo? Estoy aquí, ¿sabes?

—Perdona —se apresuró a decir. Sí, ¿qué le pasaba? Estaba saliendo con un hombre por el que muchas mujeres estarían dispuestas a matar. Él no había hecho nada malo; ella, sí. Pero no se encontraba en condiciones de confesar su traición... al menos, hasta que no acabara todo aquello. Y sabía que no podría retomar su relación hasta que no lo hiciera—. No sé qué me pasa. Supongo que estoy triste, preocupada por muchas cosas, nada más.

—¿Sabes?, dudo que haya mucho trabajo ahora mismo en la taberna. Podríamos tomarnos la tarde libre, refugiarnos en mi hotel y... olvidarnos de todo.

—Michael, lo siento tanto, me he portado fatal y...

—No pasa nada —suspiró. Después, habló en tono de pesar—. Lo siento, creo que lo que te dije sobre O'Hara te ha afectado bastante.

—Parecía que os habíais divertido cuando fuisteis juntos a recorrer las tabernas irlandesas.

—Sí, bueno... —murmuró Michael—. Siento lo que te dije. Debí mantener la boca cerrada.

—¿Por qué?

—Porque es cierto que lo pasamos bien. ¿Sabes?, resulta un poco intimidante que un amigo de la familia parezca un auténtico rival.

—No es un rival —murmuró Moira, dando gracias por que Michael no pudiera verla. Dios, estaba mintiendo. O quizá no. Había cosas que no cambiaban fácilmente. Tal vez Danny siempre ejercería sobre ella una poderosa atracción. Y, tal vez, la lógica de lo que sabía sobre él bastaría para convencerla de que, aunque no estuviera pensando en asesinar a nadie, no era lo que buscaba en la vida.

—No, supongo que no. Me dijo que, si te hacía feliz, nadie más que él me desearía toda la felicidad del mundo. Hablaba como si fuera tu hermano. Oye —dijo de pronto en tono desenfadado, cambiando de tema—, esta noche me pasaré por allí a echaros una mano, ¿te parece?

Moira le dio las gracias y se despidió con afecto, pero por dentro se sentía fría y preocupada.

16

Colgó y salió al bar. Miró alrededor, pero no vio a Danny por ninguna parte.

—¿Sabes dónde está Danny? —le preguntó a su padre.

—No lo he visto —dijo Eamon.

—¿Y Patrick?

—Tu hermano salió hace un rato; dijo que iba a reunirse con Siobhan en casa de sus padres.

—¿Seguro que no has visto a Danny?

—Se marchó hace un par de horas. No lo he visto desde entonces.

Moira habría preferido que hubiese entrado en la taberna detrás de ella; la intranquilizaba no saber dónde estaba.

—¿Crees que estará en su habitación?

—Lo dudo, pero llama a la puerta si estás preocupada.

Moira asintió, después echó a andar hacia el fondo de la taberna. Se detuvo ante la puerta, dudosa, y llamó. No contestó nadie. Probó a girar el pomo y vio que estaba abierta.

Danny tenía la habitación impecable: la cama estaba hecha, la ropa recogida, sólo quedaba una chaqueta en el respaldo de una silla. Había un portátil encendido sobre el escritorio y, a su lado, varios planos de Boston. Titubeó y, después, le pudo la curiosidad. Había un archivo abierto titulado «La noche de Sara». Empezó a leer.

Sólo se podía hacer una cosa cuando se caía en manos de la Royal Ulster Constabulary, la policía norirlandesa, estando, en vigencia la Ley de Poderes Especiales. Mentir. Y Sara mintió.

Los soldados no fueron muy amables cuando irrumpieron en su casa. Como era natural, se presentaron en plena noche, cuando una niebla espesa envolvía las calles. Sara siempre había creído que recibiría una advertencia, pero no fue así. Apenas había levantado la cabeza de la almohada cuando la sacaron a rastras de entre las sábanas. Le arrancaron el camisón y deshicieron la cama. No querían correr el riesgo de que estuviera ocultando un arma en su cuerpo o debajo del colchón.

Cuando terminaron de registrarla, la humillación la había dejado trémula. No entendía qué arma podía ser tan diminuta que ella pudiera tenerla escondida en los orificios que habían violado.

Le arrojaron unas prendas. Se vistió.

La llevaron a «la prisión infame», Long Kesh, con su vallado eléctrico y torretas con ametralladoras. Iba sola, lo cual, la asustaba aún más. No era una redada de todos los sospechosos de terrorismo; la querían a ella.

Una vez dentro, la condujeron al hombre que estaba al mando. Sabía cómo se llamaba... y qué fama tenía.

—Señorita O'Malley, ¿verdad? —le preguntó, leyendo de un informe. Ella estaba sentada en una silla ante la mesa, y él hablaba con educación. Sara había oído que torturaban a los prisioneros, que los aterrorizaban. Aquel hombre estaba siendo amable. La amabilidad, como había aprendido, era letal.

—Sí. Sara O'Malley. Y no he hecho nada.

—La han reconocido, señorita O'Malley, como la mujer que, fingiendo estar en apuros, hizo salir al sargento Hudson de su coche mientras sus amigos colocaban una bomba debajo del vehículo. Cuando la bomba estalló, murieron Hudson y tres soldados más.

Había estado dispuesta a dar su vida o, al menos, lo había creído. Pero eso fue antes de descubrir lo que ocurría cuando estallaba una bomba, la explosión que producía, el fuego, los gritos, el olor de carne humana ardiendo...

—No sé quién creyó verme. Yo no estaba por esa zona cuando estalló la bomba.

El hombre se inclinó hacia delante.

—Pobre niña tonta. No desearía que fueras a la cárcel... ni que murieras. Eres una chiquilla, con toda una vida por delante. Podrías escapar, refugiarte en Norteamérica. Lo que quiero de ti es que me digas los nombres de los hombres que ponen las bombas. Es muy fácil. Tú me das los nombres y yo te ayudo a escapar.

—No puedo darle ningún nombre. No estaba allí.

El hombre asintió, como si aceptara su palabra.

—Bien, te daremos un poco de tiempo para pensarlo. Quizá te acuerdes de algo.

No sabía que tenía un hombre detrás hasta que no le pusieron una capucha. Unos brazos la agarraron.

—Llama al acompañante de la señorita, por favor.

Su «acompañante».

Nunca supo exactamente adónde la llevaron, ni cuántos soldados la «acompañaron».

Había estado dispuesta a dar la vida...

Al final, la dejaron tumbada en el cemento, todavía con la capucha puesta. Las horas transcurrieron como en una pesadilla. Volvió a imaginar el olor de los cuerpos quemados. Se estremeció de frío. Nombres. No podía dar nombres...

Al día siguiente, volvieron a conducirla al despacho.

—Señorita O'Malley, ¿se ha acordado de algo? —preguntó. Ella lo negó con la cabeza.

—No.

—Estoy segura de que, al final, hará memoria. Mientras tanto, pediré que la acompañen de vuelta a su celda.

Sara intentó disimular su miedo, pero le tembló el labio.

—Perdone... ¿Iba a decir algo?

Ella lo negó con la cabeza, tratando de acorazarse contra lo que se avecinaba. Llegó su «acompañante». Intentó con todas sus fuerzas no pensar ni sentir. Uno de los soldados se inclinó sobre ella y susurró:

—Hudson era primo mío.

Cuando terminó con ella, lágrimas silenciosas resbalaban por sus mejillas con tanta fluidez que casi se ahogó con ellas.

—¿Te gusta la historia?

Moira cerró el portátil con sobresalto y retrocedió, horrorizada. Danny había entrado en su habitación. Estaba apoyado en el umbral, mirándola con ojos entornados de color ámbar.

—Danny...

Avanzó hacia ella.

—Te he preguntado si te estaba gustando la historia.

—¿Por qué te interesa mi opinión? Seguro que tienes muchas admiradoras.

—¿Alguna vez compras mis libros? —preguntó Danny con educación.

—Pues claro. A veces. Ahora los compraré, por supuesto.

—Por supuesto. Quieres ver cómo acaba.

—Tengo que irme.

—Claro. Seguro que tienes algo que hacer.

—Pues sí.

Intentó pasar de largo, pero Danny la agarró del brazo. No le hizo daño, pero la atrajo demasiado hacia él.

—¿Qué querías?

—¿Cómo?

Su cuerpo emanaba tanto calor que parecía una estufa. Moira recordó la fuerza de sus brazos y de su pecho. El enojo de su mirada parecía taladrarla.

—Estás en mi habitación. ¿Qué querías?

—Nada.

—¿Sólo estabas husmeando?

—No... Te estaba buscando. Quería saber si esta noche podríamos contar contigo en la taberna.

—Eres tonta, Moira.

—El ordenador estaba encendido...

Danny movió la cabeza con impaciencia.

—¿Crees que me importa que leas lo que escribo?
—Tengo que irme —insistió.
—Moira, maldita sea, háblame.
—¿Por qué, Danny, si tú nunca has hablado conmigo?
—Estás temblando.
—Tengo que irme.
—¿Moira? —oyó la voz de su padre que la llamaba desde la barra—. Es hora de cenar.
—Suéltame. Me llama mi padre.

La taladró con la mirada un momento más; después, la apretó un poco más contra él.

—Moira, yo... Maldita sea —masculló, y la soltó, casi empujándola.

Vio cómo Moira salía corriendo de su cuarto.

En cuanto Moira se fue, Dan marcó un número de teléfono. Nunca llamaba a Liz desde la casa de los Kelly pero, en aquella ocasión, lo hizo.

–Liz, dime que tienes algo nuevo para mí.

–Está bien. Ese tipo de la organización benéfica con la que trabaja Patrick Kelly... Andrew McGahey. Está caminando sobre la cuerda floja. ¿Quieres que te lo cuente?

–Dispara.

–Estás llamando desde la casa –lo acusó de improviso.

–Tú dime rápidamente lo que sabes.

–Ha estado en Belfast varias veces durante los últimos años. Cada vez que iba, se reunía con Jacob Brolin... y con miembros del IRA Auténtico. Tienes que vigilarlo... a él y a Patrick Kelly. Aunque, la verdad, McGahey ha cumplido todos los requisitos legales para la creación de esa organización benéfica. Su expediente está correcto.

–Por supuesto. Patrick Kelly es un buen abogado –dijo Danny con ironía.

–Hay otro hombre que ha estado frecuentando la taberna, como ya sabrás.

–Sé lo de Browne.

–Bien. Ándate con ojo, no trabaja solo.

–Sé cuál es el premio gordo, Liz. Me he estado cuidando de Browne. Dios, deberíamos tener algo más a estas alturas. ¿Has averiguado algo sobre Michael McLean?

—¿Por qué? ¿Estás ansioso por hundirlo? No te obsesiones.

—Tú sigue buscando —dijo. ¿Obsesionarse? Sí, se había obsesionado, y ni siquiera sabía muy bien por qué. Había pasado una mañana entera con el novio de Moira y había descubierto que, si había algo detrás de la fachada, estaba muy bien escondido. El tipo se había portado de maravilla, simpático, inteligente... Parecía querer a Moira de verdad, lo cual debería haberle hecho sentirse culpable, pero no era así. Quizá estuviera equivocado, y aquel tipo fuera sencillamente perfecto y él lo hubiera echado todo a perder a lo largo de los años.

—Te lo dije —insistió Liz con voz cansina—. Todos los archivos que tenemos son impecables. No seas de ideas fijas. Nos estamos jugando mucho.

—No soy de ideas fijas —o quizá, sí. Liz tenía razón; se estaban jugando mucho.

—¿Sabes que Moira Kelly ha estado hoy con Brolin?

—Sí, claro que lo sé.

—Bien. Ya has hablado demasiado por ese teléfono.

—Ya había hablado demasiado cuando descolgaste —dijo con impaciencia—. Oye, quiero ver lo que tienes.

—¿Sobre qué?

—Sobre McGahey, Patrick, la organización benéfica. Y sobre McLean.

—Dan... —dijo Liz en tono de advertencia.

—Quiero ver lo que tienes. Soy yo quien se juega el pellejo. Ahora, voy a colgar.

Cuando Moira bajó a la taberna después de fregar los platos, el local estaba atestado. Habían publicado en el periódico la noticia del fallecimiento de Seamus, y se habían presentado más viejos amigos para beber en su memoria.

Vio a Michael trabajando en las mesas y, como si hubiera

sentido su presencia, Michael alzó la vista y le sonrió. En cuanto se quedó libre, se acercó a la barra para saludarla:

—He llegado hace nada, pero había tanto jaleo que no he podido subir a saludarte.

Moira le dio un suave beso en los labios y le sonrió con gratitud.

—Eres realmente maravilloso.

—Lo sé, lo sé —dijo Michael. Le dio un apretón en la mano y se alejó de nuevo a atender a los clientes.

Moira estaba sirviendo una Guinness cuando oyó decir a un hombre:

—La esquela era muy hermosa. Eamon nos ha dicho que la escribiste tú. Enhorabuena, Dan. Un verdadero homenaje para Seamus.

Moira giró en redondo. Danny estaba detrás de la barra, llenando una bandeja de copas de vino con Chablis.

—Gracias, Richie.

—Tienes talento con la pluma.

—No es difícil escribir sobre un hombre como Seamus —repuso Danny.

—Sí, la pluma es mejor arma que ninguna —dijo el hombre llamado Richie—. Más poderosa que la espada.

—Las palabras pueden ser afiladas como un cuchillo —corroboró Danny, y levantó la bandeja. Moira no se dio cuenta de que estaba cortándole el paso hasta que él no la miró—. ¿Me permites? —le dijo.

—No hacía falta que entraras. Podría haberte servido yo el vino.

Danny no dijo nada, se limitó a salir. Minutos más tarde, Moira oyó a su padre a su espalda.

—Te necesitan en el escenario —le dijo en voz baja. Ella se dio la vuelta y lo miró con sorpresa—. Por Seamus. Los chicos del muelle quieren que Colleen y tú cantéis *Amazing Grace* y *Danny Boy*.

Moira asintió, aunque no sabía si estaba demasiado turbada para cantar. Salió de la barra y se reunió con su hermana entre las mesas. Colleen le apretó la mano. Se acercaron a la orquesta y Jeff anunció que cantarían en honor de Seamus y que todo el mundo estaba invitado a acompañarlos.

Habían cantado *Amazing Grace* desde que eran pequeñas, y Eamon Kelly siempre se había enorgullecido de la habilidad natural de sus hijas de armonizar sus voces. Las gaitas aportaron un toque plañidero. Moira estuvo a punto de hacerse heridas en las palmas con las uñas, tal era la fuerza con que cerraba los puños mientras cantaba.

Las aplaudieron al término de las dos canciones, y Liam afirmó con ojos llorosos:

—El viejo Seamus debe de estar mirándonos desde el cielo, sintiéndose muy feliz.

Moira sonrió con rigidez. Colleen tenía pequeños regueros de lágrimas en las mejillas. Moira abrazó a su hermana con fuerza y regresó a la barra.

Danny estaba otra vez allí, preparando una copa.

—¿Qué es eso? —preguntó Moira con aspereza.

—Un mirlo. Para el tipo del rincón.

Moira miró hacia la sala. Kyle Browne había vuelto. Le llevaría la copa, aprovecharía la oportunidad para hablar con él y le contaría lo ocurrido aquella mañana.

—Ya se la llevo yo.

—No, Moira. Yo me encargo.

Vio a Danny salir de la barra y entregar la copa. La música y el bullicio le impedían oír lo que decían, pero vio que estaban hablando. Los dos hombres estaban tensos.

—Moira, ponme otra Guinness, cariño, por favor —le pidió Liam.

Le sirvió la cerveza a Liam, le dio un apretón cariñoso en la mano y empezó a recorrer la barra para asegurarse que todo el mundo tenía lo que quería.

—¡Señorita! ¡Eh! Usted es Moira Kelly, ¿verdad? Bueno, qué tontería... Esta es La Taberna de Kelly.

Moira miró a la joven que había hablado. Debía de tener

su misma edad, pero tenía un aspecto ligeramente ajado, como si hubiera vivido muy deprisa.

—Sí, soy Moira Kelly. Bienvenida a nuestra taberna. ¿Puedo servirle algo? ¿Quiere ver la carta?

—No, sólo quiero una cerveza. Tengo que volver a casa. Pero llevo toda la vida viendo esta taberna desde fuera. Yo también me crié en una. Bueno, era un bar; no tan agradable como esto —desplegó una sonrisa que la hizo parecer más joven—. Siempre había querido entrar aquí. Y esta noche lo he hecho. Aquí hay buen ambiente, no como... no como en algunos lugares a los que voy.

Al mirarla, Moira creyó adivinar por qué la mujer tenía un aspecto triste y curtido. Siguió hablando, y sus palabras parecieron confirmar sus sospechas.

—Últimamente he estado muy nerviosa... Dos chicas muertas. Esas prostitutas. Estranguladas. Da miedo entrar en un bar.

—¿Sabe que el asesino ha encontrado a las mujeres en bares? —preguntó Moira. Sentía lástima por ella y se alegraba de que hubiera entrado... siempre que no pretendiera buscar clientes. Tenían un establecimiento respetable.

La mujer la miró con sus enormes ojos oscuros circundados de ojeras; parecía haberle leído el pensamiento.

—Sólo he venido a tomar una copa —dijo, en un tono de ligera desesperación.

—Por supuesto —se apresuró a decir Moira.

La mujer bajó la voz.

—Creo que debe de conocerlas en bares. De hecho... la otra noche, yo estaba en el local de mi padre, haciendo el inventario detrás de la barra y... No estoy segura, pero... me pareció ver a la joven a la que mataron. Con un hombre. Un hombre apuesto y, por supuesto, ella era una chica atractiva... tiempo atrás. He estado leyendo la prensa. Le vi la cara... Creo.

—¿Ha ido a la policía?

—¿Bromea?

—Un asesino anda suelto —dijo Moira en un susurro—. La policía no...

—No lo entiende. En el bar de mi padre, nadie acude a la policía —vaciló—. Se mueve más droga entre esas cuatro paredes que la que sale de Colombia. Alguien me mataría si me acercara a la policía.

—Podrían morir más chicas...

—Pero no estoy segura de lo que vi. Puede que no fuera ella. Y el tipo... Era moreno. No sé si lo reconocería.

—Pero...

—No debería haber hablado con usted, pero estoy asustada. No he debido entrar aquí. Éste no es mi sitio.

—Es usted bienvenida. Venga cuando quiera... a tomar una cerveza.

—Por supuesto —dijo la joven, y rió.

De pronto, en su rostro afloró una expresión extraña. Tenía la mirada clavada en un punto situado detrás de Moira.

Moira se dio la vuelta. La joven estaba mirando el viejo espejo que publicitaba la cerveza Guinness. No podía ver nada salvo cabezas moviéndose y gente sentándose. Había un reflejo desvaído de la orquesta, Danny recogiendo vasos vacíos de la mesa contigua a la de Kyle Browne, y Patrick y Michael, en el centro del comedor, sirviendo platos de comida.

Moira se dio la vuelta para mirar a la joven. Había desaparecido. Maldijo entre dientes.

—¿Qué pasa? —le preguntó Chrissie, que acababa de acercarse.

—Había aquí una joven asustada. Creo que era prostituta, y dijo algo de haber visto a una de las chicas asesinadas en el local de su padre, pero se negaba a acudir a la policía. Y, de repente, desapareció.

Chrissie la miró con fijeza.

—Moira, todas las prostitutas y «acompañantes» de la ciudad deben de estar muy nerviosas. Seguramente se fue a su casa. Y si sabe algo, apuesto a que acabará yendo a la policía.

—Tiene miedo. Su padre tiene un bar en el que se trafica con droga.

—Bueno, se ha ido. No hay nada que puedas hacer.

—Esa chica me preocupa.

—Moira, sé que siempre quieres ayudar a todo el mundo, pero no puedes hacer nada, así que olvídalo. Ya tenemos bastante con nuestros propios problemas.

Moira temía que Chrissie volviera a echarse a llorar por la muerte de Seamus.

—Supongo que tienes razón –le dijo. Siguió trabajando y concluyó que Chrissie estaba en lo cierto. No podía hacer nada y, efectivamente, ya tenía bastantes problemas. Grandes problemas. Kyle Browne seguía en el rincón. Solo.

Moira decidió aprovechar la oportunidad. Preparó rápidamente otro mirlo, pero antes de poder llevárselo a Browne, la interrumpieron.

—Señorita Kelly, ha cantado como los ángeles.

Se quedó mirando al joven que le había hablado. Tenía el pelo castaño, los ojos de color avellana y le resultaba familiar.

—No se acuerda de mí.

—Sí...

—Soy Tom Gambetti, su taxista, ¿recuerda? La traje la noche de su llegada.

—Sí, por supuesto. Lo siento. Es que han sido unos días muy intensos.

—Ya lo veo. Imagino que son unos momentos penosos para su familia. Pero usted y su hermana acaban de hacerle un gran homenaje.

—Gracias. Hemos cantado esas canciones desde pequeñas. Pero ponnos un karaoke y somos patéticas, de verdad –era un joven agradable, pero necesitaba escapar–. Tom...

—Ya sé que está ocupada. No quiero ser pesado. Pero le recuerdo que estaré a su disposición si necesita medio de transporte –sonrió–. Además, soy medio irlandés. La taberna de su padre es magnífica.

—Gracias. Y tengo su tarjeta. Prometo llamarlo si necesito un taxi.

Pasó junto a él y llevó la bebida a Kyle Browne.

—Señorita Kelly, me alegro de verla.

—Y yo a usted.

—¿Quería hablar conmigo?

—Esta mañana han estado a punto de arrojarme a las vías del metro.

—¿Ah, sí? ¿Se lo ha contado a la policía?

—¿Qué podrían haber hecho? Nadie sabía quién me había empujado.

Se la quedó mirando pensativamente.

—Debe tener cuidado. Haga lo que le dije: apártese de quienquiera que pueda estar involucrado.

—Bueno, es un poco tarde para eso y, de todas formas, no sé quién diablos puede estar involucrado.

—Quizá deba alejarse lo más posible de su amigo O'Hara.

Moira se lo quedó mirando.

—Danny me rescató cuando estuve a punto de caer a las vías.

—Puede que provocara la situación para luego erigirse en salvador y parecer inocente. O puede que me equivoque y su hermano esté tramando algo. O su amigo Jeff, el de la orquesta. Diablos, puede que hasta su padre siga librando una guerra.

—Si vuelve a decir una sola palabra sobre mi padre...

—¿Puede entrar en la habitación de O'Hara? —la interrumpió—. Apuesto a que sí. De hecho, creo que ya ha estado allí antes. Puede que encuentre algo muy interesante ahí dentro, si se toma la molestia de mirar.

—¿Qué insinúa?

—¿Yo? No insinúo nada.

Pero tenía razón. Tenía acceso al cuarto de Danny.

—No se quede ahí parada —le dijo Kyle Browne—. Y piense en lo que le he dicho.

Moira se dio la vuelta y regresó a la barra. Danny estaba

en el escenario, cantando con Jeff una vieja canción irlandesa que a Seamus siempre le había gustado.

Michael se acercó a ella.

—Esto está mucho más tranquilo, así que me voy ya. Mañana por la mañana iré al estudio con Josh para terminar el montaje y preparar la cinta.

—Debería ayudaros.

—Entre Josh y yo lo tenemos todo controlado. Sé que te gustaría ver la cinta antes de la emisión, pero sabes que puedes confiar en nosotros, ¿verdad?

—Gracias, Michael.

—De todas formas... —la miró con leve anhelo—. Podríamos pasar la noche juntos, en el hotel.

Moira movió la cabeza despacio. ¿Estaría comportándose como una idiota? Michael le perdonaría su desliz, y ella estaría a salvo en un hotel. Lejos de allí.

Sí, era una perfecta idiota. Iba a quedarse en la taberna.

—Gracias, Michael. Pero esta noche debo estar aquí.

—Lo entiendo.

«No, no lo entiendes», quiso gritar, pero no lo hizo. Michael le puso la mano en la mejilla, la besó con suavidad en los labios y le recordó que Josh y él estarían casi todo el día en el estudio.

El local siguió vaciándose. Moira advirtió que Kyle Browne se había ido. Andrew McGahey había llegado y estaba hablando en una mesa con su padre y con su hermano. Colleen se acercó a la caja a cobrar una mesa.

—Voy a dar el último aviso —le dijo a Moira.

—Buena idea.

—Tienes cara de estar agotada.

—Eh, todos estamos dejándonos la piel. Me alegro de que sea tu cara la que se está haciendo famosa... se te están poniendo manos de fregona.

—Merece la pena. Me alegro de haber venido. Por papá, por Seamus.

El local se quedó finalmente vacío. Moira vio que Andrew McGahey se había ido, al igual que su hermano. ¿Habría salido con McGahey o habría subido a ver a su mujer?

Al final, Patrick regresó de donde había estado. Colleen, Moira, Patrick y Danny ayudaron a Eamon y a Jeff a recoger. Eamon instó a Jeff a que se fuera a su casa; Colleen y Moira le pidieron a su padre que se acostara, y Patrick insistió. Cuando sólo quedaban unos cuantos vasos por fregar, Moira les dijo a sus hermanos que ya podían retirarse a descansar.

—Por favor —les dijo—. Todavía me queda energía que quemar. Enseguida subo.

Sabía que Danny la estaba mirando con fijeza, más que perplejo por su clara maniobra de quedarse a solas con él. Sospechaba de ella. Moira no alzó la vista, siguió lavando vasos.

—Está bien. Pero no te agotes. Mañana vendrán a limpiar.

Moira asintió, y sus hermanos se fueron. Siguió fregando el vaso. ¿Qué diablos estaba haciendo? ¿Por qué quería, de todo corazón, demostrar que Danny era inocente? ¿O sólo deseaba tener una última oportunidad para acostarse con él antes de... de reconocer que era un asesino a sangre fría que podía estar dispuesto a matarla incluso a ella? Tragó saliva.

—Ese vaso debe de estar muy pero que muy limpio —observó Danny.

Moira alzó la vista. La miraba con intensidad con sus ojos de color ámbar. Sus rasgos, tensos y cansados, ofrecían un semblante severo y amenazador. El vaso resbaló de sus dedos y se hundió en el agua jabonosa sin romperse.

—Bueno, menos mal que tienes tanta energía. Yo estoy destrozado. Dejaré que termines tú sola.

Para asombro de Moira, Danny se dio la vuelta y entró en su habitación. Cerró la puerta tras él.

Moira dejó el vaso en el mostrador, cerró el grifo y se secó las manos. Se dirigió a la puerta y pensó en llamar, pero no lo hizo.

Danny no había echado la llave. Estaba tumbado sobre la

cama, recostado en el cabecero, con los brazos cruzados sobre el pecho, contemplando la puerta. Esperándola.

—Está bien, ¿se puede saber qué tramas? —inquirió.

—No quería estar sola.

—Entiendo. Me has acusado de querer tirarte a la vía del tren y, como es natural, quieres pasar un rato conmigo.

—Está bien, olvídalo —murmuró, y optó por irse. Aquello no se le daba bien.

Danny se movió a la velocidad de la luz y se detuvo delante de ella para arrastrarla al interior de la habitación. Echó la llave.

—Maldita sea, no me importa por qué estás aquí. Sólo me importa que estás.

No había nada sutil ni seductor en él. Le puso las dos manos en la cintura, la atrajo hacia él, buscó el borde inferior del jersey y se lo sacó por encima de la cabeza. Danny sabía cómo quitar rápidamente la ropa. No tuvo que forcejear, encontró el broche del sujetador sin problemas y, en cuestión de segundos, la prenda aterrizó en el suelo. Después, bajó la cabeza y cerró los labios sobre sus senos. La magia de su boca, el calor de su hábil lengua, desataban corrientes de fuego por el cuerpo de Moira. Ella le tiró del pelo.

—Danny...

—¿Qué? —dijo junto a su piel.

—Necesito ducharme.

No la soltó. Siguió sujetándola por la cadera con una mano, mientras deslizaba la otra por sus vaqueros, entre sus muslos.

—Danny...

Él gimió y la miró.

—Estupendo. Yo estoy como el Vesubio y tú lo único que quieres es darte una ducha.

—Ha sido un día muy largo —pasó junto a él en dirección al baño. Se quitó el resto de la ropa por el camino, sabiendo que él la estaba mirando. Abrió el grifo de la ducha rápidamente y se colocó bajo el chorro de agua caliente para enjabonarse deprisa. Sabía que él la seguiría.

Así fue.

Un momento después, Danny estaba detrás de ella. El vapor flotaba a su alrededor cuando tomó la pastilla de jabón. Después, deslizó las manos espumosas por su espalda, en torno a sus glúteos, hacia delante. Moira se mordió el labio, sintiendo el vapor, sintiendo lo que Danny le hacía. Cerró los ojos. Era un hombre increíblemente diestro e imaginativo con el jabón. Cerró las manos en torno a sus senos, con los dedos separados, moviéndolos de forma erótica sobre sus pezones. Las deslizó a lo largo de su espalda, presionándole las caderas son suavidad, para luego deslizarlas entre sus muslos. La pastilla de jabón resbaló al suelo. Los dedos de Danny presionaban, entraban, exploraban. Moira estaba jadeando, y se recostó en él. Sintió el vapor de la ducha penetrándola junto con sus movimientos circulares. Profirió un suave gemido al volver el rostro hacia él y cubrirlo con la espuma de su propio cuerpo. Danny buscó sus labios y la besó largamente. Moira bajó las manos por su pecho y buscó su miembro endurecido. Él la estrechó entre sus brazos. Había estado tantos años enamorada de él... Nadie podía hacer lo que él hacía. Nadie tenía su tacto, su risa, su acento. Nadie acariciaba como él. Nadie hacía el amor como él.

Moira cortó el beso, jadeando.

—Esto... Esto resbala mucho.

—¿Que resbala?

—Sí, voy a salir ya.

—Antes querías entrar.

—Lo sé pero... quiero hacer el amor, no romperme una pierna.

Salió de la bañera, tomó una toalla, se envolvió con ella y salió del cuarto de baño cerrando la puerta.

Sólo disponía de unos segundos. Se arrodilló junto a la cama y miró debajo. La puerta del baño se abrió. Danny no se había molestado en secarse. Lustroso, húmedo, desnudo y dispuesto, se la quedó mirando. Moira se incorporó rápidamente.

—¿Qué diablos estás haciendo?
—Se me ha caído el anillo.
—Lo tienes en la mano.
—Ya lo sé. Acabo de ponérmelo.

Danny se acercó a ella y le levantó la barbilla.

—La curiosidad mató al gato —le dijo. Moira lo miró con fijeza.

—¿Vas a matarme, Danny?
—¡Por Dios! —se pasó las manos por el pelo, frunciendo el ceño—. No es más que una expresión, Moira. Oye, ¿quieres quedarte o irte?

Moira no contestó. Danny le quitó la toalla.

—¿Quedarte o irte?

Su silencio debió de ser la respuesta que buscaba. Le levantó la barbilla y la besó en los labios. Después, deslizó la boca con suavidad por el lado izquierdo de su garganta. Entre sus senos. Se hincó de rodillas y se llenó las manos con sus glúteos. Empezó a mover la lengua.

Moira estaba de pie, temblando. No podía hacerlo.

Calor, fuego, una dulzura asombrosa, la llenaron.

Sí, claro que podía hacerlo, muy fácilmente.

Se aferró a sus hombros y cerró los dedos en sus cabellos mientras se apretaba contra él. Se estremecía, ardía en llamas. Se puso rígida, y creyó que le fallarían las rodillas. Olvidó la misión que ella misma se había asignado. Danny se levantó para sostenerla cuando vio que ya no podía mantenerse en pie y la dejó apoyarse en él. A los pocos segundos, estaban en la cama, entrelazados, Danny agresivo, dentro de ella como el acero, tan duro y poderoso que parecía parte de ella. Moira se derritió debajo de él, se olvidó de todo salvo de las sensaciones que la mecían y abrumaban, salvo el ansia, la necesidad... la cima volátil y jadeante, la erupción del clímax.

Después, permaneció tumbada junto a él, contemplando la oscuridad. Aquello estaba mal, muy mal. Pero tenía que saberlo.

—Y pensar —murmuró Danny— que estuve a punto de echarte para preservar mi orgullo...

—Tengo que irme —murmuró con un ápice de desesperación. Danny se tumbó sobre ella y se la quedó mirando.

—Escúchame y, por el amor de Dios, créeme. No intento matarte.

—Todavía estamos en la casa de mi padre —susurró Moira.

—Me importa un comino dónde estamos. Habría acabado durmiendo en el pasillo si no hubieras venido.

—¿Por qué?

—Creo que alguien intentó entrar en la casa el otro día.

—¿Por qué?

—No estoy seguro.

—No hay indicios de que hayan forzado la puerta. Mi padre se habría dado cuenta. Sólo tú y la familia tenemos llaves.

—Ah, de eso se trata. Yo otra vez. Duérmete, Moira. Te despertaré antes de que se levante la familia.

Podía quedarse un rato con él, pensó Moira, y cuando Danny se quedara dormido, registraría...

—No temas, estás protegida. El menor ruido me desvela.

Tendría que esperar al día siguiente por la noche. Entraría en su cuarto mientras él estuviera en el velatorio; era su única oportunidad.

—Debería subir.

—Deberías dormir.

—Todavía estoy... inquieta.

—Todavía no has quemado suficiente energía —murmuró—. Déjame que te ayude.

Moira sintió sus manos, la leve caricia de la punta de su lengua.

Poco tiempo después, la inquietud cesó. Estaba agotada. Se sumió en un profundo sueño. Era como estar...

Muerta.

Cuando sintió la mano de Danny en el hombro, no quería despertar.

—Ya es de día, Moira. Es hora de que subas. Y, por cierto, ¿cuándo vas a dejar de fingir que sigues con Michael? Creo que la próxima vez que lo vea a él pasándote el brazo o a ti poniéndote de puntillas para recibir un piquito, voy a darle un puñetazo.

Moira pasó el día con su familia, cuidando de Brian, Shannon y Molly durante un rato por la mañana y, después, ayudando a su padre a hacer llamadas para que todo fuera como la seda en el velatorio y funeral de Seamus. Confirmó la asistencia de la orquesta suplente, ya que Los Mirlos tenían la noche libre. Sus miembros se pasarían por la taberna después del velatorio y, seguramente, acabarían tocando. Pero todos habían conocido a Seamus y dispondrían del día libre.

El velatorio terminaría a las diez. A esa hora, todo el mundo estaría invitado a regresar a la taberna. Se serviría comida y bebida a todo el mundo sin coste alguno.

Cuando Michael la llamó desde el estudio, Moira intentó explicárselo.

—El velatorio durará desde las siete hasta las diez. Colleen, Patrick y yo haremos turnos de una hora cada uno en la taberna.

—¿Por qué? —preguntó Michael.

—Porque... porque es así como lo hacemos.

—Entonces, ¿tu padre va a dejar que entre cualquiera? ¿Por qué no cuelga un cartel que diga que está celebrando una fiesta privada?

—Porque... Bueno, creo que es una manera de honrar a Seamus. Antiguamente, Irlanda era famosa por su hospitalidad; jamás se le cerraba la puerta a un desconocido. Seamus... era parte de ese espíritu irlandés. Para él no había desconocidos, sólo personas a las que todavía no conocía.

—Tu padre va a arruinarse dando de comer a tanta gente —suspiró Michael—. Supongo que no soy lo bastante irlandés para comprenderlo de verdad pero, oye, he venido a hacerme un hueco en tu familia. Adonde tú vayas, mi amor, allí estaré. Y lo que tú hagas, yo apoyaré.

Moira fue presa de una intensa culpabilidad. Pero sería buena idea que Michael regresara a la taberna con ella cuando le tocara el turno de ocuparse de la barra durante el velatorio. Así, Danny no pensaría que debía acompañarla.

—Por cierto, el montaje va sobre ruedas, y la retransmisión en directo durará de doce a doce y media. Y tienes un lugar privilegiado en el estrado para ver el desfile.

—Gracias, Michael —dijo en voz baja.

—Es mi trabajo, señorita —bromeó.

Moira colgó después de decirle que lo vería en Flannery's por la tarde. Estaría allí a las seis con su familia.

La tarde pasó veloz. Patrick y Danny estuvieron ayudando todo el día en la taberna. Moira bajó un rato a la barra; después, ayudó a su madre, a la abuela, a Colleen y a Siobhan en la cocina. Katy Kelly estaba preparando grandes cantidades de comida para la velada.

Cuando se quedó a solas con su hermana, cortando verduras, Colleen le susurró:

—Tienes cara de cansada, hermanita. Anoche estuviste abajo otra vez —Moira se la quedó mirando, atónita—. Tienes que decidirte, ¿sabes?

—¿Decidirme?

—Sobre Michael. Anoche vi cómo te miraba.

—Colleen, sólo quiero llegar a mañana...

—Lo sé, y lo entiendo. Es que... Bueno, creo que Michael empieza a sospechar que hay algo entre Danny y tú. No dice nada, pero por la forma en que te miraba anoche... Bueno, ya sabes, es un hombre, y tiene orgullo además de sentimientos.

—Sólo tengo que sobrevivir a esta noche y a mañana. Las cosas mejorarán después, aunque...

—¿Aunque qué? —preguntó Siobhan, que entraba en ese momento en la cocina.

—No lo sé. Últimamente... todo resulta muy extraño.

—¿Por qué? —preguntó Colleen—. ¿Qué más ha ocurrido?

—¿Ocurrido? —se sintió culpable, mientras miraba a su hermana, y se preguntó si Colleen también sabría que estaba ocurriendo algo en la taberna, y que Kyle Browne era un federal que estaba buscando a un supuesto asesino.

—¿Qué te resulta raro?

Sólo se le ocurrió una cosa que contar.

—Anoche había una joven en la barra; creo que era prostituta. Bonita, bien vestida.

—¿Una buscona? ¿En La Taberna de Kelly? —dijo Colleen—. Papá se pondría furioso.

—No estaba ofreciendo sus servicios, sólo quería tomarse una copa porque no quería estar sola con un asesino suelto por ahí.

—Pero ¿qué te resultó extraño? —insistió Colleen.

—Me dijo que creía haber visto a una de las víctimas, quizá incluso al asesino. Pero no quería ir a la policía. Creo que su padre es traficante.

—¿Y? —preguntó Siobhan.

—Miró al espejo que estaba sobre mi cabeza y palideció. Cuando miré al espejo para ver qué le había llamado la atención, ella ya había desaparecido.

—Es evidente que lo que vio la asustó —dijo Siobhan.

—Seguramente vio al poli que se sienta todas las noches en un rincón y pide mirlos —dijo Colleen.

—¿Sabes que es policía? —preguntó Moira.

—Jeff me dijo que estaba casi seguro.

—Oye, en cuanto se acabe todo esto, si aún estás preocupada —dijo Siobhan—, te acompañaré a la comisaría para que puedas hablarles de la chica y de lo que te contó. Puede que así te sientas mejor.

—No servirá de mucho —dijo Colleen—. Primero, tendrían que encontrarla, y estamos en una gran ciudad. Después, tendrían que persuadirla de que hablara. Y puede que no llegara a ver nada.

—Tienes razón —le dijo Moira a su hermana—. Pero Siobhan también. Puede que así me quede más tranquila.

Más tarde, cuando Siobhan la estaba ayudando a colocar galletas en una fuente, su cuñada la miró con fijeza y dijo:

—No es sólo la conversación que tuviste con esa chica lo que te preocupa. Es Danny, ¿verdad? Su presencia te está afectando.

—No —mintió Moira. Siobhan se encogió de hombros.

—A mí no me engañas. Te gustaría creer que ha venido para quedarse; no quieres afrontar la verdad. Pues, créeme, la verdad siempre es mejor que la duda. Yo daría lo que fuera por saber la verdad ahora mismo.

—Patrick te adora —dijo Moira, saliendo en defensa de su hermano.

—Me gustaría creerlo. Lo haría, si estuviera más tiempo conmigo. Creo que hasta ha olvidado que tiene hijos. No hace más que hablarle a Michael de hacer un viaje en barco y de invitar a Andrew McGahey para que puedan hablar a sus anchas de Irlanda. ¿Y sabes qué? En ningún momento ha mencionado llevarme a mí o a los niños en esa emocionante primera travesía de la temporada.

Siobhan se alejó.

Por fin, llegó la hora de vestirse y de ir a Flannery's. Siobhan había dejado a los niños en casa de sus padres. A las siete, las puertas se abrieron al público. Eamon Kelly, con Katy a su lado, seguía arrodillado junto al féretro. Un momento después, se puso en pie y tomó asiento en el primer banco.

Patrick regresó a la taberna para el primer turno, para dar indicaciones a cualquiera que quisiera ir a Flannery's y para recordarles que estaban invitados a regresar a la taberna después del velatorio.

Después aparecieron Michael, Josh y Gina, sin los gemelos. Gina le susurró a Moira que había conseguido una canguro. Josh se ofreció a acompañar a Moira a la taberna cuando fuera su turno, pero ella le dijo que volvería con Michael y que prefería que se quedara en la funeraria un poco más para poder acompañar a Colleen cuando le tocara a ella.

A partir de aquel momento, el velatorio fue un continuo entrar y salir de gente. Seamus no se había casado, pero había hecho muchas amistades. La sala estaba tan atestada que Moira salió al pasillo a respirar un poco de aire fresco. Oía los lamentos de los amigos de la madre patria que lloraban la muerte de Seamus. Al traspasar el umbral del velatorio, tropezó con Tom Gambetti.

—Sólo he venido a presentar mis respetos —le dijo, como si lo avergonzara estar allí.

—Eres muy amable. Pasa, por favor.

—Si te parezco un pesado...

—No, no. Te veré después en la taberna. Estás invitado a venir, si te apetece.

Tom asintió a modo de agradecimiento.

Moira salió al amplio pasillo con ventanales que recorría la fachada del edificio. Vio a Danny fuera, en el porche, encendiendo un cigarrillo. Muchas personas se acercaban a él. Danny escuchaba, estrechaba la mano y aceptaba pésames en nombre de la familia. Moira entornó los ojos cuando una mujer de mediana edad y cabellos entrecanos se acercó a él con un sobre marrón en la mano. Danny se inclinó para besarla en la mejilla, como si le estuviera dando las gracias por su presencia.

Cuando la mujer se alejó, ya no llevaba el sobre.

—¿Estás bien? —Michael se acercó a ella y le pasó un brazo por los hombros. Deslizó la mano hacia su nuca y le masajeó el cuello.

—Sí.

—Ya casi es hora de volver a la taberna.

Moira vio que Danny regresaba al interior de la funeraria. Para sorpresa suya, vio que entraba en uno de los velatorios que no estaba en uso.

—¿Moira?

—Sí, sí, tenemos que irnos. Dentro de unos minutos. Perdona, Michael, voy a intentar encontrar a mi padre.

Se abrió camino entre el torrente de personas, sin saber muy bien por qué, no quería que Michael supiera adónde iba. Se acercó a Siobhan y le preguntó si había visto a Danny.

—No, hace un rato que no.

—Creo que lo he visto entrar en esa habitación de ahí. ¿Puedes buscarlo mientras hablo con papá? Dile que lo necesitamos para... mover una cosa. Pesada.

Siobhan se marchó. Cuando Danny salió con ella, no llevaba encima el sobre. Moira los esquivó y se coló en el velatorio vacío. Había una fina tela sobre el soporte del féretro. El sobre marrón estaba debajo, y lo palpó. No era una pistola, sino unos archivos. Moira suspiró de alivio.

Oía la conversación que estaba teniendo lugar delante de la puerta.

—¿Qué quería? —era Danny.

—No lo sé, Danny. Sólo dijo que te necesitaba —respondió Siobhan.

—Bueno, ¿y dónde diablos está?

—Seguramente, con Eamon, junto al féretro.

Se marcharon.

Obedeciendo un impulso, Moira tomó algunas de las carpetas y volvió a dejar el sobre donde estaba. Se guardó los archivos dentro de la chaqueta y salió a paso rápido. Michael estaba en el pasillo.

—Moira, te andan buscando. ¿Necesitabas mover algo?

—Ya lo han hecho los empleados de la funeraria. Era una corona —balbució—. Oye, vámonos.

—¿No quieres decirle a tu padre que nos vamos?

—Se lo imaginará. Vámonos, Michael. Deprisa.

Patrick había usado su propio coche; Michael y Moira tomaron el de su padre. Moira guardó silencio durante el trayecto. Michael le cubrió la mano con la suya.

—Te quiero.

Ella le sonrió débilmente.

—Te noto tan distante... —murmuró Michael.

—Esto ya casi ha terminado.

—Sí.

En la taberna reinaba la tranquilidad. La orquesta suplente estaba colocando los instrumentos, y Patrick se encontraba detrás de la barra, atendiendo a un oficinista. Las mesas estaban vacías.

—Ya estamos aquí, Patrick. Josh y Gina vendrán con Colleen cuando sea su turno. Así podrás quedarte con mamá y papá hasta que yo vuelva.

—Me parece bien —dijo Patrick—. Entonces, me voy —descolgó su abrigo y se marchó.

—Michael, no hay más que ese hombre tomando cerveza. ¿Puedes quedarte un momento detrás de la barra? Voy a usar el cuarto de baño de Danny para refrescarme un poco —dijo Moira, al ver que se le presentaba la oportunidad.

—Claro.

Michael entró en la barra y ella desapareció en la habitación de Danny. Registró el armario, sin preocuparse del desorden que estaba creando. Nada.

La había detenido al mirar debajo de la cama. Se agachó y contuvo el aliento.

Había un arma. No sabía nada sobre armas de fuego, pero parecía el rifle de un francotirador. Muy sofisticado. Tenía una mira telescópica. El arma estaba pegada con esparadrapo a la estructura de la cama. Moira se puso en pie con lágrimas en los ojos. Había llegado el momento de llamar a la policía.

Se mareó un poco al incorporarse, y se sentó a los pies de la cama un momento. Sintió la presión de las carpetas que se había guardado en la chaqueta negra del traje y las sacó con lágrimas en los ojos. Había nombres en cada carpeta; el de su hermano estaba en la primera. La hojeó. Eran fotografías, archivos. Se le nubló la vista.

La siguiente era de Michael Anthony McLean. La abrió distraídamente, secándose las lágrimas. La fotografía de Michael apareció ante su vista. ¿O no era la fotografía de Michael?

Estaba borrosa. Eran las lágrimas que le nublaban la vista. No... Era Michael. Sí: pelo negro, ojos azules, la misma cara...

—Así que lo sabes. Temía que hubieras visto cómo se me quedó mirando esa furcia anoche en el bar.

La puerta estaba abierta. ¿Por qué no lo había oído entrar? Michael estaba de pie en el umbral. Entró en el cuarto y cerró la puerta.

La orquesta empezó a tocar, y la puerta apenas lograba ahogar el sonido.

«Así que lo sabes...». «La furcia...».

La fotografía de Michael. Se parecía mucho, mucho... pero no era Michael.

La incredulidad, el rechazo, la hicieron hablar con desesperación.

—Michael —dijo—, Danny tiene pensado asesinar a Jacob Brolin...

—Sí, claro... Buen intento —dijo con frialdad—. Ese era el plan, por supuesto, que sospecharas de Danny, que descubrieras el rifle... ¿Quién diablos iba a saber que encontrarías una fotografía del verdadero Michael McLean?

La repentina claridad de la verdad que había estado ante sus ojos todo el tiempo la impactó. Era demasiado horrible para creerlo y, aun así... «Dios mío, lo tenía delante».

Se puso en pie sin dejar de mirarlo. Ni siquiera se le ocurrió chillar de lo estupefacta que estaba, aunque en parte sabía que no habría servido de nada: la música ahogaría cualquier sonido.

—No lo entiendo, Michael —murmuró, recurriendo a un

farol–. Tenemos que llamar a la policía. Danny tiene un rifle escondido debajo de la cama.

–Y tú tienes delante un expediente que demuestra que no soy quien afirmo ser –dijo Michael con frialdad. Se apoyó en la puerta sin dejar de mirarla; sus ojos eran canicas de hielo azul. Y cuando habló, no lo hizo en el tono sereno y suave que conocía, sino con aspereza... y con un acento muy cerrado–. Sabes, Moira, tenía pensado vivir contigo desde el principio. Ésa es una de las razones por las que siempre he sido tan bueno en mi trabajo. Las mujeres se me dan bien. Pero, aunque no te lo creas, no te mentía cuando te decía que te quería. He estado intentando decidir si sería posible convertirme de verdad en Michael McLean quien, por supuesto, está muerto. Hacer este último trabajo, un triunfo por la libertad, y vivir una vida normal. Casarme contigo. Pero debías ayudarme a prepararle la encerrona a tu viejo amigo, no acostarte con él. Te acostaste con él, ¿verdad?

–Mira, Michael, no sé de qué me hablas.

–Pues claro que sí. Mirlo. Sabías que se estaba cociendo algo en la taberna, un intento de asesinar a Brolin. Éste era el lugar de reunión. Y lo fue. Dan O'Hara iba a ser el cabeza de turco perfecto... y lo detendrían por el asesinato. Tenías que colaborar, aunque no lo supieras, y lo estabas haciendo muy bien. Pero ahora... lo sabes. Me has traicionado, Moira. Fingías quererme, pero te has acostado con él.

El horror, la magnitud de lo que había estado ocurriendo, la conmocionó. Michael había estado planeando todo aquello desde que había aceptado el trabajo en su compañía. No, desde mucho antes. Había buscado un hombre con las credenciales y el aspecto físico adecuados, lo había asesinado y había solicitado y conseguido el puesto en su lugar. Se había tomado tiempo para cortejarla y seducirla. Había estudiado a su familia, la taberna. Había sido meticuloso, cuidadoso. Y cuando no estaba con ella...

Había estado estrangulando a prostitutas.

—Yo... te quiero, Michael —mintió. Michael se interponía entre ella y la puerta.

—No —Michael movió la cabeza—. Pasábamos mucho tiempo separados, y a ti no te importaba. A mí, sí, y necesitaba compañía. En realidad, te pareces mucho a esas zorras, Moira. No podías centrarte en mí, mientes y engañas, y eres fisgona. No pensé que tendría que matarte... fantaseaba que me casaría contigo en la parroquia de la familia y que me aceptarían como a un hijo. Una bonita fantasía. Debería darte las gracias por haberme engañado, porque Michael McLean tendrá que desaparecer. Pero no antes de mañana, por supuesto. Claro que... tendré que ocuparme primero de ti. En cuanto a Danny Boy... Ya me ocuparé después de él.

—Michael, mi familia llegará de un momento a otro. Y... te equivocas. Te quiero, podemos...

—¡Moira, por favor! No te considero una estúpida, y sabes muy bien que yo tampoco lo soy. Has complicado las cosas pero... vámonos.

—¿Irnos? No soy idiota. ¿Adónde crees que voy a ir contigo?

Michael echó a andar hacia ella. Moira se puso en pie con sobresalto, pero no podía salir de la habitación si no era por la puerta que él estaba bloqueando. Aun así, estaba dispuesta a conservar la vida a toda costa. Chilló, rezando para que algún músico la oyera. Michael se acercó a la cama, y ella saltó al otro lado. Estaba perdida. Intentó pasarlo de largo, pero él la agarró con fuerza del pelo. Volvió a chillar mientras intentaba desasirse. Fue entonces cuando le vio las manos.

Llevaba guantes, y un paño con un extraño olor dulzón.

Trató de eludir su mano con todas sus fuerzas. Pataleó, chilló, mordió. La mano, y el paño, descendieron sobre su boca.

Intentó no respirar pero, al final, no le quedó más remedio.

Michael la atrapó antes de que se cayera al suelo. La levantó y la miró a los ojos. Eran los ojos fríos y gélidos de un asesino.

Después, empezó a irse la luz y... la envolvió la negrura.

No encontraba a Moira en la funeraria. Dan estaba irritado, maldiciendo la coincidencia de que lo hubiera estado buscando justo después de haber recibido los archivos. Los había hojeado rápidamente y, después, se había centrado en el de Michael. Se percató al instante de que algo no encajaba. Estaba estudiando el archivo cuando Siobhan lo llamó.

Recorrió la funeraria de cabo a rabo buscando a Moira, incluso esperó delante del servicio de señoras. Cuando se aseguró de que no estaba allí, fue al velatorio de Seamus y preguntó a la familia. Moira no le había dicho a nadie que se iba, pero Eamon pensaba que había vuelto a la taberna con Michael, como estaba planeado.

En cuanto Eamon pronunció aquellas palabras, las piezas encajaron en la cabeza de Dan. Se disculpó y salió corriendo hacia el velatorio vacío en el que había dejado los archivos. Sin preocuparse de quien pudiera verlo, inspeccionó las carpetas.

Faltaban varias. Debían de estar en manos de Moira. No sabía por qué, pero no tenía ninguna duda.

De pronto, su mente procesó lo que había visto.

Soltó los archivos, que se desparramaron por el suelo, y se dirigió a la salida pensando que tardaría lo mismo regresando a pie a la taberna que si intentaba tomar un taxi. Pero justo cuando salía, alguien lo llamó.

—Eh, ¿va a la taberna?

Era un joven de pelo castaño y ojos de color avellana de unos veintiséis o veintisiete años.

—¿Quién diablos eres tú? —preguntó Dan.

—Tom Gambetti —Dan se lo quedó mirando sin comprender, maldiciendo cada segundo que perdía—. Soy taxista. Llevé a Moira a su casa cuando vino de Nueva York.

—¿Eres taxista?
—Sí.
—¿Tienes tu taxi aquí?
—Sí, aquí mismo.
—Perfecto. Voy a la taberna, y necesito que me lleves lo más deprisa posible.

Cuando Tom detuvo el taxi delante del local, Dan le pidió que esperara y entró. No había nadie en la barra salvo un hombre que se quejaba de la ausencia de camareros. Uno de los músicos se acercó y se ofreció a ayudarlo.

—Tranquilo, amigo. Yo le serviré una cerveza. Ha fallecido un amigo de la familia. Son momentos dolorosos, ¿sabe?

Dan abordó al músico.

—¿Dónde está Moira Kelly? —preguntó.

—Entró hace unos minutos con un hombre. Se fue a refrescarse o a echarse, o algo así. Debía de estar muy afectada por el fallecimiento. Su amigo fue a buscarla y cuando salió con ella, dijo que se encontraba muy mal. Apenas podía mantenerse en pie. Él la estaba sosteniendo. Dijo que iba a llevarla de vuelta con su familia, que no estaba en condiciones de defender el fuerte.

A Dan se le helaron las entrañas. Echó a correr hacia su cuarto y abrió la puerta de par en par. La colcha estaba torcida, casi caída. La puerta del armario estaba abierta, y la ropa esparcida por todas partes. Fuera lo que fuera lo que hubiese ocurrido, había sido rápido. Cerró la puerta. El músico seguía detrás de la barra.

—¿Cuánto hace que se fueron? —preguntó con voz tensa.

—Hace un par de minutos, no más. Salieron justo antes de que usted entrara.

—Gracias.

Dan salió corriendo a la calle. Mientras miraba a un lado y a otro de la acera, el taxista asomó la cabeza por la ventana.

—Eh, si está buscando a Moira, acaban de salir. Parecía dormida. Saludé con la mano, pero el tipo que conducía no me vio.

Dan regresó al taxi al instante.

—Da media vuelta. Síguelos.

—¿Que los siga? No sé adónde diablos pueden haber ido.

—Sólo nos llevan unos segundos de ventaja. Puedes encontrarlos.

—¡Espere un momento! ¿Quién es usted y qué...?

—Maldita sea, da la vuelta y síguelos. Su vida está en juego.

Tom Gambetti debió de creerlo. Dio media vuelta y empezó a recorrer las calles de Boston como un poseso.

—No tan deprisa, no queremos que nos detenga la policía... a no ser que ya los hayamos alcanzado. Mira, ahí están, en el coche del padre de Moira. Métete por esta calle.

—Pero es prohibida.

—Métete de todas formas.

Gambetti obedeció. Dan tenía que reconocer que el tipo sabía conducir. No atropellaron a un vecino de milagro. Momentos después, se habían reincorporado al tráfico y estaban a sólo tres coches de distancia del de Eamon Kelly.

—¿Y ahora qué? —preguntó Gambetti.

—Síguelo —dijo Dan, sin apartar la mirada del vehículo. Estaban detenidos ante un semáforo, incrustados entre un Corsica y una furgoneta de reparto, cuando el coche de Eamon hizo un giro repentino.

—Mierda, vamos a perderlo —maldijo Tom Gambetti.

—No importa, sabemos qué dirección ha tomado. Gira lo antes posible.

Gambetti obedeció.

—Para junto a la acera —le pidió Dan cuando llegaron al muelle—. Déjame salir. Y escucha —Dan estaba anotando un número en un trozo de papel mientras hablaba—. Llama a este número. Diles que llamas en nombre de Dan O'Hara. Diles que vayan al muelle, al *Siobhan*, lo más deprisa posible, que hay vidas en juego, ¿entendido?

—Sí, por supuesto —estaba forcejeando con su bolsillo—. Tengo el móvil aquí. ¿Seguro que no quiere llamar usted mismo?

Dan ya se había ido y estaba corriendo por el muelle.

No estaba muerta. Todavía. Le dolía la cabeza y sentía náuseas. Tenía la sensación de que una mano cruel la estuviera zarandeando.

Moira abrió los ojos muy despacio. Unos colores apagados por la tenue luz aparecieron ante su vista. Oía voces... hombres hablando. Se esforzó por ver mejor; parpadeó, creyendo que estaba sufriendo alucinaciones. Estaba tumbada en un estrecho sofá, ante una pequeña mesa de comedor. Había flores en la mesa. De pronto, reconoció el lugar. Estaba en el barco de su hermano. Siempre tenía flores en la mesa para Siobhan, para la primera travesía de la temporada.

Los hombres... estaban discutiendo. ¿Quiénes eran? ¿Qué decían? Volvió a cerrar los ojos y aguzó el oído, tratando de no sentir el dolor de cabeza para poder discernir lo que ocurría y poder sobrevivir.

—Un día más. Maldita sea, sólo necesitábamos un día más. ¡Qué idiotez!

—¿Es que no lo entiendes, hombre? Tenía un expediente. Sabía que el de la foto no era yo.

—Genial. Así que ahora ella tiene que desaparecer esta noche. Eso echa a perder lo de mañana.

—Podemos idear un nuevo plan. Tenemos la mejor arma del mundo, sólo necesitamos un lugar desde el que disparar. Pero necesitaré una nueva identidad.

—Hay que hacerlo. Habría sido perfecto si hubieras podido estar cerca de Moira. A su lado y, aun así, podrías haber desaparecido entre el gentío.

—Sí, pero ahora hay que cambiar el plan. Ha sido ese hijo de perra de O'Hara —masculló Michael... porque Moira no sabía cómo referirse a él.

—Debimos quitárnoslo de en medio al principio.

—Iba a ser el cabeza de turco.

—El muy cabrón no dijo quién era en verdad. Está claro que tiene contactos. ¿Cómo si no ha conseguido ese expediente sobre ti?

—¡Y yo qué diablos sé! Date prisa, tenemos que sacar el barco a alta mar, ahogar a la chica y hundirlo.

—¿Por qué no la estrangulas? Empezaba a dársete muy bien.

—Pon el barco en marcha. Voy a asegurarme de que sigue inconsciente.

Moira oyó pasos. A pesar del dolor de cabeza, se puso en pie. Patrick guardaba una pistola cargada en la caja fuerte del camarote principal. No era muy buena tiradora, pero a bocajarro no podía fallar.

Entró en el camarote justo cuando se abría el pestillo. Oyó a Michael maldecir. Estaba aterrorizada, pero cerró la puerta y echó la llave. Tenía los dedos helados y trémulos cuando abrió la puerta con celosía y empezó a marcar la combinación de la caja.

—Moira, sal de ahí. Intento que esto sea lo menos doloroso posible.

La caja se abrió al tiempo que Michael tiraba abajo la endeble puerta del camarote. Moira metió la mano en la caja... pero estaba vacía. Se volvió hacia el hombre que había conocido como Michael McLean. Éste la observaba fríamente desde el umbral.

—Tu hermano es tan predecible como tú, Moira —le dijo—. Imagino que no te dijo que él y su amigo Andrew McGahey me trajeron al barco una de esas mañanas en las que hacías de niña buena. El bueno de Patrick, tan ingenuo como el que más. No se dio cuenta de que enseguida supe dónde estaba la caja fuerte. Y una caja fuerte como ésa... Bueno, no es problema para un hombre como yo.

Había otra arma en el camarote. Quizá Michael no conociera su existencia.

Se abalanzó hacia la mesilla de noche y abrió el cajón. Sus dedos se cerraron en torno al cuchillo. Después, se arrodilló sobre la cama empuñando el arma con las dos manos.

—Si te acercas te mataré, te lo juro.

Michael sonrió despacio.

—Moira Kelly, no eres una asesina, y lo sabes. Dame el cuchillo.

Lo alzó cuando se acercó y se lo clavó cuando se abalanzó sobre ella, hiriéndolo en el brazo. No parecía sentir el dolor. Le arrebató el cuchillo con la mano derecha, la agarró del cuello con la izquierda. La tumbó sobre la cama, y se colocó a horcajadas sobre ella, cerrando los dedos en torno a su cuello con una fuerza letal.

—Tardaremos algún tiempo en salir a mar abierto. ¿Sabes? No te mentía, Moira. Me había enamorado de ti. Disfrutaba de ti con todo mi corazón. ¿Por qué no intentas resarcirme?

Moira casi no podía respirar.

—¿No puedes hablar? Perdona —relajó un poco los dedos. Moira seguía sin poder moverse, pero lo miró a los ojos cuando habló.

—Cuando desaparezca, me buscarán. Te encontrarán.

—¿Quién va a pensar que te traído al barco de tu hermano? —preguntó, sonriendo—. Nena, siento que esto tenga que acabar así. ¿Quieres prolongarlo un poco más? ¿Entretenerme? ¿Vivir? ¿Confiar en que ocurra un milagro y no tengas que morir? —alargó la mano para tocarle la cara.

Un sonido semejante a un gruñido resonó en el umbral.

—Como se te ocurra tocarla, saco de mierda, te meteré una bala en los huevos para que agonices.

Michael se sobresaltó lo bastante para apartarse de Moira. Los dos se quedaron inmóviles un minuto. Allí estaba Danny, con el pelo alborotado, como siempre, de pie en el umbral. Sostenía un arma en la mano. No era un rifle con mira telescópica, sino una pistola que, en el minúsculo camarote, parecía igual de letal.

Danny. El hombre al que había condenado.

—Apártate, Moira —le ordenó.

Moira intentó huir, pero Michael todavía tenía el cuchillo. Sintió la punta en la espalda cuando hizo ademán de levantarse. Se quedó helada.

—Créeme, aprendí un par de trucos en mi juventud —dijo Danny en voz baja—. Te meteré una bala en el pecho antes de que puedas arañarla. Pero creo que ya ha sufrido bastante, ¿no?

Danny apuntó. Michael se apartó con el cuchillo.

—Traidor de mierda —le dijo a Danny—. Hijo de perra. Deberías haber sido tú quien matara a Brolin. Dios sabe que deberías estar al frente de la lucha.

—Sí, creo en la lucha. Una lucha de palabras, negociaciones y persistencia. No una lucha en la que mueren niños e inocentes.

Pasos. Moira oía pasos acercándose. Danny también los oyó y se volvió, pero Moira exclamó:

—Danny, no pasa nada. Es policía.

Danny vaciló al oírla.

La pistola de Kyle estalló. La bala pareció hundirse directamente en el pecho de Danny. En su corazón.

19

Moira gritó. Un chillido de horror que trascendía el miedo por su propia vida. Corrió hacia Danny, que yacía boca abajo en el suelo, pero Michael la agarró por la cintura antes de que pudiera agacharse a comprobar si seguía vivo.

—No debiste disparar —le dijo Michael a Kyle.

Inmovilizada en el brazo de Michael, Moira estaba histérica. Le clavó las uñas, pataleó, escupió, con lágrimas en los ojos.

—¡Usted! —acusó a Kyle—. ¡Policía!

—Nunca he dicho que fuera policía.

—Del FBI...

—Nunca he dicho que fuera nada, señorita Kelly. La dejé creer lo que quería. Pasé un día entero sentado delante de la comisaría, esperándola. Ah, señorita Kelly, desconfiaba tanto de los que tenía más cerca... Nos ha ayudado desde el principio.

Moira le dio una patada en el vientre al asesino de Danny, y este se inclinó hacia delante y gimió de dolor. Volvió a golpear, en aquella ocasión, hacia atrás. Dio un buen golpe a Michael en la espinilla, pero aunque debió de dolerle, no la soltó. La empujó contra la pared y la cabeza empezó a darle vueltas otra vez.

—¿Quiere oír una buena expresión irlandesa, señorita Kelly? —oyó mascullar a Kyle Browne—. El dorso de mi mano sobre un lado de su cara.

El revés fue demoledor. Moira se desinfló contra la pared del camarote como un globo al chocar contra el cemento. Vio las estrellas.

—Maldita sea, no le hagas moretones —dijo Michael.

—Tiene que parecer convincente, como si él le hubiese dado una paliza y luego ella le hubiese disparado. Ahora, vámonos. No tenemos mucho tiempo.

Notó que Michael la levantaba del suelo. Era fuerte, pero ella pesaba como un muerto. Vio el cuerpo de Danny tumbado sobre el suelo. Quería volver a chillar de agonía, pero sus labios se negaban a abrirse.

Danny había caído encima de su arma, pero el cuchillo había acabado a escasos centímetros de su mano...

Mientras Michael intentaba sostenerla mejor, Moira cambió de postura y volvió a caer, en aquella ocasión, a propósito. Sobre el cuchillo.

Logró cerrar los dedos en torno a la empuñadura. Dejó que Michael volviera a levantarla y la obligara a caminar delante de él. El pasillo era estrecho. Mientras él la empujaba, Kyle Browne los seguía. A medio camino, antes de llegar al punto en que el pasillo se ensanchaba y formaba el salón, Moira decidió atacar. La furia y el dolor la ayudaron. Se volvió y hundió el cuchillo con todas sus fuerzas en el cuerpo de Michael.

La conmoción lo paralizó tanto como la herida. Se quedó mirando a Moira, que lo observaba con lágrimas de odio y desafío. Se había quedado pálido.

—Muévete, Michael —le ordenó Kyle. Michael no tenía aliento para contestar.

Moira aprovechó el momento para salir corriendo. Huyó por el pasillo y subió los peldaños que conducían a la cubierta. Salió por la escotilla y la cerró.

Una bala atravesó la escotilla segundos después de que ella se apartara. El cierre no aguantaría mucho tiempo.

Moira corrió hacia la popa, donde estaba amarrado el bote salvavidas. Habían salido del muelle, y el minúsculo bote era su única salvación. Se puso de rodillas y combatió el balanceó del barco para aflojar las cuerdas que lo sujetaban. Quizá, pensó, debería saltar al mar.

No duraría mucho, lo sabía. En aquella época del año, las aguas estaban heladas; sólo dispondría de unos minutos de vida si se arrojaba a las profundidades oscuras.

Justo cuando desataba el bote, la agarraron por detrás, la arrastraron por la cubierta y la tumbaron. Alzó la vista. Michael estaba de pie, cerniéndose sobre ella. No tenía pistola ni cuchillo, pero eso no lo contuvo. Se echó a su cuello.

Moira se resistió; el deseo de sobrevivir era lo bastante fuerte para forcejear aunque sabía que la esperanza estaba perdida. Le golpeó las muñecas, lo empujó con el cuerpo, le arañó los brazos. No lograba disminuir la presión de sus manos. No podía respirar...

A lo lejos, oyó una explosión. Al principio, pensó que era el sonido de la muerte. Después, milagrosamente, Michael desapareció y pudo respirar.

Tosió, inspiró, tratando de ver más allá de las manchas negras que se habían formado ante sus ojos. Al principio, lo único que oía era el chapoteo del agua contra el casco del barco. Después, oyó ruidos de pelea. Se incorporó y parpadeó. Había un hombre tendido sobre la escotilla. Hacia la proa, cerca del timón, dos hombres estaban luchando.

Echó a andar tambaleándose. Kyle Browne era el hombre tendido sobre la escotilla. Tenía los ojos abiertos, pero no veía nada. Estaba muerto.

Intentó rodearlo, pero las olas sacudieron el barco y la arrojaron sobre el hombre muerto. Se enderezó y se agarró al timón a tiempo de ver a Danny y a Michael precipitándose al mar. Había un charco de sangre sobre la cubierta, hasta el costado del barco.

Danny tenía una bala en el pecho; era increíble que hubiera podido levantarse. Se estaba desangrando. Y estaba en el agua.

—Danny —quiso gritar su nombre, pero sólo fue un gemido.

Corrió al costado del barco y se inclinó. Una mano emergió del agua y Moira la agarró, aterrada. Emergió una cabeza, y a ella se le cayó el alma a los pies. Michael. Su rostro ya no parecía humano, tal era la mueca de odio y malicia.

Tiró de la mano de Moira, y el movimiento la arrastró al agua.

Estaba helada, tanto que la dejó sin aliento. Al principio, ni siquiera advirtió que el ímpetu de la caída la había ayudado a desasirse. Durante largos momentos, siguió hundiéndose en las profundidades tenebrosas. Supo que moriría si no hacía nada. Se impulsó con las piernas y empezó a ascender. Sacó la cabeza por encima del agua, pero el barco parecía inalcanzable. Sus músculos no querían trabajar, sus brazos no querían moverse. Le castañeteaban los dientes y le resultaba casi imposible respirar. Se obligó a nadar hacia el barco. Lo alcanzó, pero no lograba asir la barandilla.

De repente, alguien la empujó hacia arriba. Su pecho entró en contacto con la barandilla, se agarró a ella y cayó sobre la cubierta, tosiendo. ¡Danny! Tenía que estar vivo. Temblando con violencia, se arrastró hasta el borde para volver a escudriñar las aguas. Danny estaba emergiendo con largas brazadas para alcanzar el barco. Logró acercarse al casco, y ella extendió los brazos para ponerlo a salvo.

—Danny —susurró al ver el brillo dorado de sus ojos. Pero al pronunciar su nombre, algo volvió a hundirlo en el agua—. ¡No! —fue un grito, pero casi silencioso. Michael debía de seguir vivo, atacando a Danny. Corrió al hombre muerto y lo tumbó de costado para quitarle el arma. La encontró y regresó a rastras al lugar por el que Danny había emergido la última vez. Escrutó el agua oscura con desesperación, sosteniendo la pistola con ambas manos.

Un movimiento... una mano... y después, una cabeza. Alguien estaba nadando otra vez hacia ella. Unos dedos se cerraron en torno al borde del barco.

—Moira, ayúdame a subir.

¡Danny! Soltó la pistola y lo agarró para tirar de él con todas sus fuerzas. Logró sacarlo del agua, y cayeron juntos sobre la cubierta ensangrentada.

Permanecieron tumbados varios segundos, los dos temblando con violencia, jadeando. Después, Moira se incorporó y volvió a empuñar la pistola. Danny se puso en pie y se la quitó con suavidad.

—Puede volverte a atacar —protestó Moira.

—No.

—Pero...

—No volverá a salir a la superficie, Moira.

Dejó que Danny conservara el arma, pero siguió mirando el agua, sin apenas sentir el frío hasta que él le cubrió los hombros con una manta. Aun así, siguió contemplando las olas que chocaban contra el barco. Eran tan negras...

Danny la apretó contra su pecho.

—Moira, no volverá a salir —repitió con suavidad.

Oyó un zumbido; era un helicóptero que sobrevolaba el barco. Danny empezó a agitar los brazos, y oyeron una voz masculina por el altavoz:

—Los guardacostas están en camino. Los guardacostas están en camino.

El helicóptero siguió sobrevolándolos mientras Danny la abrazaba. Consciente de que todo había terminado, Moira empezó a temblar con más violencia.

—Estás vivo —tartamudeó por el frío—. Pero... pero te metió una bala en el pecho. A bocajarro. Lo vi...

—Últimamente me he vuelto más precavido. Llevaba un chaleco antibalas.

Moira se volvió para mirarlo.

—¿Eres policía? Y no me lo habías dicho...

—No, Moira, no soy policía.

—Entonces, ¿qué eres?

—Un irlandés —dijo con una sonrisa pesarosa. Abrió la boca para darle una explicación, pero no lo hizo. La abrazó y la besó en los labios con fervor; después, la estrechó con fuerza. Moira podía oír el motor de la lancha guardacostas que se acercaba.

Había sido una noche llena de sorpresas. Como Moira había adivinado, Michael McLean no era, en realidad, Michael McLean. El verdadero Michael McLean, un hombre callado y solitario, cuyo único amor era el celuloide, había sido asesinado poco después de su llegada a Nueva York en el mes de diciembre, poco después de encontrarse en un bar con el terrorista Robert McMally, que había estado al acecho de un hombre como él. Kyle Browne no era policía, y tampoco se llamaba así. Existía un federal llamado Kyle Browne, y habían escogido el nombre por si acaso alguien intentaba verificar su identidad.

Moira pudo comprender mejor lo que había estado sucediendo en su propia casa gracias a una de las mayores sorpresas de la velada: Jacob Brolin estaba a bordo del patrullero guardacostas que había ido a rescatarlos al *Siobhan*. Que la abrazara con afecto fue una grata compensación, pero la manera en que saludó a Danny la dejó perpleja. Danny podría haber sido su hijo pródigo. Con una taza de chocolate caliente en la mano y más mantas alrededor, Moira se quedó mirando a los dos hombres.

—Está bien, ¿qué pasa aquí? —inquirió—. Si no eres policía —acusó a Danny—, debes de trabajar para... ¿el gobierno irlandés? ¿El gobierno norirlandés?

Danny lo negó con la cabeza.

—Soy escritor y conferenciante, Moira, lo que siempre he sido.

—Y un buen amigo mío —dijo Brolin.

—De hecho, nos conocimos gracias a tu madre.

—¿Gracias a mi madre? —inquirió Moira, sin comprender. Danny se encogió de hombros.

—Deseo la paz en Irlanda del Norte más que nada en el mundo, y lucho por ella escribiendo sobre las vidas que han sido destruidas por la violencia. Pero hubo un tiempo en que el arma de mi tío, los discursos, no parecían servir de nada, y como no soy perfecto, me volví impulsivo y rencoroso, y estuve a punto de convencerme de que la promesa que me había hecho no era más que el sueño idealista de un idiota. Podría haber errado mi camino. Tu madre le habló a mi tío de Jacob Brolin y pasé un verano con él —vaciló—. Lo que sabes es cierto, mi padre y mi hermana fueron asesinados. Yo los vi morir. Ese día juré que haría todo lo que estuviera en mi poder para no permitir que otra niña como mi hermana muriera por culpa de los odios de sus mayores.

—Yo había cometido algunos de los errores que Danny se sentía tentado a cometer —le dijo Jacob—. Desciendo de una antigua familia protestante. Me enamoré de una católica. La negativa de mi familia a aceptarla me lanzó al otro bando... donde aprendí lecciones más duras. Esa es otra historia. Danny la está escribiendo ahora.

Moira clavó la mirada en Danny.

—¿Por qué no me contaste lo que estaba pasando?

—No podía permitir que Danny te dijera nada —contestó Brolin—. Michael McLean tenía un historial impecable. Temíamos que el contacto fuera Andrew McGahey, y Jeff Dolan... Ahora está limpio, pero con su pasado, no podíamos correr riesgos. McLean y tu hermano tenían tu amor y tu confianza, quién sabía lo que podías decirles. Teníamos nuestras sospechas sobre Kyle Browne, pero no queríamos abordarlo porque no sabíamos con quién se reunía.

—Y le tendieron una trampa a Danny. Le pusieron el rifle bajo la cama.

—Así es. ¿Recuerdas la noche en que te desapareció el bolso? —preguntó Danny.

—Sí.

—Te lo robaron para hacer una copia de la llave. Después, sólo necesitaron buscar el momento adecuado para introducir el rifle en mi cuarto. No sólo pretendían asesinar a Jacob, sino encasquetarme a mí su muerte.

—Pero... todo es tan complicado —murmuró Moira—. ¿Cómo...?

—Los dos formaban parte de un grupo disidente que se denomina Grupo de Liberación Irlandés-Norteamericano. Recaudan dinero para los niños mutilados por la violencia, pero, en realidad, destinan los donativos a comprar armamento para el IRA. El gobierno norteamericano ha estado intentando echarles el guante, pero no tenían suficientes pruebas. Eran buenos, lo reconozco. Sabían falsificar documentos, crearse nuevas identidades y robar las vidas de otros hombres.

—¿No te inquieta eso, Jacob? Debe de haber otros tramando acabar con tu vida —murmuró Moira.

—Siempre habrá alguien contrario al proceso de paz —le dijo Jacob en tono despreocupado—. Pero hay tanta gente que me apoya que quiero creer que, habiendo estado en ambos bandos y conociendo la tragedia de ambos, puedo hacer que las cosas cambien.

—Entonces, Danny... ¿Trabajas para Jacob?

—No.

—Es mi amigo —dijo Jacob—. Y tenía acceso a la taberna de tu padre. Cuando nos enteramos de que se estaba cociendo algo allí, llamé a Danny y lo puse en contacto con una persona de mi oficina. Él accedió a vigilar.

Moira se sorprendió estremeciéndose de nuevo, mirando a Danny.

—Por las cosas que dijo... creo que Michael... Robert McMally... era el que asesinaba a las prostitutas.

Danny la miró a los ojos. Sabía lo que ella estaba sintiendo. Había confiado en un hombre para el que la vida representaba tan poco que se deshacía de todo aquel que entorpeciera sus planes.

–Seguramente nunca sabremos con seguridad lo ocurrido.

–Ya casi estamos en el muelle –anunció Jacob, y señaló hacia delante.

Moira no se apartó de Danny en toda la noche. De todas formas, no habría servido de nada intentar dormir; nadie pegó ojo en la casa de los Kelly, salvo los niños. Siobhan se lo explicaría todo lo mejor posible cuando se despertaran a la mañana siguiente. En cuanto al resto de la familia, abrazaron y besaron a Moira con tanto cariño que la hicieron comprender que era una de las personas más afortunadas del mundo. Cuando Patrick la estrechó entre sus brazos, fue capaz de susurrar:

–Patrick, Dios mío, no sabes cuánto lo siento. Había veces...

–Que sospechabas de mí –le respondió en un susurro–. No pasa nada. Lo entiendo. Te quiero, y lamento no haberme dado cuenta a tiempo de lo que pasaba.

El funeral de Seamus se celebró a las nueve de la mañana, como estaba previsto. Eamon hizo el panegírico, un hermoso discurso. Moira tendría que haber cantado *Amazing Grace* con Colleen, pero se había quedado ronca, así que Colleen tuvo que hacerlo sola. Cantó como los ángeles.

Los restos de Seamus descansaron finalmente en paz. Jacob Brolin había asistido con discreción al funeral, y, en el cementerio, pronunció un breve discurso, alabando a Seamus por lo buen irlandés y norteamericano que había sido.

Moira pasó unos minutos hablando en privado con Josh. Colleen sustituiría a su hermana como presentadora de las escenas en directo, porque Moira no sólo estaba ronca, sino que la habían invitado a desfilar en la carroza de Jacob Brolin.

Sin embargo, entrevistó a Jacob en la taberna aquella tarde, con el local abarrotado y la fiesta de San Patricio en todo su apogeo. Jacob estuvo maravilloso, hablando de forma razonable de los dos bandos del conflicto. Muchas personas del Norte tenían quejas legítimas, y pretendía remediarlas. Necesitaban más católicos en el cuerpo de policía, más buena fe entre los hombres y, sí, todavía les quedaba mucho camino por recorrer, pero también habían dado grandes pasos hacia la paz.

—Irlanda del Norte es muy hermosa —dijo—, y hay algo que nos une a todos, y es el deseo de hacer saber al mundo lo hermosa que es, y de dar la bienvenida a los viajeros con la hospitalidad de antaño. Nuestro futuro radica en nuestra capacidad de ser ecuánimes. Oscar Wilde dijo una vez: «Si alguien puede enseñar a hablar a los ingleses, y a escuchar a los irlandeses, tendríamos una sociedad muy civilizada». Todos necesitamos aprender a hablar... y a escuchar.

La taberna había estado abierta al público, y el discurso de Brolin recibió los aplausos calurosos de todos. Muchos de los clientes estaban sorprendidos de que Eamon hubiera querido abrir aquella tarde, después de la tragedia vivida. Eamon había dicho:

—¿Por qué no? ¿Cerrar la taberna? Jamás había tenido tantos motivos de celebración. Mi hija ha corrido un gran peligro, pero ahora está aquí conmigo, y soy un hombre dichoso porque estoy rodeado de mi familia y de mis amigos. San Patricio estaba cuidándonos desde arriba, y daré gracias a Dios durante el resto de mis días.

Había sido imposible ocultar lo ocurrido a la prensa y a la televisión, y La Taberna de Kelly se hizo famosa en toda Norteamérica aquel día. Había mucho ajetreo, y Moira insistió en permanecer detrás de la barra, lavando vasos, mientras Danny respondía a las preguntas de los periodistas.

Siendo como era, logró explicar lo ocurrido, contar una

anécdota y hablar con alegría todo el rato. Al final de la sesión, un periodista veterano le preguntó:

—¿Qué planes tiene ahora, señor O'Hara? ¿Volverá a casa para participar en la política irlandesa?

—Nada de eso —dijo Danny—. Me quedo en Norteamérica. Voy a casarme, ¿sabe?

Moira se sorprendió tanto que dejó caer el vaso en el agua. Todavía atónita, miró a Danny a los ojos.

—Si ella me acepta, claro —añadió él en voz baja.

Epílogo

Belfast, Irlanda del Norte
Un año después

La calle había cambiado. Había tiendas elegantes a ambos lados.

Danny permaneció en la acera, tomándose un momento, como siempre que estaba en Belfast, para retroceder en el tiempo. No para rememorar el dolor de la pérdida, sino para recordar a la familia de su niñez.

Era un enamorado de Belfast y de Irlanda del Norte. Habían estado en la provincia de Armagh el día anterior, paseando por interminables colinas verdes, sintiendo la amplitud, la naturaleza, la belleza y la magia de épocas antiguas.

Pero aquel día, le parecía importante estar allí de pie. Había sido el mejor año de su vida.

Jamás olvidaría su juventud. En un rincón de su corazón, siempre sentiría el dolor de la pérdida. Pero la sensación había cambiado. La pluma era, ciertamente, peor que la espada. Se había esforzado mucho por cambiar el mundo o, al menos, su mundo. Pensaba que sus padres estarían orgullosos. Y Moira... Moira le había permitido hallar la paz, y un hombre sólo podía transmitírsela a otros cuando la encontraba en su interior.

—¡Danny!

La vio acercándose por la calle. Iba vestida de verde, un

bonito traje que dejaba al descubierto sus largas piernas y la inflexión de la cintura. La melena resplandecía a la luz del sol y flotaba sobre sus hombros. Vio un ápice de preocupación en sus ojos verde azulados cuando lo alcanzó, le dio la mano y le plantó un suave beso en los labios antes de volver a mirarlo.

—¿Te encuentras bien?

Danny sonrió.

—Por supuesto.

—Estaba preocupada. No sabía dónde te habías metido.

De acuerdo, se había escabullido del almuerzo. Andrew McGahey estaba recibiendo un homenaje en el salón de baile del hotel por sus esfuerzos por mejorar la educación de los niños irlandeses. Había escuchado la mayoría de los discursos, había visto a su cuñado apiadarse del público y aceptar su placa con muy pocas palabras, dando gracias a su familia y a los irlandeses de Norteamérica. Después, había subido al estrado un catedrático muy prolijo, y Danny había cedido al impulso de dar un paseo. Era importante para él detenerse en aquella calle. Siempre lo hacía cuando volvía a la ciudad que lo vio nacer.

—¿Aquí fue donde ocurrió?

—Sí.

Moira le apretó la mano.

—¿Danny?

Él enarcó una ceja. Todavía lo asombraba que fueran marido y mujer. Siempre la había amado, pero en su juventud había tenido demonios que combatir, y después...

Moira había temblado en sus brazos algunas veces, y Danny sabía que todavía la atormentaban los recuerdos. En especial, el de un hombre que había afirmado amarla mientras necesitaba a otras mujeres... y se deshacía de ellas como si fueran ratas de laboratorio que hubieran cumplido su propósito y tuvieran que ser destruidas.

Pero en conjunto, habían salido bien parados. La boda había sido espectacular. La habían celebrado en la parroquia de la familia, en Boston, Moira luciendo un resplandeciente vestido con velo, no del blanco tradicional, sino una combinación de blanco, plata y malva que irradiaba magia con cada movimiento. Como era de esperar, el banquete se celebró en La Taberna.

Se tomaron dos semanas de luna de miel en una remota isla privada del Caribe. Pasaron ratos hablando, otros haciendo el amor, con cierta desesperación algunas veces, en otras, con suavidad. Lo importante era que se tenían el uno al otro, que estaban juntos, una fortaleza contra el pasado, un equipo con el que luchar por el futuro.

La vida era bella; tenía a Moira. Era imposible amar más a una persona. Y lo abrumaba sentirse tan querido. Tan comprendido.

El libro que había escrito sobre la vida de Jacob Brolin y su posición política saldría dentro de un mes. Sin ninguna duda, haría saltar la polémica.

No importaba, no había nada como una buena discusión que librar... y ganar. Y, cómo no, Moira tenía opiniones sólidas, así que mantenían muchas discusiones acaloradas, y muchos momentos maravillosos de disculpas apasionadas. Se había convertido en residente extranjero de la ciudad de Nueva York; Moira ya había hecho seis viajes a Irlanda con él en el año que llevaban casados, el segundo, con toda la familia.

Moira había aportado su propia brillantez a los viajes. Había ampliado su programa, y también filmaban a viajeros norteamericanos que buscaban sus raíces en países extranjeros. Colleen seguía siendo el rostro de muchas portadas de revista, pero también había presentado algunos programas de su hermana. Así Moira disponía de más tiempo para viajar. Él, en cambio, lo tenía fácil. Escribir era un ejercicio mental. Cómo no, lo ayudaba visitar lugares que avivaban su imaginación y lo hacían recordar las luchas y triunfos de la historia, pasada y cercana.

La vida era bella. No podía imaginarla mejor.

—Danny —volvió a decir Moira.
Miró a su mujer. «Su mujer». Sonrió.
—Lo siento, cariño, estaba en las nubes.
Moira movió la cabeza.
—Me preocupas cuando vienes aquí. Pienso en mi familia: Patrick, Colleen, mis padres... Cuando veo a Molly, Brian y Shannon y pienso en lo que pasó... sé que yo no podría haberlo superado... como tú.
—Sólo vengo aquí porque los quería mucho. Es una manera de saludarlos, de decirles que siempre estarán conmigo.
Moira sonrió.
—¿Sientes que están aquí contigo?
—Tal vez. Pero estoy bien, Moira. Hace años que lo estoy. Aunque nunca tan bien como desde que estoy contigo.
Los transeúntes pasaban a su lado.
—Es que... —Moira vaciló.
—¿Qué?
—Estaba esperando que nos quedáramos solos en algún lugar hermoso y romántico...
—Perdona, pero mi ciudad es hermosa y romántica.
—Lo sé, lo sé. Pero estaba pensando en la habitación del hotel, con las luces suaves, la música de fondo, las rosas en un jarrón...
—¿Champán en una cubitera? ¿Una bañera llena de agua espumosa? ¿Tú desnuda salvo por burbujas en lugares estratégicos?
—Algo así.
—Me gusta. Vamos.
—Espera, Danny, quiero decirte algo. Y acabo de decidir que voy a decírtelo aquí.
—Estupendo. Ponme a cien y déjame aquí en la acera, donde no pueda hacer nada para remediarlo.
—Danny, vamos a tener un hijo.
No había creído posible una mayor felicidad, pero estaba equivocado.
—¿Estás... embarazada?

—Sí.

Estrechó a su mujer en los brazos y la besó con ternura. En los labios, en las mejillas, en la frente...

—Un hombrecito irlandés —susurró.

—O una mujer norteamericana —le recordó Moira.

Danny tomó su rostro entre las manos. La miró a los ojos y volvió a besarla en los labios.

—Da igual, estoy encantado. Soy... Dios, soy muy feliz —sonrió y miró al cielo—. ¿Has oído, mamá? Un nieto —de pronto, la miró con expresión inquisitiva—. ¿Está segura?

—Completamente.

—Deberías hacerte otro test.

—¿Por qué?

—Porque así podrías decírmelo otra vez, en nuestra habitación romántica, con la música, el champán...

—Danny, no voy a beber champán hasta dentro de muchos meses.

—No estaba pensando en que lo bebieras. Te sentaría mejor si... te bañaras en él —le dijo.

—Ah —sonrió Moira—. Entonces, vamos.

Danny le rodeó la cintura con el brazo y echaron a andar por la calle. De pronto, se detuvo en la acera, tomó el rostro de Moira entre las manos y volvió a besarla.

—Lo mejor de Irlanda, y de Norteamérica, pasará a nuestro hijo o hija —dijo con suavidad.

—Danny, eso es precioso.

—¿Tú crees?

—Sí.

—Entonces, vamos. Me muero por tomarme ese champán.

www.ingramcontent.com/pod-product-compliance
Lightning Source LLC
LaVergne TN
LVHW030340070526
838199LV00067B/6372